©

563

LA NEOTEMACHIE

POETIQVE

DV BLANC

ODES.

A PARIS,

Par FRANÇOIS IVLLIOT, ruë du Paon, au soleil d'or,
prés la porte sainct Victor.

M. DC. X.
Auec priuilege du Roy.

AV LECTEVR.

VOICY les reliques des Poësies de mes plus ieunes ans que ie te presente, amy Lecteur: si les mains impies de mes enuieux ne me les auoient sacrilegement rauies durant mon absence, ie t'en donnerois beaucoup d'autres. Mais puisque ie ne sçaurois faire que cela ne me soit arriué, tu prendras (s'il te plaist) cecy de bonne part, afin que cela me serue par cy apres d'esguillon pour faire quelque chose plus releuee , & par consequent plus digne de tes yeux. Adieu.

A NICOLAS
BRVLARD,
SEIGNEVR DE SILLERY,
CHANCELIER DE FRANCE.

BRVLARD du sang Themide heureusement issu,
Que la France cherit, que LOVYS a receu
Pour son Nomophylace, & qu'il met dãs le siege
De sa iuste equité, donne moy priuilege
De mettre au iour ces vers, & de signer leur front
De ton rare merite à nul autre second.

   Tu le peux, (est il rien que tu ne puisses faire?)
Ouy, ta vertu peut tout, c'est la planette claire
Qui leur peut faire escorte & rabbattre les coups
Dont se pourroient armer leurs Zoïles ialoux.

   Que ne peux tu BRVLARD? est-ce pas toy qui lies
D'vn raisonnable nœud les brutales folies
Dès hommes vicieux? Tu procures le bien
De la chose publique autant comme le tien,
Tu repares le tort, l'iniure & le dommage,
Tu sers de bride au fol, & de conduite au sage.

Tel que celuy que darde en terre Iupiter
(Que tu veux en iustice ardemment imiter,)
I'entends bruire l'esclat de ton foudre equitable
Sur le perfide chef de l'homme detestable,
Qui mesprise tes loix, & qui s'enfle d'erreur:
L'amitié sous ta guide efface la rancueur,
La Religion croist, la foy se ressuscite,
La verité si chere aux hommes de merite
Dissipe les brouillards du mensonge effronté;
La concorde, la paix, & la tranquilité,
La façon de bien viure, & les vertus qui tiennent
Les estats en vigueur, à ta suite s'apprennent.

Les ouurages pieux se gouuernent par toy,
C'est ton exemple sainct qui nous sert d'vne loy
Pour conduire nos faicts, & qui nous espoinçonne
A secourir de biens la chetiue personne:
C'est luy qui nous enseigne à seruir le grand Dieu,
Qui nous monstre comment il faut brusler au feu
De sa deuotion, comme par nos prieres
Nous pouuons euiter les armes iusticieres;
Comme aux saincts, côme aux vieux il faut porter hôneur,
Par quel moyen peut l'homme aggréer au Seigneur,
Et par quel euiter en l'extreme iournee
Les tourmens reseruez à la troupe damnee:
Tu rauis mainte palme à l'eternelle mort;
Du Paradis aymé le delectable port
En est tout parsemé, tu réchauffes les ames
De l'amour du Tres-haut, & de sa viue flamme;

Tu les cheris, les aime, & leur donne la main
Quand le fort les abifme en vn gouffre inhumain:
I'en fuis tefmoin, B R V L A R D, i'allois faire naufrage,
Defia les vents mutins & l'enuieux orage
Auoient percé le flanc de mon frefle vaiffeau,
Defia pour me fauuer i'embraffois vn morceau
De fes ais malheureux, quand ton ayde feconde
Fit calmer la tempefte, & me tira de l'onde,
Tel le Nictelien aux Indes reuere,
Tel le fang Eacide au befoin imploré
Sauua l'Athenien d'entre les mains de Xerce,
Et triompha de l'oft de ce barbare Perfe.
C'eft ainfi qu'il te pleut imiter les grands Dieux,
En preferuant ma nef du naufrage odieux,
Et chaffant l'ennemy de qui la guerre ouuerte,
Defaftroit mon repos, & coniuroit ma perte.
    Si quelque Deïté guerdonne les humains
Qui d'vn zele pieux eftendirent leurs mains
Pour fauuer de peril les ames trauerfees,
B R V L A R D, qui m'affiftas en mes rifques paffees,
Puiffe tu voir fa dextre auffi large enuers toy
Que la tienne j'ai compte à prendre foin de moy,
Pluftoft fur la minuict le pere des lumieres
Fera reluire l'or de fes blondes crinieres,
Pluftoft fa chafte fœur Diane en plein midy
Guidera les moreaux de fon char refroidy,
Que iamais telle grace & telle bienueillance
Boiue les noires eaux du funefte filence.

Mais comment vn mortel pourroit-il en ses vers
Resonner dignement tes merites diuers?
Bien qu'il euſt eſpuiſé lès ſources Cabalines,
Son chant ſeroit trop bas pour tes vertus diuines.
    Viens donc eſprit celeſte, angelique Renom,
Deſcends du globe aſtré pour eſtendre le nom
De l'auguſte B R V L A R D par la machine ronde;
Fais que ſa pieté iuſqu'au Pole redonde;
Demon tu le peux faire, vn exercice tel
N'appartient pas à l'homme, ains à l'eſtre immortel.

AV ROY.
ODE I.
STROPHE I.

ROY le plus grand de l'vniuers,
ROY l'estonnement des peruers,
Et le Soleil de la iustice,
Prens en gré, (si i'ay merité
Cest heur enuers ta Maiesté)
Les fruicts de mon ieune caprice:
Si i'ay n'agueres sur l'airain
Celebré ton nom souuerain
A peine sortois-ie d'enfance,
Ores que le premier cotton
Me vient couronner le menton
Le voilerois-ie du silence?
    Non, ie veux bruire ses valeurs,
Et ce magnanime courage,
Qui, pour submerger nos douleurs,
Nous retirerent du naufrage,
Quand ton bras qui ne cede rien
A celuy du vaillant Alcide,
Assubiettit l'Iberien
A son coustelas homicide.

A

ANTISTROPHE.

FRANÇOIS, il ne faut point douter.
   Qu'auec ton Prince, Iupiter
   N'ait partagé sa boule ronde,
   Il retint l'Empire dès cieux,
   Et ce tour large & spacieux.
   Qui ceint le corps de ce grand monde :
   Il retint le foudre grondant,
   Qu'il darde en son courroux ardant.
   Sur le criminel qui s'obstine,
   Et les feux que l'on voit baller
   Par le vuide espace de l'air
   Apres le char de l'Auentine.
   Mais à toy, SIRE, mais à toy
   La terre escheut, & les riuieres,
   Les mers sous le frain de ta loy
   Rangerent leurs bourrasques fieres:
   Les grands bois, les superbes monts
   Te firent hommage en la sorte,
   Et l'or qu'au fond de ses poulmons
   La terre nourriciere porte.

EPODE.

SI le Roy du Firmament
   Se vante orgueilleusement
   Des puissans Dieux qu'il assemble,
   S'il vante vn Mercure, vn Mars,
   Vn Phebus aux doigts mignards,
   Ta Cour en a mille ensemble :

Soit pour le faict des tournois,
Soit pour auoir belle voix,
Soit pour tenter vne Lyre,
Qui par son charme ennobly
Les plus grands Princes retire
Des cauernes de l'oubly.

STROPHE 2.

COMME les monts Cerauniens,
Et les chesnes Chaöniens
Sentent l'horreur de son tonnerre:
Ainsi les peuples rebellez
Sentent les coups enfiellez
Du tien qui tempeste en la guerre.

Le sien en Lipare est forgé
D'vn marteau souuent descharge'
Par Pyragmon, Sterope, et Bronte,
Et le tien non moins à douter
Que celuy du grand Jupiter
Dans l'Arsenac est mis en fonte :
Là maint Cyclope, & haut & bas
Frape, & refrape sur l'enclume :
Or' leuant, or' baissant les bras
Jl geint, il se demeine, il fume:
La Seine en bruit, les vieux Tritons
De peur se cachent dessous l'onde,
Et Thetis aux fermes tetons
Le plus creux des abysmes sonde.

4

ANTISTROPHE

SI Jupin a bouleuersé
    Les Titans au siecle passé
    Du choc ailé de son tonnerre,
    Le tien a mis en desarroy
    Ceux qui te refusans pour Roy
    S'esgaloient aux fils de la terre.
    Les champs de France il engressa
    Des Espagnols, qu'il renuersa
    Pesle-mesle aux Royaumes sombres,
    Tellement que le vieux Charon
    Pensa tomber sous l'Acheron,
    Tant sa barque estoit pleine d'ombres.
    Par où ton cheual galopoit
    Le sang ruisseloit par ondees,
    Quand ta coustelace frapoit
    Les pasles troupes desbandees,
    Qui, veufues des communs tombeaux,
    Seruoient aux loups de nourriture,
    Et dans le ventre des Corbeaux
    Auoient leur digne sepulture.

EPODE.

APRES tant de faits guerriers
    Ceint des verdoyans lauriers
    Que te donna la victoire,
    Tu fis descendre icy bas
    L'aduersaire des combats,
    Estincelante de gloire :

Sous l'ombrage gardien
Du tige Palladien
Tout fut en resioüiſſance,
Et les aſtres ſans courroux
Verſerent leur influence
La plus fertile ſur nous.

STROPHE 3.

ELLE bien-heura les citez,
  Les toreaux par elle domptez
Prindrent le ioug du labourage.
Par elle, francs de tous dangers,
Les troupeaux ſuiuoient les bergers
En aſſeurance au paſturage.
  Diane reuint aux foreſts,
Et les miniſtres de Cerez
Reprindrent la faux nourriciere.
Les fleurs r'embaſmerent les prez,
Et Bacchus aux raiſins pourprez
Reueſtit ſa grace premiere.
Pomone encore en ce bon-heur
Ouurit la corne d'abondance,
Ramenant ſon antique honneur
Aux larges campagnes de France,
Et les nochers parmy les eaux,
Au gré des vents & des eſtoilles,
Sans peur guiderent leurs vaiſſeaux
A coups de rames, & de voiles.

ANTISTROPHE.

EN fin la Paix fit que les arts
    Furent femez de toutes parts
    Auec la main d'vn bon Genie :
    Ce fut par elle que ie beûs
    Les douces liqueurs, dont Phebus
    Comble nos cerueaux de manie :
    Et cefte Deeffe fera
    Que ma Lyre encore bruira
    Ton los que le monde eternife ;
    Si ta Royale maiefté
    Pour me rendre mieux agité
    D'vn œil fauorable m'aduife.
    O ROY la merueille des Rois,
    Tres-Chreftien, tres-grand, tres-augufte,
    Preftes l'oreille à cefte fois
    A ma priere la plus iufte :
    Ainfi puiffes-tu voir en fin
    Sous ta main la terre flechie :
    Ainfi LOïs ton grand Dauphin,
    Regne vn iour fur ta Monarchie.

EPODE.

AINSI tes feconds enfans
    Comme l'aifné triomphans
    Terracent les Infideles,
    Et que le champ Paleftin
    Soit quelque iour le butin
    De leurs victoires nouuelles :

Bref que leur nom fauory
Tel que celuy de HENRY
Par le monde retentiſſe,
Et que le fleuue oublieux
Iamais ne l'enſeueliſſe
Dans ſes flots iniurieux.

A LA ROYNE.

ODE II.

STROPHE I.

VOVS qui de l'heur des François
Estes la nouuelle Aurore,
Que dis-ie l'Aurore? ainçois
Le Soleil qui la redore:
O vous que la France adore
Comme vne autre alme Iunon:
Vous dont l'auguste renom
Sert de Phare à l'Hetrurie,
Grande Princesse MARIE,
Receuez d'vn œil serein
Ma Lyre humble, & fauorie
Des filles du Souuerain,

ANTISTROPHE.

QV I fit naistre auecques vous
La Iustice, & la Clemence,
Afin que leurs charmes doux
Vinssent bien-heurer la France,
Et qui dedans la Florence
Vostre beau seiour natal

Vous

Dés le poinct Oriental
De voſtre heureuſe naiſſance,
Parmy la magnificence
Des triomphes paternels,
Vous promit la ioüiſſance
Des Royaumes eternels.

EPODE.

L A *nobleſſe des ayeux,*
Les coffres pecunieux,
Ny la beauté, ny la force,
Bref tout ce qu'vn ſort humain
Amoncelle à pleine main
Sur noſtre fragile eſcorce,
Au matin flattent les yeux
Et meurent dés la ſerée:
» *Le ſeul bien qui vient des cieux*
» *Eſt d'immortelle duree.*

STROPHE.

L'A R N E, *dont les moites flots*
Bagnent les champs d'Hetrurie,
Sans fin chante voſtre los,
O grande Roine M A R I E,
Par vous la France eſt guarie
Des tourmens qui l'offenſoient
Et qui ſon luſtre effaçoient
Par leur rage deprauee:
Dés voſtre ſaincte arriuee

B

Elle replanta ſes Lys,
Dont la tyge releuée
Rendit nos maux abolis.

ANTISTROPHE

*V*OSTRE *Dauphin Dieu-donné*
Luy ſeruit de Panacée
Lors que le Ciel incliné
Sa priere eut exaucee,
Lors qu'elle eſtoit abaiſſee
Dans le gouffre des mal-heurs,
Que le fiel de ſes douleurs,
Que ſa face triſte & bleſme,
Que ſon panchant diadéme,
Et que les pleurs de ſon œil,
Teſmoins de ſon dueil extrème,
La ſembloient mettre au cercueil.

EPODE

*T*ANDIS *voſtre cher eſpoux,*
*H*ENRY *craint par deſſus tous,*
Et meu d'vn braue courage,
Repouſſoit les ennemis
Qui folement ſ'eſtoient mis
Dans ſon Royal heritage.
Dieu qui venge le forfait,
Et prend ſoin de l'innocence,
Pluſtoſt que tard leur a fait
Recognoiſtre leur offence.

STROPHE 3.

VOVS, esgalez en maintien
Iunon l'espouse immortelle
De ce grand Olympien,
De qui le foudre estincelle,
Olympe tremble sous elle,
Et France pareillement
Sous vostre commandement,
Courbe sa teste asseruie :
Elle nous donne la vie
Par l'air que nous respirons,
Et vous, comblant nostre enuie,
Tout ce que nous desirons.

ANTISTROPHE.

TOVTES-FOIS plus que Iunon
Estes-vous recommandable,
En ce qu'elle n'eut sinon
Vne engeance abhominable
A son pere dissemblable,
Mauors au cœur impiteux,
Et Vulcan laid & boiteux,
Mais vostre couche illustree
D'vne Parque mieux astree
Nous enfantera des fils,
Qui parmy nostre contree
Fleuriront comme des Lis.

EPODE.

PVÏSSE-IE vn iour, ſi mes vers
  Obtiennent par l'vniuers
  Quelque peu de renommee:
  Puiſſe-ie auoir ce bon-heur
  Que mon luth ſoit le ſonneur
  De leur victoire emplumee:
  Si que du riuage Indois
  Iuſqu'à la mer Scythienne,
  L'on n'entende point de voix
  Qui parangonne la mienne.

Aux Enfans de France.

ODE III.

STROPHE.

OMME les gemeaux de Latone,
Et du pere aux traits foudroyans,
Par la puissance qu'il leur donne,
Rendent les Poles flamboyans :
Ainsi les fils que ma Princesse
Eut du meilleur de tous les Rois,
Decorent l'horizon François,
Du bon espoir de leur ieunesse.
Venez donc, peuples reculez
Dans les extremitez barbares,
Scythes froids, Numides bruslez,
Et vous infideles Tartares,
Venez aux pieds de leur grandeur
Confesser leur gloire immortelle,
Bref que la terre en sa rondeur
Courbe ses genoux deuant elle.

ANTISTROPHE.

AVSSI tost qu'ils vindrent au monde
Tu vins mon courage saisir,
O Phebus à la tresse blonde,

B iij

Pour le renger à ton plaisir:
Ie sentis grossir ma poitrine,
Ma face changea de couleur,
Receuant l'ardante chaleur
D'yne fureur toute diuine.
Adonc mon esprit agité
De mille flammes incognuës
Fut comme vn aigle transporté
Par dessus les voutes des nuës,
Où, franc de tout mortel soucy,
Plein de nectar & d'ambrosie,
Tu me fis augurer cecy
Par le son de ma Poësie.

EPODE.

DESORMAIS la belle Astree
Luira dans nostre contree,
L'esbat, la ioye, & l'amour
Feront icy leur seiour :
Plus Erynne la bourrelle
N'y semera de querelle,
Plus ses rouges estendarts
Ne conduiront nos soldarts.

STROPHE 2.

ON verra la Foy dans nos villes
Reprendre son premier honneur,
Les champs auparauant steriles
Enrichiront le moissonneur,
Cerez aux fecondes mammelles

Nous allaittera doucement,
En faisant iaunir le froment
Dans ses blondoyantes iauelles,
Et toy, Pere Nictelien,
Qui par vne double origine
Entras du flanc Semelien
Dedans vne cuisse diuine,
Tu viendras, ô Roy des Indois,
Pour resueiller nos fantasies
Replanter sur ton petit bois
Tes belles grapes cramoisies.

ANTISTROPHE

LA venerable Dindymene
Germera par tout à foison
Pour le bien de la race humaine
Son doux fruictage de saison,
Et Flore enceinte du Zephyre
Esmaillera les prez fleuris,
Tandis que la belle Cloris
Y fera sa tresse reluire.
On aura soucy des bons Dieux,
Les iustes loix seront gardees,
Themis esclairera des Cieux
Les Republiques mieux guidees.
Les rossignols, & les tarins
Desgoiseront leur douce plainte,
Et sur les chariots marins
Les marchands vogueront sans crainte.

EPODE.

CESTE fille Idmonienne,
 Que Pallas Tritonienne
En araigne conuertit,
 Fera son œuure petit
Sur les instrumens belliques.
 Alors dans nos Republiques
Les Anges voyageront,
 Et nous accompagneront.

  STROPHE.

MINERVE en nos Academies
 Resueillera ses nourrissons,
Que les bourrasques ennemies
 Tempestoient en mille façons,
Et les neuf filles qu'Eleuthere
 Conceut du Prince Olympien,
Changeront leur mont Thespien
 A nostre Gaulois hemisphere,
Suyuant la piste & les accens
 De la Phebeanne harmonie,
Qui verse en l'ame par les sens
 Le miel d'vne ioye infinie.

   » Quoy les Chansons n'ont elles pas
   » Vn charme, vn douce nectar, vn basme,
   » Qui par leurs souerains appas
   » Bannissent le soin de nostre ame?

  ANTISTROPHE.

LES temples & les edifices

Que le temps sombre a desmolis,
Seront par les anges propices
Et releuez, & r'embellis:
Là mille deuotes chandelles
Sur les autels flamboyeront,
Dont les flammes tesmoigneront
Le sainct amour des cœurs fideles:
Et là nos Prestres blanchissans
Victimeront en leur offrande
Les douces vapeurs de l'encens,
Afin que le Ciel les entende,
Et qu'à iamais il ait soucy
De la nompareille excellence
Des enfans que i'honore icy
Comme les astres de la France.

EPODE.

ICY le Dieu qui m'affolle
Borna soudain ma parole,
Et recalma la fureur
Qui m'espoinçonnoit le cœur,
Tel que la mer abaissee,
Quand la bourrasque est passee,
Et que les freres gemeaux
Esclairent dessus les eaux

C

A LA ROYNE
Marguerite.

ODE V.

STROPHE I.

MVSE *hostesse des Cieux,*
Dont l'ardeur saincte m'inspire,
Dis-moy qui, d'entre les Dieux,
I'entonneray sur ma Lyre?
Dois-ie chanter, dois-ie bruire,
L'Atlete braue à luitter,
Ou les fils de Iupiter?
Non, non, chantons le merite
De la grande MARGVERITE,
L'vnique fleur des VALOIS,
Ceste immortelle Charite,
Fille, & sœur de tant de Rois.

ANTISTROPHE.

MAIS quoy d'aspirer si haut
N'est-ce point vne arrogance?
Pour la chanter comme il faut
Où faut-il que ie commence?
Quel aigle aura l'asseurance
De vçir vn si beau soleil,
Sans endommager son œil,
Qui pourra dans l'Amphitrite
De sa vertu fauorite
Nauiger en seureté?
Mais quoy? ie m'y precipite
Ialoux d'immortalité

EPODE.

AVTANT que le firmament
Parmy son brun vestement
A de brillantes estoilles:
Autant que le Dieu marin
Porte en son flot azurin
De grains de sable & de vôiles:
Autant ROINE de grand prix,
Et qui n'a point de seconde
Autant voyons-nous d'esprits
Vous admirer par le monde.

STROPHE.

VOVS surmontez en bonté
Le clair sang de vostre race:
Aucune autre Deité

C ij

Ne maintient noſtre Parnaſſe,
Nulle en dons ne vous ſurpaſſe,
Vous eſtes l'amour des Cieux,
L'obiect où les plus grands Dieux,
Ont prodigué leur richeſſe,
En eſprit vne Deeſſe,
Belle en corps, Royne en effects,
Le but où la Muſe adreſſe
L'or empenné de ſes traits.

ANTISTROPHE.

Les Caſtaliennes ſœurs
Que mit au iour Mnemoſyne,
Ont repeu de leurs douceurs
Voſtre Royale poitrine,
Le Ciel d'vne main diuine,
Dés l'horoſcope natal,
Vous inſpira l'heur fatal
D'vne vaillante Heroïde,
Afin de tenir en bride,
L'orgueil & la volupté,
Dont l'œil aueugle nous guide
Aux Royaumes ſans clarté.

EPODE.

De ceſte chaſte Iudith,
Qui d'Holoferne eſpandit
Le ſang boüillonnant de rage,
Vous auez la pieté,
La proüeſſe, & la bonté

Pourtraite en voſtre courage,
Comme elle vous careſſeʒ
L'Eternel, & ſon Egliſe,
Et ſes petits oppreſſeʒ
Vous remetteʒ en franchiſe.

STROPHE 3.

LES arts du tout abolis
Par les diſcordes ciuiles
Sous voſtre eſcorte embellis
Reflorirſſent dans les villes,
Qui deuindrent plus tranquiles,
Si toſt qu'vn aſtre eſclaircy
Vous fit reuenir icy:
A peine eſtieʒ-vous entree,
Qu'Hippocrene à l'eau ſacree
Commença de ſurgeonner,
On vit, comme ſous Aſtree,
Le ſiecle d'or retourner.

ANTISTROPHE.

VOVS abhorreʒ du flatteur
Les homicides paroles,
Vous reietteʒ le menteur,
Et les cautelles friuoles :
Toutes ces vaniteʒ foles,
Sans vtilité, ſans fruit,
Que l'aueugle monde ſuit,
Pipé des amorces vaines
Des Stygiales Syreines.

C iij

N'enforcellent vos efprits,
Ny les poifons inhumaines
D'Amour enfant de Cypris.

EPODE.

LE pilote eft valeureux,
Qui par les bancs dangereux
Conduit fa poupe affeuree,
Durant que l'Aquilon bruit,
Et qu'vne effroyable nuict
Couure le fein de Neree:
Plus valeureux eft celuy
Qui par le mondain orage
Peut faire voile auiourd'huy,
Sans qu'il fuccombe au naufrage.

STROPHE 4.

SI Thomyre au mafle cœur,
Si Bradamante, & Clorinde
Ont fait que leur nom vainqueur
Va de l'Hebre iufqu'à l'Inde,
Le voftre plus loin fe guinde.
Iufqu'aux extremes cantons
Des fous - terrains Antichtons,
I'entends la vierge emplumee,
L'immortelle Renommee
Par tout bruire à haute voix
Dans fa trompette animee

MARGVERITE DE VALOIS.

ANTISTROPHE.

VOSTRE *noble iugement,*
  Tel que celuy d'Vranie
  Cognoist du grand firmament
  L'vniuerselle harmonie :
  Vostre grace est infinie,
  L'abeille fille du ciel
  A confit son plus doux miel
  Sur vos leures charmeresses,
  Les neuf pucelles Deesses,
  Et les Graces de Cypris
  Ont respandu leurs richesses
  Dans le champ de vos esprits.

EPODE.

ON *auroit plustost compté*
  L'innombrable infinité
  Des feux de la nuict obscure,
  Que les presens gracieux
  Que vous ont donné les cieux
  Par les mains de la Nature :
  Mais ce que ne peut la voix
  En ses termes d'eloquence ;
  Faites (Perle des VALOIS)
  Qu'il s'entende à mon silence.

A Cesar Duc de Vandosme.

ODE IV.

STROPHE I.

ABBREVVÉ des cheres douceurs
Que m'influerent les neuf Sœurs
Au mesme instant que le tetin
Nourrissoit mon âge enfantin,
Ie veux accorder sur ma lyre
La gloire d'vn enfant de Mars,
L'image de ces vieux Cesars
Qui tindrent le Romain Empire:
Ie veux porter en l'vniuers
Sur les ailerons de mes vers,
Par vne loüange estimee,
L'ample honneur de sa renommee,
Qui, sous mon pouce fauory,
Doit par la terre vniuerselle
Flamboyer vn iour comme celle
De nostre Monarque HENRY.

ANTI

ANTISTROPHE.

QVI genereux en ses effects
   N'aime que les hommes parfaicts
   Estant seul là perfection
   Qui tire en admiration
   Les estrangers, & dont la dextre
   Qui s'accoustume à triompher
   Se faict craindre autant par le fer,
   Qu'aimer & seruir par le sceptre.
   » Car sa Royale Majesté
   » Participe à la Deïté
   » Qui par les dangers le conserue,
   » A cause que son ame obserue
   » Ce que sa diuine Themis
   » Pour le bien de la France ordonne,
   » Afin qu'vne telle Couronne
   » Soit l'effroy de ses ennemis.

EPODE.

MVSE empennes la sagette
   Qui fait bruire par les airs
   La cadence de mes vers,
   Afin qu'au vent ie la iette:
   Fais que son vol bien appris
   Se perche dans les esprits
   D'vn Prince à qui te dedie
   La Dorique melodie
   Qu'anime tes doigts gentils:
   C'est luy qui dés son enfance

D

Imitera la vaillance
Du preux enfant de Thetis.

STROPHE. 2.

CESTE belle Nymphe aux yeux pers
Qui tient en partage les mers,
Dedans le champ Thessalien,
Conceut Achile Pelien:
Et quand le grand flambeau du monde,
Le Soleil pere des saisons.
Autour des celestes maisons.
Eut par neuf lunes faict la ronde,
La Deesse aux pieds argentez
Au milieu des aduersitez
Qui font escorte à la gesine
Inuoque la main de Lucine,
La saincte matrone entendit,
L'humble priere de l'enceinte,
Et sa main fauorable & saincte
A sa deliurance estendit.

ANTISTROPHE.

ADONC Achile au teint riant
Apparut à son Orient,
Comme l'estoile de l'amour
Apparoist sur le poinct du iour:
La mere qui lit en sa face.
Ie ne sçay quoy de plus qu'humain,
Rend grace à la diuine main
Qui luy baille vne telle race,

C

Elle baise ores son beau teint
De cinabre & de neige peint,
Ores sa lumiere iumelle,
Et sa bouche extremement belle,
Et puis d'vn zele maternel
Le plonge neuf fois dedans l'onde
Qui du moteur de ce grand monde
Est le iurement solennel.

EPODE.

AFIN que le fer seuere
N'eust pouuoir de le blesser
Quand il iroit terrasser
L'Hectorienne colere;
Afin que la pasle mort,
Afin que l'inique sort
Ne le mist dés son ieune aage
Sur le funeste riuage
De l'Acheron soucieux,
Et que sa gloire estimee
Fust d'autant plus renommee
Par le Poëte sans yeux.

STROPHE 3.

LE baignant en ce fleuue espois
Ces mots nasquirent de sa voix:
Fils du nepueu de Iupiter,
Ta dextre puisse espouuenter
Les nations les plus sauuages,
Ton corps par le glaiue poinctu

D ij

Ne soit point iamais abbatu
Dedans les Martiaux orages,
  Que ta grace ait tant de pouuoir
Qu'elle puisse vn iour esmouuoir
Le cœur des Princesses plus belles,
Bref que tes beautez naturelles
Te facent par tout souhaitter,
Ny plus ny moins que ton espee
Dans le sang rebelle trempee
Te fera craindre & redouter.

ANTISTROPHE.

A-elle finy son discours
  Au firmament elle a recours,
Elle faict au pere immortel
De gazons de terre vn autel,
  Le seme d'ache & de verueine;
  Là pour rendre grace humblement
De son heureux accouchement
Elle offre vn aigneau porte-laine:
De qui le sang tiede versé
Soudainement est ramassé
Par les Deïtez etherees,
Qu'elle auoit à l'heure implorees;
Elle entre-choque deux cailloux
Dont les estincelles pourprees
Consument les fueilles sacrees
Qu'elle auoit mises par dessous.

EPODE.

TANDIS le petit Achile
  Couché sur l'herbe d'vn pré
  De maintes fleurs diapré
  Ioüit d'vn somme tranquile,
  Le sacrifice acheué.
  Sa mere l'a releué:
  Le petit rit deuant elle,
  Il demande la mammelle,
  Il la presse doucement,
  Puis vne main familiere
  Dedans la couche premiere
  L'emmaillotte proprement.

STROPHE 4.

QVAND il arriue en la saison
  Qui sous le frain de la raison
  Asseruit les ieunes esprits,
  Son pere Eacide l'a pris,
  Il le mene au mont Pholoïde
  Chez le vieillard Phylirien,
  Afin qu'il polisse le sien,
  Et qu'il luy serue d'vne guide.
  Le voilà docte en peu de iours,
  Il charme par son beau discours
  Et par sa lyre nompareille
  Les cœurs esclaues de l'oreille.
  Il est medecin excellent,
  Il dompte aux bois la beste fiere,

Il triomphe en l'art militaire,
Et sur le Xanthe violent.

ANTISTROPHE.

DEVANT *que le premier cotton*
Eut crespé son ieune menton
Le deplorable Menelas
Eut besoin de son coutelas,
A l'instant pourueu de gendarmes,
Et d'vn bouclier fait de la main
De Vulcan febure souuerain,
Il effroya Troye d'allarmes:
Les bataillons qu'il renuersa,
Qu'il destruict, qu'il bouleuersa,
Tesmoignent la grande proüesse
De son Heroïque ieunesse,
Qui n'eust pas tellement reluy
Si le Dulichien remede
Ne l'eust soustraict à Lycomede,
Pour l'emmener auecque luy.

EPODE.

CE *petit fils Eacide*
Au sainct Temple d'Apollon
Fut blessé par le talon
D'vne sagette homicide,
Que l'adultere Troyen
Descoha par le moyen
De sa main prompte & certaine
Pour luy rauir Polyxene:

Là seulement il pouuoit
Estre occis, veu que sa mere
Le plongeant en la riuiere
Par ce membre le tenoit.

STROPHE 5.

M v s e quel vent impetueux
Roulant sur les flots tortueux
A faict escarter mon vaisseau
Qui fendois si droictement l'eau?
Reprends l'auiron, belle fille,
Pour le ioindre au palais heureux
D'vn Prince ardemment amoureux
De ta contenance gentille,
Vois-tu pas que ses yeux iumeaux
Sont les Amycleans flambeaux
Qui par les vagues te conduisent,
Malgré les Syrtes qui te nuisent,
Il voit d'vn bon œil les chansons
De ta faconde naturelle
C'est luy qui sur la chanterelle
De son luth anime leurs sons.

ANTISTROPHE.

M a Nymphe, il aura soin de nous
Il est magnanime, il est doux,
Presentons luy donc vn laurier
Pour couronner son front guerrier,
Vn laurier cueilly dessus Pinde,
Qui le face estimer de ceux

Qui boiuent le Strymon glacé,
Et qui se baignent dedans l'Inde.
   Nul tant que luy n'a merité
D'estre sur ma corde chanté,
L'on cognoist à son ame bonne
Qu'il est de la race Bourbonne,
L'on presagit que son renom
Par tout se doit faire apparoistre,
Et qu'il doit à l'aduenir estre
Cesar d'effect comme de nom.

EPODE.

Si ma voix estoit plus douce,
Et plus doctes mes esprits,
Ie ferois bruire son prix
Dauantage sur mon pouce,
Mais quel Pythique deuin,
Quel Homere au chant diuin,
Quelle Thebaine harmonie
Feroit ceste œuure infinie?
Ie l'oseray toutesfois,
Si ma trompette honorée
Se voit quelque tour dorée
Des recompenses des Rois.

A NICOLAS DE SILLERY,
CHANCELIER DE FRANCE.

STROPHE I.

CE n'est rien qu'vne vanité,
Que la puissance terrienne,
De quoy sert l'or tant souhaitté,
Dequoy la robbe Tyrienne?
La mort arriue en vn clin d'œil
Qui nous precipite au cercueil,
Nos iours sont brefs, ce n'est qu'vn songe,
Cest inexorable nous plonge
Dedans les flots obliuieux,
Et cache nos faicts heroïques
Sous les ombrages Cimmeriques
De son manteau pernicieux.

ANTISTROPHE.

COMBIEN sur les rapides bords
Du Tybre Tusque & du Scamandre
A-elle mis d'Athletes forts
Sous l'oubly d'vne froide cendre?
Le temps la suit, bien que pesant,
Il nous desrobe le present,
Et faict tomber en pourriture
Les beaux ouurages de nature;
L'ancre seule est plus forte qu'eux,
Elle terrasse leurs prodiges,

E

Et nous fait suiure les vestiges
De nos ancestres belliqueux.

EPODE.

O BRVLARD, ame saincte & belle
Qui vois d'vn bon œil ses enfans,
Elle a pouuoir malgré le temps
D'allonger ta course annuelle:
D'où le charton celeste part,
Iusqu'où sa charrette s'abbaisse,
Sa lumiere esclatante laisse
De nos faicts la meilleure part,
Et rend nostre ame glorieuse
Des vices noirs victorieuse.

STROPHE 2.

CESTE nompareille vertu
Ceste vigilance admirée
De qui le ciel t'a reuestu,
Seroit de peu longue durée,
Si les histoires, si les vers
N'en faisoient tesmoin l'vniuers;
C'est par leur vnique entremise
Que l'vn & l'autre s'eternise:
Le bon-heur dont nous iouyssons
De te voir sain & plein de vie
Fait naistre vne immortelle enuie
Aux ans futurs que nous laissons.

ANTISTROPHE.

CE bon-heur d'auoir esté mis
Sur le tribunal de Iustice,

Ceſt eſprit ſage dont Themis
Eſt la diligente nourrice,
Ce conſeil heureux & prudent,
Ceſte bonté, ce cœur ardent
Qui ne tend point aux choſes baſſes,
Tant de treſors & tant de graces
Ne dureroient non plus de temps
Que neige au Soleil expoſée,
Si la Muſe immortaliſée
Ne les haut-loüoit par ſes chants.

EPODE.

Ny l'heur d'eſgaler en nobleſſe
Le Prince Alcon, ny ceſtuy-là
Qui de ſon bon grē s'immola
Pour mettre en liberté la Grece,
Ny l'honneur que te font les Rois,
Ny les aduis que tu leur donnes
Pour l'entretien de leurs couronnes,
Ny tant & tant de iuſtes loix
Ne pourroient vaincre Libitine
Sans vne trompette diuine.

STROPHE 3.

La gloire d'auoir deſtourné
Tant d'infortunes de nos teſtes,
Le renom d'auoir ſerené
Tant de broüillards & de tempeſtes,
La ſouuenance de l'abſent,
L'aide eſperé que l'innocent
Reçoit de ta main ſecourable

Contre vne iniure intollerable,
Et mille & mille autres presens.
Dont le ciel liberal te doüe,
Si le Parnasse ne te loüe,
Trespasseront auec les ans.

ANTISTROPHE.

MAIS puis que i'ay diuin BRVLARD,
En main la harpe Dorienne,
Puis que i'imite le bel art.
De la Muse Pindarienne,
Ce meschef n'arriuera pas,
Ie te sauueray du trespas,
Et par la terre vniuerselle
Semeray ta gloire immortelle,
Si bien que Lycurgue l'honneur
De la Spartaine République,
Et Dracon l'ornement d'Attique
T'enui'ront mon pouce sonneur.

EPODE.

QVI veut donc plus que l'aage viure,
Qui souhaitte vne eternité,
Qui veut du riuage Lethé
Se voir vn iour franc & deliure;
Qu'il ait à nos Muses recours,
Qu'il mange de leur Ambrosie,
Le sainct feu de leur Poësie.
Le peut faire viure tousiours,
Car le sort ne peut le contraindre
Ny le temps enuieux esteindre.

A NICOLAS DE
NEVFVILLE, SEIGNEVR
DE VILLE-ROY
SECRETAIRE D'ESTAT.

STROPHE I.

HASTES sœurs, filles du Tres-haut,
C'est maintenant, belles, qu'il faut
M'inspirer de la mesme flame
Que vous inspirastes iadis
Le docte Pindare tandis
Que ses poulmons respiroient l'ame.
Ne me niez point auiourd'huy
Non plus que vous fistes à luy
La Thessalienne couronne,
Puis que i'ay, le desir qu'il eut,
Puis que mesme ardeur m'esperonne,
Et que ie pince vn mesme luth.

ANTISTROPHE.

VIERGES si l'humide cristal
Qui baigne vostre mont natal
Ne me deffend point son entree,
Mais qu'il me permette allenter

E iij

La grand' soif que i'ay de gouster
De sa liqueur saincte & sacree:
Si i'entre iamais en ce bain
I'espere que mon vers Thebain
Sauuera mon nom des tenebres,
Et que i'auray de vous en fin
Ces lauriers fameux & celebres,
Mon seul but & ma seule fin.

EPODE.

IE vous promets qu'en recompense
Sur vos papiers ie sacreray
Le nom plus digne & reueré
Qui soit point dans toute la France;
C'est VILLEROY dont la splendeur
Surmonte les autres lumieres,
Qui par cette basse rondeur
Marchent en pompe les premieres.

STROPHE 2.

C'EST le riche honneur de nos ans,
C'est l'espoir des hommes exempts
D'erreur & d'offense maudite:
Pour neant si ie n'estois point
De vos saincts esguillons espoingt
Atteindroi-ie à ses grands merites,
Car rien de mortel ny d'abiect
Ne peut voir vn si beau sujet,
De qui la nature est celeste;
C'est l'Homerienne Pallas
Qui peu souuent est manifeste
Aux yeux des hommes d'icy bas.

ANTISTROPHE.

O Vierges coulez derechef
  Vos douces fureurs en mon chef,
  Plus qu'à la mode accoustumee.
  Iö, deformais ie les sens
  Doucement ramper en mes sens,
  Ia ma poictrine est enflammee:
  Sus apportez ma lyre d'or,
  Et mon archet d'yuoire encor,
  Et cette promise guirlande,
  Je m'en vais chanter VILLEROY,
  L'heur de vostre inegale bande,
  Et la seconde ame du Roy.

EPODE.

IAMAIS vne masse d'argile
  Ne receut vn esprit si beau,
  Jamais le celeste flambeau
  N'a veu personne plus gentille,
  Soit quand par les champs alterez
  Du brun Garamante il sejourne,
  Ou qu'il espand ses rais dorez
  Où l'Hebre à Neptune retourne.

STROPHE 3.

LE sucre Hyblean n'est si cher
  A celles qui le vont pescher
  Dans les fleurettes esmaillees,
  Comme l'oracle de sa voix
  Est cher aux Monarques François,
  L'heur de nos ames trauaillees.

Si l'escriuain tombé des cieux
R'entroit encore en ces bas lieux,
Pour resonner l'airain antique,
Il seroit vn Nestor second
A ce vieux Poëte Heroïque
Pour son parler doux & facond.

ANTISTROPHE.

LA manne & le vin precieux
Qui rit dans les vases des cieux
Quand le bel eschanson de Tröye
Le verse d'vn bras enfantin
Autour du celeste festin,
Degoute sur luy par la voye,
Iamais desastre, ny douleur,
Ny l'oyseau qui porte malheur
Ne voltige autour de sa teste,
Iamais sa terre de Conflans
N'entende bruire de tempeste
Ny de tonnerres violens.

EPODE.

MAIS c'est auoir trop de langage,
Le soin des affaires du Roy
Ne permet pas à VILLEROY
Qu'il nous escoute d'auantage:
D'autresfois nous retournerons
S'il est content de nos visites,
Et de nouueau nous tenterons
L'infinité de ses merites.

A Iacques de Maillé de Brezé,

SEIGNEVR DE MILLY.

ODE VII.

STROPHE I.

D'OV vient ceſte bruſque manie?
Quelle influence? quel Genie
Conduit le frain de mes eſprits?
Quoy,Phebus? n'eſt-ce point ta fleſche,
N'eſt-ce point elle qui fait breſche

Dedans mon eſtomach eſpris?
Non, tes Sœurs ne m'agiſent point
D'vne ſi forte violence :
Ta propre ſagette m'eſpoingt,
C'eſt elle ſeule qui m'eſlance.

Tel que ſe monſtre vn Corybant,
Au ſein pantois, à l'œil flambant,
Quand Cybelle au iour de ſa feſte
Luy met la verue dans la teſte:
Ainſi me voit-on furier
Quand ton eſprit m'enthouſiaze,
Quand ton feu celeſte m'embraze,
Et que ie maſche ton Laurier.

F

ANTISTROPHE.

IAMAIS *pourneant ton orage*
  Ne me tempeſte le courage,
  Il ne boult iamais dans mon ſein,
  Que ma ceruelle poſſedee
  N'enfante quelque belle idee
  De quelque heroïque deſſein.

  Tantoſt i'interprete aux mortels
  Le double ſon de tes Oracles ;
  Tantoſt i'appends à tes autels
  Quelque tableau de tes miracles:
  Ores i'entretiens mon eſprit
  De tant de labeurs qu'entreprit
  Le grand nourriſſon de Tyrinthe:
  Ores i'ay le cœur attiſé
  De la proüeſſe de Theſé
  Victorieux du labyrinthe.

EPODE.

DE *quel plus digne guerdon*
  Cheriroît-on leur memoire?
  Peuuent-ils auoir vn don
  Plus excellent que la gloire ?
  » *Le Courtiſan pour le gain*
  » *Deuant les Roys s'agenoüille:*
  » *L'aouſteron ſeme le grain*
  » *Pour en auoir la deſpoüille:*
  » *Et pour auoir la toiſon*
  » *Le paſteur en la ſaiſon*

» Conduit aux champs ſes oüailles:
» Mais l'inuincible guerrier
» Pour le ſeul prix du laurier
» S'eſprouue dans les batailles.

STROPHE 2.

Le ſeul appetit de la gloire
Fit acquerir mainte victoire
A Charles ce grand Empereur
Qui planta la Croix en Eſpagne,
Et couurit ſa large campagne
De ſang, de carnage & d'horreur.
La gloire ſeule fit ſingler
Aux mers qui nous ſont oppoſées
Le ſang de Clairmont & d'Angler
Et les troupes fleur-de-liſées :
Ce fut par elle que BREZE'
Rendit ſon los eterniſé
Dans les bouches de ſa patrie;
Tant ſon bras, & ſon induſtrie
Valurent au ſceptre François,
Quand Charles ſeptieſmie ſon Prince
Dedans la Normande Prouince
Mit à vau-de-route l'Anglois.

ANTISTROPHE.

Il me ſemble encor voir ſa taille,
Et qu'il paroiſt en la bataille
Sur les gens-d'armes d'alentour,
Comme le pin ſur le geneſtre ,

Ou comme ſur vn toiĉt champeſtre
Le front ſourcilleux d'vne tour.
  Je voy, par l'obieĉt du penſer,
L'honneur de ſa vertu guerriere:
Ie voy dedans ſa main froiſſer
Le bois d'vne lance freſniere:
Je voy ie voy ſon bras armé
Furieuſement animé
Contre la cohorte bleſmie
De la mer Angloiſe ennemie.
Comme deuant vn fier lyon
Le cerf timide prend la fuite,
Deuant ſa gaillarde pourſuite
Ainſi fuit le camp d'Albion.

EPODE.

QVAND Iris leue ſes pas
De la ſalle de Neree,
Tant d'eaux ne deualent pas
De la campagne etheree:
Ny quand Erigone luit
La Cererienne tourbe
Tant d'eſpics meurs ne deſtruit
Auec la faucille courbe,
Qu'il renuerſe de milliers
De valeureux cheualiers
Sous le fil de ſon eſpee:
Le camp ſe boſſe de corps,
Et du rouge ſang des morts
La campagne eſt deſtrempee.

STROPHE 3.

" IAMAIS la parfaite excellence
" D'vne Martiale vaillance,
" Ne perd le fruict de ses exploits:
" Tant plus vn siecle a de merite,
" D'autant plus elle est fauorite
" Des magnificences des Rois.

Charles qui voit les faicts guerriers
De sa vigilance cherie
Conioinct le myrthe à ses lauriers,
Quand à sa fille il le marie.

Le Poictou rit de son bon-heur,
(Il en estoit le Gouuerneur)
La mer aupres s'en esmerueille,
Et son petit Clain s'appareille,
D'en faire la solennité;
Le Ciel bien-heure leur ieunesse,
La Douceur y vient, la Richesse,
La Pudeur chaste, & la Beauté.

ANTISTROPHE.

" LES recompenses fructueuses,
" Qu'on donne aux ames vertueuses,
" Ne s'esuanoüissent iamais:
" Les graces qui sont tesmoignees,
* Par d'autres sont accompagnees,
" Les bien-faits suiuent les bien-faits.

Il est tellement incité
De la faueur de la Couronne,

F iij

Que pour garder sa Maiesté
Maint nouueau desir l'esperonne,
  Il signe auec Charles son Roy,
Pour tesmoignage de sa foy,
Quand l'accord de Mantes s'arreste,
Et, sous mesme faueur, il traitte
Auec le Normand deputé;
Quand, par vne insolence fiere,
Sombresset plantoit sa banniere
Dans sa capitale cité.

EPODE.

L'ARDEVR qui le rend espris
  De forcer par les allarmes
Le Pont de Roüen surpris
  Luy fait oublier ses armes:
Si que le pied d'vn cheual
  Froisse rudement sa iambe,
Le sang qui boult court à val,
  Et dessus la place flambe.
  O noble sang de BREZE',
Qui t'es cent fois exposé
  Contre l'Angleterre iniuste,
Combien te doiuent nos Lys!
Combien sont-ils embellis
  De ton excellence auguste!

STROPHE 4.

ENCOR la playe estoit sanglante,
Et son angoisse violente

Luy sembloit deffendre l'estour,
Quand vne genereuse enuie
D'espandre à Fourmigny sa vie
Luy fait auancer le retour.

  Il reuest son casque ondoyant,
Il prend sa cuirasse dorée,
Son large bouclier effroyant,
Et sa forte lame acerée :
Puis monté sur vn grand coursier
Tout couuert de lames d'acier,
Et qui sous le frain se demeine,
Comme si la raison humaine
Mouuoit son courage, & ses pàs,
Ores d'estoc, ores de taille,
Il donne au gros de la bataille,
Et porte auec soy le trespas.

              ANTISTROPHE.

La sa guerriere couslelace
Empourpre, & montagne la place
Des Capitaines les plus fiers :
Là cinq mille aux Parques flechissent,
Là nos triomphes s'enrichissent
De quatorze cens prisonniers :
Et pour accroistre le renom
De sa victoire solennelle,
Charles Roy digne de ce nom,
Au rang de son Ordre l'appelle.
    Soudain qu'il est faict Cheualier,

Soudain qu'il a pris le côlier,
Voicy d'autres noueaux allarmes,
Qui luy font endosser les armes.
» Ah! que de trauaux icy bas
» Accompagnent la race humaine!
» L'vn n'est pas dehors à grand peine
» Qu'vn autre vient sur mesmes pas.

EPODE.

Il fait conduire son camp
Deuers l'Angloise arrogance,
Qui dans la ville de Caen
Sembloit despiter la France.
Là c'est Achille Gaulois,
Sous la valeureuse escorte
Du preux Comte de Dunois,
Fait tellement qu'il l'emporte,
Et porte auec ioy
Il prend Falaise à l'assaut,
ANTISTR.
Chambrois fut d'vn mesme saut
A sa main assuiettie,
Des Capitaines le plus
Ouuroit le pas au Breton,
Fut aussi de la partie

STROPHE.

QVAND la Neustrienne Prouince
Eut changé le barbare Prince,
A son legitime Seigneur,
Charles Roy digne de ce
Au parangon de son merite au

I

Il en fut Chef, & Gouuerneur,
Le prix de sa valeur est tel,
Que Loïs Dauphin qui l'admire
Le fait son grand Maistre d'hostel,
Et dans son exemple il se mire.

» *Mal-heureux est vray'ment celuy*
» *Qui tait le bien receu d'autruy,*
» *Mal-heureux qui le dissimule,*
» *Mal-heureux qui tarde & recule*
» *De le rendre à son bien-faicteur :*
» *Mais plus mal-heureux ie publie,*
» *Qui trop ingrattement l'oublie,*
» *Sans en recognoistre l'autheur.*

ANTISTROPHE.

EXEMPT de ceste ingratitude
BREZÉ mit toute son estude
A seruir les Roys loyaument,
Et les seruit de telle sorte
Que sous leurs armures qu'il porte
Son corps deuale au monument.

Cruelle Mort, deuois-tu pas,
(Si la vertu n'est point mortelle,)
Sauuer des frayeurs du trespas
Vn cœur si noble, vne ame telle ?
Ah ! ce changement desastré,
Quand ie suis plus fort penetré
De l'aspre esguillon qui me touche,
A regret me ferme la bouche,

G

Tant ie ſuis dolent , & marry.
Mais qui ne ſçait l'aſpre rençontre
Que Loïs penultieſme eut contre
Les Bourguignons à Montalhery.

EPODE

» LA vertu qui de tout poinct
» Eſt par les hommes celee,
» Differe peu , voire point,
» De la pareſſe voilee.
I'aurois tort, ſi ie paſſois
L'affection teſmoignee
Dont aima le Roy François
Vn Seigneur de ta lignee,
Lors que pour deſengager
Le païs d'vn eſtranger,
De l'iniure Martiale,
Il ſingle aux mers du Ponant
Magnanime Lieutenant
De la Maieſté Royale.

STROPHE

O BREZE' le ſacré Mecene
De ma petite Melpomene,
Mon Phebus, mon Phare luiſant,
Et ſi quelque nom plus auguſte
Eſt plus conuenable & plus iuſte,
Ie te le donne en me taiſant.
Quel prix, quel triomphe, quel los
Ceſte Couronne te doit elle
Puis que de ces vaillans Heros

Tu prends ton essence immortelle
Quels simulachres de fin or
Quel Laurier', quel Mausole encor
Doit-elle aux Manes de ton pere?
Que la Parque horriblement fiere
D'vn coup mal-heureux emporta
Quand la piteuse tragedie
De sa ieunesse trop hardie
A Coutras se representa.

ANTISTROPHE

Tovsiovrs à l'entour de sa tombe
Le nectar, & la manne tombe,
Et l'humeur qu'on voit degouter
Du moite sein de la nuict brune,
Durant que la seconde Lune
Est grosse du bon Iupiter;
Que l'herbe croisse à l'enuiron,
Les beaux Lys, & les Marguerites,
Que la terre orne son giron
De rubis, & de chrysolites,
Que les ruisselets argentins
Y tournent leurs bras serpentins;
Que le Rossignol y murmure,
Qu'vn bois de couronnes l'emmure :
Que les prophanes fuyent tous,
Que l'herbe inutile se coupe,
Et qu'on y verse à pleine couppe
Du laict, du miel, & du vin doux.

G ij

AVTANT que le braue cœur
De ton pere magnanime
Parmy le champ belliqueur
S'acquit de gloire, & d'estime,
Ton venerable SIMON,
Ton oncle autant s'eternise,
Quand il guide le timon
De la Tourangeoise Eglise.

  Qui fut iamais agité
Du traiĉt de la charité
D'vne plus viue secousse?
Qui fut plus docte, & plus saint?
Qui iamais eut le front peint
D'vne attrayance plus douce?

STROPHE 7.

AVSSI n'est-ce pas sans mystere
Que le grand Pontife confere
Auec luy familierement;
Et qu'il veut mettre en sa puissance
L'vniuersel Clergé de France,
Pour le regir absolu'ment.

  Tes lettres, Pasteur souuerain,
En peuuent donner tesmoignage,
Dignes de tomber en la main
D'vn si renommé personnage.

  Et toy, BREZE', de qui les yeux
Furent les tesmoins curieux
D'vne faueur si manifeste,

Auec le Ciel ie t'en attefte.
Au temeraire qui voudroit
Mettre en bruit fa loüange entiere
Pluftoft que non pas la matiere
Le temps muable defaudroit.

ANTISTROPHE.

Si la vertu rare & fupreme
Ne parloit affez d'elle-mefme,
Crois-tu que i'euffe limité
Dedans vne Ode fi petite
Et l'excellence, & le merite
De ton illuftre parenté?

Les marbres des vieux monumens,
L'airain, le cuiure, & les hiftoires,
Rendent-ils pas fes ornemens
Affez par le monde notoires?

La gloire de fes noms diuers,
Eft fi bien peinte en l'vniuers,
Qu'elle ne perdra point fa pompe
Que ce large tout ne fe rompe;
Et quand bien mefme il periroit,
Elle eft fi claire, & fi brillante,
Que fur l'eternité viuante
Encore elle eftincelleroit.

EPODE.

BIEN que l'Anjou foit efpris
D'auoir en fes bras veu naiftre
Mille & mille beaux efprits

G iij

Qu'en France on a veu paroiſtre;
Pourtant ne receut-il pas
Vne telle eſioüiſſance,
Quand ils naſquirent ça bas,
Qu'à ton heureuſe naiſſance:
Le bien qui le vint ſaiſir
N'excede moins le plaiſir
Qu'il receut à leur venuë,
Que tu les vas excedant,
Soit par ton conſeil prudent,
Soit par ta force cognuë.

STROPHE 8.

QVOY la prouidence immortelle
Du ſage Deſtin pouuoit-elle
T'offrir vn plus heureux berceau
Que l'Anjou? dont l'onde fertile
Au large port de mainte ville
Porte maint ſuperbe vaiſſeau:
Dont l'air ſerein & temperé
Fait mille & mille fleurs eſclorre,
Quand le Zephyre en-amouré
Courtiſe les beaux yeux de Flore:
Dont le champ porte vn vin exquis,
Et les fruictages plus requis.
   Qui peut douter que ſa prouince,
Ny plus ny moins qu'vn riche Prince
Eſclatte au milieu de ſa Cour,
Ne brille au giron de la France,

Et que ſa gloire ne deuance
La gloire de celles d'autour.

ANTISTROPHE.

TON corps ſe formoit à grand' peine,
Et pour ta naiſſance prochaine
Encor l'Anjou faiſoit des vœux,
Quand Phlegon par le Ciel galope,
Afin que ſur ton Horoſcope
Luiſe Thebus aux blonds cheueux.

   Ce Dieu coula ſi bien ſur toy
Le bon-heur de ſon influence,
Qu'il me ſemble que ie le voy,
Quand ie voy ta chere preſence,
C'eſt luy qui diſpoſe tes mœurs,
Qui te place entre les honneurs,
Qui rend eſleué ton courage,
Beau ton eſprit, beau ton viſage,
Propre ta garbe, & ton diſcours,
Et qui du ſien ne t'eſt point chiche,
Afin que ta main large, & riche
Soit ouuerte aux Muſes touſiours.

EPODE.

QVAND par neuf fois rondement
Diane eut vouté ſa corne,
Le mois de l'enfantement
A l'heure meſme ſe borne,
Auſſi toſt les Nixiens
Font eſcorte à lageſine,

A

Les temples Egyptiens
Auſſi toſt perdent Lucine,
Qui fait vn vœu ſolennel
D'offrir au ſein maternel
Son aſſiſtance cherie :
Puis Alemone prend ſoin
De le traitter au beſoin,
Et la prompte Nemerie.

STROPHE 9.

LORS que ta mere eſt deliurée,
Sa ioye eſteinte eſt recouurée
Par l'vnique obiect de tes yeux:
L'atlete ainſi perd la memoire
De ſes trauaux, lors que la gloire
Orne ſon chef victorieux.

Tout ainſi qu'vn rouge bouton
Flambe au roſier la matinee,
Quand l'amoureuſe de Tithon
Quitte ſa couche ſafranée :
Ny plus ny moins tu paroiſſois
A meſure que tu naiſſois;
Mais ſi toſt que ſur ta paupiere
La belle & celeſte lumiere
De Phebus eut ietté ſes rais,
Voicy venir Pithon la belle
Qui te preſente la mammelle,
Et qui ſe mire en tes attraits.

A N.

ANTISTROPHE.

DE toutes parts l'Attique mouche
  Vint lors confire sur ta bouche,
  Son miel tout fraischement cueilly :
  De là ta douceur print son estre,
  De là se vit encore naistre
  Ce digne surnom de MILLY.

    Loire, que le bon-heur fatal
  De ta naissance rend superbe,
  Pousse au trauers de son christal
  Son front tressé de ioncs, & d'herbe.
  Vn vase plein, de qui tousiours
  L'eau vagabonde enfle son cours,
  D'vne longue trace ruisselle
  Aux enuirons de son aisselle :
  Il auoit d'autre part en main
  Vne coquille serpentee,
  De qui l'organe trompettee
  Ne se consulte point en vain.

EPODE.

AV doux bruit de ses accords
  Les blandissantes Nauondes
  Paroissent à demy corps
  Sur le marbre de leurs ondes.

    Là viennent Xanthe, Prymnon,
  Pleïone, Ianthe, Ocyree,
  Doris, Eudore, Phænon,
  Parthenope, & Callyree.

H

Quand chacune eut pris son lieu,
Ce Dieu qui siet au milieu
Fait à sa conque silence,
Et d'vn oracle deuin
Il chante l'honneur diuin
De ta future excellence.

STROPHE 10.

BEL enfant, qui rends illustree
De ta presence ma contree,
Belle ame hostesse d'vn beau corps,
Escoutes, noble geniture,
Combien la main de la Nature
T'est liberale en ses thresors:
Non seulement tu respondras
A ta noblesse deuanciere,
Mais encor tu la preuaudras
Par ta diligence heritiere.
Ainsi le Grec eut le bon-heur
D'emporter la gloire, & l'honneur
De la Cheualiere vaillance
Sur la paternelle influence.
  On ne voit point d'vn clair surgeon
  Sortir vne eau trouble et fangeuse,
  Et l'aigle forte & courageuse
  N'enfante iamais vn pigeon.

ANTISTROPHE.

BIEN que ta fortune soit grande,
Et que le Ciel benin respande
Sur toy l'affluence du bien;
Toutes-fois ta largesse immense,
Et ta douceur, & ta clemence
Ne leur voudront ceder en rien.
Tu penseras auoir perdu
Le iour où ta dextre propice
N'aura point aux Muses rendu
L'effect de quelque bon office.
   Mais ce ne sera point en vain,
Car les filles du Souuerain,
Qui seront ta plus douce cure,
Soigneront de ta nourriture,
Et susciteront pour ton heur
Au bord de la Seine vn blanc Cigne,
Qui placera ta gloire insigne
Au sacré temple de l'Honneur.

EPODE.

La plus belle fleur qui soit
   D'où le clair Soleil habite,
   Iusqu'où Neptun le reçoit
Dans la salle d'Amphitrite,
   N'aura point d'obiect plus sainct,
   Ny d'entretien plus affable
   Que ton beau merite emprainct
Dans son ame incomparable.

H ij

6о

Esprifes de tes beautez,
Les Nymphes de tous coftez
Viendront fe prendre à tes charmes:
Leurs cœurs ne feront pas moins
De ta bonne grace efpoingts,
Que l'ennemy par tes armes.

STROPHE II.

ARMES de qui l'experience
Promet au Démon de la France
L'accompliffement de fes vœux:
Armes dont les rares merueilles
Charmeront vn iour les oreilles
De fes indomptables nepueux:
Quand ils entendront que BREZE'
D'vne ame de valeur efprife
Aura guerrierement ofé
Mainte genereufe entreprife:
Quand ils verront (dy-je) fous toi
Les plus capitaux ennemis
De la Gauloife Monarchie
Sous la fleur de Lis enrichie:
Bref quand maint cafque, maint efcu,
Maint efcadron, mainte banniere
Publi'ront en mainte maniere
Que maintes fois il a vaincu.

ANTISTROPHE.

PETITE Planette Angeuine,
Quoy? cefte vaillance diuine

Qu'à ta ieuneſſe ie promets,
Hé! quoy? n'eſt-elle pas capable
De te faire ſeoir à la table
Où le Nectar ne faut iamais?
Si valeureux ſont tes exploits
Entre les tumultes belliques;
Autant profitera ta voix
Au mani'ment des Republiques.
Le miel qui ſourcera touſiours
Du ſurgeön de tes beaux diſcours
Fera que l'oreille attentiue
De ta volonté ſoit captiue
De meſme l'Hercule Gaulois
Par les chaiſnons de ſa harangue
Attiroit au frain de ſa langue
Les peuples charmez de ſa voix.

                    E P O D E.

CROIS donc, ô germe diuin,
Et, pour vn fidele hommage,
Prens de ton Loire Angeuin
Ce prophetique langage:
Crois donc, crois donc viſtement,
Crois, afin que les années
T'apportent l'euenement
De tes belles deſtinées:
Crois donc, ainſi puiſſes-tu
Pour ta future vertu
Couronner ton front de palmes.

                    H iij

Que le Ciel pleuue vn ruiſſeau
De faueurs ſur ton berceau,
Que les tempeſtes ſoient calmes.

STROPHE 12.

ADONC finit la voix prophete,
Et le chœur des Nymphes repete
Le dernier ton de ſes accens.
    Iupin tonne en l'air d'allegreſſe,
Le Ciel rit, l'air qui te careſſe
Eſt plein de muſc, d'ambre, & d'encens.
L'Aube t'eſpand de ſon giron
La plus delicate roſee,
La manne tombe à l'enuiron
De ta couche fauoriſee,
La terre verdoye, & les fleurs
De toutes ſortes de couleurs
Entre les herbes s'eſpaniſſent,
Les doux Fauons ſe reſioüiſſent,
Et le petit corps Daulien
Qui chante ſur toy pronoſtique
Que tu cheriras la Muſique,
Et les vers du beau Delien.

ANTISTROPHE.

COMME vne plante bien greffee,
Bien nourrie, & bien eſchauffee
Des pleurs de l'Aube, & du Soleil,
Quand nul buiſſon ne l'enuironne,
Et que la terre eſt graſſe, & bonne,

Croiſt incontinent à veu d'œil:
Ainſi croiſt l'enfant tendrelet
Dont le Ciel prend la ſauue-garde,
Que Pithon nourrit de ſon laié,
Que Phebus d'vn bon œil regarde.
   Ia tu ris, tu parles, tu cours,
Et la Princeſſe des Amours
Toutes les fois qu'elle t'aduiſe,
Et qu'elle voit ta mignardiſe
Penſe que tu ſois Cupidon,
Qui t'a pris, ma race immortelle,
Qui t'a pris tes armes (dit-elle)
Ton arc, ta fleche, & ton brandon.

       E P O D E.

Tv n'es petit ſeulement
Que de forme corporelle,
Ton ſouuerain iugement
Sans comparaiſon l'excelle.
Nul de ces petits mignons
Que ton enfance careſſe,
Et tient pour ſes compagnons
Ne te ſurpaſſe en adreſſe.
Pour gaigner le prix des ieux,
Pour eſtre prompt, courageux,
Et d'vn bel eſprit enſemble
Soit au bal, ſoit à ſauter,
Soit à l'arc, ſoit à luitter,
Aucun d'eux ne te reſſemble.

STROPHE 13.

Avssi toſt que l'airain s'entonne,
Que le cuir bellique reſonne,
Et que l'horreur ſort du canon,
Vne ſi grand' flamme t'allume,
Que celuy qui te voit preſume
Que Mars te ced'ra ſon renom:
Tu fais tantoſt le caualier,
Ou le Capitaine de guerre,
Tu prends maintenant le bouclier,
Et le caſque, & le cimeterre:
Ores tu feins vn limaſſon,
Ou quelque aſſaut à la façon
Des plus remarquables gensd'armes,
Et là tu diſpoſes tes armes,
Contre l'ennemy ſuppoſé,
De telle ſorte que la gloire
De la triomphante victoire
Chet touſiours aux mains de BREZE.

ANTISTROHE.

Rien ne te plaiſt tant que la chaſſe,
Le chien noble, & de bonne race,
Eſt ton plus cher esbattement,
Le cheual, la fauconnerie,
Bref ce qu'vne ame bien nourrie,
Deſire naturellement.
Preſage infaillible, & certain
De l'excellence magnifique

D'vn

D'vn naturel braue, & hautain,
Et d'vne largeſſe Heroïque,
Iamais le pauure humilié
Ne t'a vainement ſupplié,
Sa iambe n'eſt ſi toſt ployée
Que ſa demande eſt octroyée.

Si ta plus nouuelle ſaiſon
Porte vn fruict tel qu'il nous eſtonne,
Il faut iuger que ceux d'Autonne
Seront grands ſans comparaiſon.

ÉPODE.

QVAND l'an ſeptieſme finy
Met en fuite l'innocente,
Et que l'eſprit eſt muny
De plus grande cognoiſſance,
Ta mere où le Ciel humain
Reſpand ſa grace meilleure
Prend ta delicate main,
Et te va conduire à l'heure,
Non ſur le mont Pholien
Où Chiron Theſſalien
Forme les mœurs des Achilles;
Mais dans les bras fauoris
De ceſte riche Paris,
L'ame & la Roine des villes.

STROPHE 14.

LE fils d'Amyntor, & ce Line,
Et l'autre qui prit origine

I

De Philyre, & du Cronien,
Peuuent esgaler en sagesse
Le Precepteur de ta ieunesse,
Mais ils ne le passent en rien.
 Qui doute qu'vn si bel esprit,
Dont tu fus la plus chere estime,
En son eschole ne t'apprit
Tout ce qu'il eut de plus sublime.
 Quels enfans peuuent t'esgaler?
A grand' peine ils sçauent parler,
Que ja d'vn œil prompt tu dissipes
Les nuicts obscures des principes,
 Qui te vit iamais emporté
De trop de licence effrenee?
Qui vit ton ame effeminee
Des charmes de la volupté?

ANTISTROPHE.

IAMAIS l'audace renfrongnee,
Qui tousiours est accompagnee
De l'espoir de l'impunité,
Ny la confiance traistresse
Des moyens, & de la noblesse
Ne l'a point iamais assisté;
Ny l'ennuy que l'aage plus meur
Apporte à l'aage le plus tendre
Pour la difference d'humeur,
Ny le rassaziment d'apprendre.
 Jamais sinon pour escrimer,

Pour fonner du luth ; pour former
Ton corps au maneige , ou pour mettre
En pratique l'art Geometre ,
On ne t'a point veu retirer
Du fein des Lettres familieres,
Dont les merueilles fingulieres
T'allechent pour les admirer.

EPODE.

Vn feul iour ne borne point
Sa carriere terminee,
Qu'vn nouuel art ne foit ioint
A ton ame endoctrinee,
   Quand tu comprends, tu le fais
D'vne allegreffe indicible;
Ta memoire en fes effects
Ne trouue rien d'impoffible;
Maintenant iugeroit-on
Que les propos de Platon
Seroient vrais en ton effence;
Que tout homme docte naift ,
Et que s'il eft tel, ce n'eft
Que par la reminifcence.

STROPHE 15.

Les chofes les plus difficiles
Te femblent claires, & faciles,
Et les preceptes longs trop courts;
La cognoiffance eft expofee
De toute chofe propofee

I ij

Par ton veritable difcours;
Vn mois t'apporte vn tel progreZ
Qu'aux autres la courfe annuelle;
Tu fçais les mots Latins & Grecs
Comme ta langue maternelle.
De là vient que ton Precepteur
Se rend pluftoft l'admirateur
De ta fcience que le maiftre;
Car foit que l'on voye paroiftre
L'archet d'Apollon en ta main,
Ou foit que le doux miel diftile
De ton eloquence fertile;
C'eft vn miracle plus qu'humain.

ANTISTROPHE.

Trois Olympiades bornees,
Les Martiales deftinees
T'appellent fous leurs eftendarts,
Ie ne fçay quel vaillant prefage,
Apparoift lors fur ton vifage,
Qui te voit, penfe voir vn Mars.
    Ton corps s'entre-met valeureux
En toutes les charges de guerre,
Les perils les plus dangereux
Par toy fe renuerfent par terre.
De iour en iour tu monftres l'heur
De ta militaire valeur,
Afin que par toy l'exercite
Aux ftratagemes s'exercite;

Et qu'il te cheriſſe ardamment,
Eſt-il vne ame plus docile,
Et plus encline, & plus facile
A receuoir l'enſeignement?

EPODE.

OR' à force d'eſperons
Au gré des reſnes tu piques
Ton cheual aux enuirons
Des maneiges Héroïques,
Or' d'vn caſque, or' d'vn pauois,
Or' d'vne cotte de mailles,
Or' d'vn ſuperbe harnois,
Tu pompes ta riche taille,
Or' on te voit manier
Vn inſtrument canonnier,
Vne halbarde, vne pique,
Or' vn glaiue arme ta main,
Or' aux façons du Romain,
Or' du Parthe elle s'applique.

STROPHE 16.

EN peu de iours l'experience
De la militaire ſcience
Orne ton eſprit eſclattant,
Il la tourne en ſi grand vſage,
Qu'il n'en peut ſçauoir d'auantage,
Quel maiſtre en peut ſçauoir autant?
Car ſoit qu'à pieds ſoit qu'à cheual
Ton corps ſ'eſpreuue, l'œil du monde

Ne voit dans ce terreſtre val,
Vn Palladin qui te ſeconde.
  C'eſt peu vray'ment, c'eſt peu de bien
Pour vn eſprit tel que le tien
Que ceſte nompareille grace,
Car de tout poinct il la ſurpaſſe.
  Qui vainq mieux que toy corps à corps
L'effort des gens-d'armes ſemblables,
Les bataillons eſmerueillables,
Et les atletes les plus forts?

ANTISTROPHE.

DVRANT le froid le plus terrible,
Durant que la terre s'horrible
De neige, de pluye, & de vent,
Tu paſſes d'vne ame conſtante,
Ore à l'erte, ores dans la tente,
Les nuicts entieres bien ſouuent :
Or' tu viſites les ſoldarts,
Ores tes mains ſont empeſchees,
Pour ceindre le camp de remparts,
De baſtions, & de tranchees :
Bref tous les actes prouidens
Que les Capitaines prudens
Au meſtier de Bellonne inuentent,
Par ta vertu ſ'experimentent.
Non, quand les Dieux meſmes, les Dieux
Viendroient combattre ſur la terre,
En l'exercice de la guerre,
Ils ne pourroient pas faire mieux.

EPODE.

MAIS or' que les fleurs de Lis
   Sont paisiblement tranquiles,
   Que nos maux sont abolis,
   Et nos bourrásques ciuiles:
   Or' que le Printemps nouueau
   De ta ieunesse verdoye,
   Ton esprit celeste & beau
   Tente vne plus seure voye:
   Et d'autant plus reçois-tu
   Pour ton illustre vertu
   De recompense, & de gloire,
   Que moins ses faicts excellens
   Apparoissent violens
   Au succez de la victoire.

STROPHE 17.

JE sçay que maint te fut esclaue,
   Sur le poinct que ta force braue
   Esgaloit celle d'Enyon:
   Mais le nombre est innumerable
   De ceux que ton humeur affable
   Attire à soy par vnion.
   Combien l'esclat des biens du sort,
   Et la dignité qui t'honore,
   Outre le naturel accort
   T'acquierent-ils d'amis encore?
   Combien tes faicts cheualeureux,
   Iustes, vaillans, & genereux,

Ta douceur, & ton attrempançe,
Et ta magnifique deſpenſe
Enuers tous, en toute ſaiſon?
Combien ta bonté ſinguliere,
Qui touſiours loge hoſpitaliere
Les eſtrangers en ſa maiſon?

ANTISTROPHE.

Si l'antiquité fortunee
Vante le nom du grand Enee
Pour ſon deuoir ſainſt & pieux,
Le tien ny plus ny moins l'eſgale,
Et la pieté filiale,
Eſt telle enuers tes peres vieux.

Epaminonde, ny Caton,
Ny l'autre qui borna ſa vie
Dans vn precipice glouton
N'aima tant que toy ſa patrie.
Si l'aigreur de ſon triſte ſort
Pouuoit s'adoucir par ta mort,
Quelle rigueur fiere, & cruelle
Ne voudrois-tu ſouffrir pour elle?
  » Car ce n'eſt pour nous ſeulement
  » Que nous receuons vn principe,
  » Noſtre païs y participe,
  » Et nos amis pareillement.

EPODE.

LE Ciel n'a tant de flambeaux,
La mer tant d'arene blonde,

L'air

L'air encor n'a tant d'oiseaux,
Ny tant d'habitans le monde,
Que toy de vertus sans pair,
Qui sur ta face honoree
Flamboyeut, comme Kesper
Sur la machine azuree.

   Bien que Ronsard le diuins,
Et que le Chantre Angeuin
Retournaßent en ce monde,
Le graue accent de leur voix,
Seroit trop bas toutesfois
Pour leur merueille feconde.

       STROPHE 18.

TANT s'en faut que ie parangonne,
Mes sons aux leurs, & que i'entonne
Comme il faut, ton prix immortel,
Que sa grandeur presque infinie
(Quand ma poictrine est mieux garnie
Du feu d'Apollon) me rend tel
Qu'vn homme qui tombe à tous coups
Sous vne charge trop pesante,
Bien qu'il soit ferme de genoux,
Et d'vne eschine suffisante.

   Eusse-je autant de voix qu'Argus
Fils d'Aristor eus d'yeux aigus,
Autant de Lyres nompareilles,
Que la Fame encore à d'oreilles,
Et bien que ie fusse agité

             K.

De la plus estrange manie,
L'exceZ de ta gloire infinie
Seroit à grand' peine chanté.

ANTISTROPHE.

TOVSIOVRS sur ta maison prospere
Jupiter le souuerain pere,
Jupiter Monarque des Cieux
Coule sa faueur la plus rare,
Et ne te soit iamais auare
De son tonneau delicieux,
Que le Nectar le plus friand,
Et que la plus douce Ambrosie,
Dont Ganymede à l'œil riant
Traicte les Dieux, te rassazie,
Que le Soin, le Dueil, ny l'Effroy
Ne viennent point iamais cheZ toy,
Ny ceste mortelle effigie,
Qui persecuta la Phrygie,
Quand Laomedon malicieux,
Et plein de mauuaise habitude,
Recompensa d'ingratitude
Les deux Architectes des Cieux.

EPODE.

SI les Dieux m'auoient permis
D'expliquer les Destinees,
I'eusse en euidence mis
L'heur de tes vieilles annees,
Mais les trop seueres loix

Qui punirent Tyrefie,
Ferment à regret la voix
De ma fainctę Poëfie.
   A mefure que tes iours
Parachęuerǫnt leur cours
J'entonneray leur vaillance :
   Facę vn iour mon Apollon
Que ie la chante felon,
T'a fouueraine Excellence.

K ij

A MARTIN DE RVZE'

Sʳ DE BEAV-LIEV SEC ᵗᵃⁱʳᵉ D'ESTAT.

ODE VIII.

STROPHE I.

ANIANT la Thebaine Lyre
Entre les plus diuins esprits,
Qui par les charmes du bien-dire
S'acquirent du los, & du prix,
O RVZE', que les neuf Charites
Du sommet Heliconien
Ont enuironné de merites,
De sçauoir, d'honneur, & de bien,
Ie veux que ta gloire estalee
Parmy le theatre François
Flambe, comme sur le Gregeois
Celle de l'enfant de Nelee.

ANTISTROPHE.

CAR ta voix telle que la sienne
Nage aux blondes sources du miel,
Que sur la croupe Hymettienne
Ouuragent les filles du Ciel,

Lors que sont verdes les ramees,
Que l'on entend le gazoüillis
Des Philomeles emplumees
Iazer à l'ombre des taillis,
Que les pleurs de l'Aube, & la mane
Tombent de l'air ; & que les cerfs
Fuyent deuant les chiens experts
De la forestiere Diane.

EPODE.

LORS que les chesnes glantiers
Sont crespelez de verdure,
Et qu'au lieu de glace dure
L'herbe croist par les sentiers,
Que les ruisseaux ondoyans
Autour des prez verdoyans
Enserpentent leurs carrieres,
Et que les torrens bridez
Sont plus doucement guidez
Par les vierges fontainieres.

STROPHE 2.

QVAND Cerez la belle Deesse
Orne ses mains d'espics dorez,
Quand Bacchus ombrage sa tresse
Des raisins les plus colorez,
Lors que la printanniere haleine
Du Zephyre esclost au giron
De la Courtisanne Romaine
Le riche esmail de maint fleuron;

K iij

Lors que fous la flamme pólie
Du Croiſſant on voit caroler,
Et deuancer, & reculer
Aglaye, Euphroſine, Thalie,

ANTISTROPHE.

TROIS Graces qui font demeurance
En ton admirable cerueau,
Qui met en route l'Ignorance,
Et qui profonde ſon tombeau,
RVZE' dont le front s'enuironne
Des crins de la belle Daphné,
• La plus glorieuſe couronne
Dont Phebus ait le chef orné,
Soit qu'il ſe mire en l'eau de Xanthe,
Ou ſoit qu'aux champs Emathiens
Il voye les ieux Pythiens
Celebrer ſa force puiſſante.

EPODE.

TV n'es moins que luy priſé
De ma Dorique tortuë,
D'autant que ton ame tuë
Le vice au front deſguiſé,
Comme luy ce fier ſerpent,
Qui de ſon venin rampant,
Et de ſon corps peſtifere
Empeſtoit la region
Où Pyrrhe, & Deucalion
Iettoient les os de leur mere.

STROPHE 3.

CE fut apres que le grand Iuge
  Eut despoüillé cest vniuers
  Par vn equitable deluge
  De tous ses habitans peruers,
  Pour le peupler d'vne lignée
  Plus encline à se repentir,
  D'où la benigne Destinée
  T'a fait heureusement sortir,
  RVZE' dont la Vertu s'illustre,
  Quand le Soleil voit l'Orient,
  Et quand son visage riant
  Cache dans l'Ibere son lustre.

ANTISTROPHE.

C'EST pour son nom que ie labeure,
  Que ie grimpe au feste besson,
  Et que mon luth verse à toute heure
  Le miel de sa douce chanson.
  » Il faut que nostre ame loüange
  » La Vertu selon son pouuoir,
  » Puis que c'est elle qui la range
  » Au frain puissant de son deuoir.
  » Puis qu'elle dompte Libitine,
  » Et le peché testu sept fois,
  » Et des enuieux les abbois,
  » Et de Saturne la rapine.

EPODE.

C'EST ainſi, le cher mignon
De la Vertu que i'adore,
Qu'auecques le ſien i'honore
Ton merite compagnon:
Puiſſes-tu, ſelon mon vueil,
Puiſſes-tu voir d'vn bon œil
Ceſte loüange tracée
De la plume d'vn François
Qui ioint ſa langue, & ſes doigts
A la guiterre Dircee.

SVR LA NAISSANCE
DE MECENE.

ODE IX.

STROPHE I.

PPORTEZ-moy, ieunes garçons,
Apportez ma lyre doree,
Ie veux (ieuneſſe deſiree)
La marier à mes chanſons.
Ie veux tenter ſa melodie,
Ie veux d'vne langue hardie
Coniurer le pere du iour
Qu'il precipite ſon retour,
Et qu'il nous ouure vne iournee
Peinte de craye fortunee.

ANTISTROPHE.

CE pendant vous allumerez
Sur l'autel que ie luy fabrique,
Auec de l'encens Arabique,
Vn feu qui ſeconde ſes rais;

L

Apres la cheuelure ceinte
D'vn laurier à la fueille sainÊte
Vous suyurez ma piste à l'entour,
Vous tournerez vn triple tour,
. *Et ferez iusqu'à sa venuë*
Ceste priere continuë.

EPODE.

D I E v qui presides sur Delon
    Et sur la riuiere Aêtienne,
    Oeil du monde, engeance Thienne,
    O pere, ô Phebus Apollon,
    Pousse ta cheuelure blonde
    Hors du moite Empire de l'onde,
    Il est temps que tes limon niers
    Quittent les antres poissonniers,
    Et que ta clef d'or nous entre ouure
    Ce que l'obscurité nous couure.

STROPHE 2.

S I tost que l'escadron nuittal
    Apperçoit ta riante fáce,
    Il s'enfuit, & quitte la place
    A ton esclat Oriental.
    Voy comme au bruit de ta charette
    Les astres sonnent la retraitte,
    Et par vn chemin tortueux
    Se plongent aux champs fluÊtueux:
    Ne diroit-on pas que des ailes
    Emplument leurs gre nes isnelles.

ANTISTROPHE.

TA sœur eſtable ſes moreaux
   Dedans les Prouinces liquides
   Et cache ſes cornes humides
   Au ſein du monarque des eaux.
   La mere de Memnon deſploye
   Ses cheueux de pourprine ſoye
   Sur le criſtal Phiſonien,
   Et loin du lit Tithonien
   Coule ſa gemmeuſe roſee
   Sur l'herbe & la mouſſe friſee.

EPODE.

VOICY les filles de Themis,
   Voicy les fleuriſſantes heures
   Qui preſſent tes longues demeures
   De leurs pieds doucement amis.
   Tes courſiers legers de nature
   Ont ja pris auec la paſture
   Le frain en bouche, & mis encor
   Leur col ployé ſous le ioug d'or,
   Et deſormais te ſemblent dire
   Qu'il eſt ſaiſon de les conduire.

STROPHE 3.

VIENS & rameine ſur tes pas
   Le iour plus calme & plus tranquile
   Que ton eſſence alme, & fertile
   Ait iamais fait naiſtre icy bas.

Guides le char de ta lumiere
Au long de la plus claire orniere
Du chemin oblique des cieux,
Et pompes ton fein gracieux
Du luftre le plus manifefte
Qui foit dans le globe celefte.

ANTISTROPHE.

COVRAGE, enfans, voicy les rais
Du iour bien-heureux que i'adore,
La croupe des monts s'en redore,
Et celle encores des forefts:
Il fort de l'onde mariniere
Il pourpre fa riche criniere,
Des plus efclatantes couleurs,
Le fafran tombe fur les fleurs,
Vit on iamais vne iournee
Plus claire & plus illuminee?

EPODE.

BEAV iour où le Pere diuin
Coule fa meilleure influence,
Beau iour marqué de la naiffance
De noftre MECENE Angeuin:
Combien nous es-tu fauorable?
Combien ton retour venerable
Rend-il allegres nos efprits?
Noftre nef alloit faire bris
Contre le roc de la Pente
Sans ton fecourable genie.

STROPHE 4.

C'EST, ores, folastres garsons,
    Qu'il faut aller à la cadence
    De ma lyre, il faut que l'on dance
    Deformais en mille façons.
    Sus que la iambe se deslie,
    Que la plante allegre & polie
    S'endurcisse au bal immortel:
    Et qu'aux enuirons de l'autel
    Nostre ieune & chaste brigade
    Fasse mainte & mainte gambade

ANTISTROPHE.

QVE le banquet soit preparé
    Sous le mol vmbrage des treilles,
    Qu'vn chapeau de roses vermeilles
    Cerne vostre front coloré,
    Que la cheuelure embausmee
    Soit de nard exquis parfumee,
    Que les propos facetieux
    Et que le chant delitieux
    D'vne Teïenne armonie
    Respire en nostre compagnie.

EPODE.

QVE les vins les plus delicats
    Facent rire autour de la troupe
    De main en main de coupe en coupe
    Leurs charmes pourprins & muscats;
    Page emplis de nouueau ma tasse

Il ne faut point que l'on ſe laſſe
De boire à l'enuy tour à tour
Et de benire l'heureux iour
Fauoriſé de la naiſſance,
Du meilleur Mecene de France.

STROPHE. 5.

AMBITION, noiſe, procez,
Diſcorde bourrelle, & meurtriere,
Et vous, ſoucis, allez arriere,
Vous n'auez point icy d'accez.
Ny toy vautour noir de plumage
Qui nuis au ſimple voiſinage
Auec ton vol ambicieux,
Ny toy peuple auaricieux,
De qui l'œil prophane idolatre
L'argent & les maiſons de plaſtre.

ANTISTROPHE.

IAMAIS le vent tempeſtueux,
Ne trouble ce iour delectable,
Ny le brouillard eſpouuentable,
Ny le tonnerre impetueux :
Que Flore annelle d'or ſa treſſe,
Que le ciel pleuue d'allegreſſe
Vn may de fleurettes ſur vous,
Et que le Zephyre plus doux
En ce pendant qu'il les ſecoüe
Par l'air auec elles ſe ioüe.

EPODE.

VOILA son lustre qui s'esteint :
  Le voila qui tourne la bride
  A ses chevaux ; vn voile humide
  Cache le pourpre de son teint.
   Il ne faut plus que l'on seiourne,
  Retournons puis qu'il s'en retourne,
  Et venons en ce mesme lieu
  Tous les ans au iour que ce Dieu
  Nous marquera l'heure certaine
  De la naissance de Mecene.

A BARTHELEMY
PERDVLCIS, DOCTEVR EN MEDECINE.

ODE X.

STROPHE I.

S I le Delien nourriſſon
M'auoit donné ce priuilegé
Que ie peuſſe auec ma chanſon
T'affranchir de l'eau ſacrilege;
Les Heroïques demy-Dieux
Que vante la Troyenne hiſtoire
Seroient (PERDVLCIS) enuieux
Du brillant eſclat de ta gloire.
Bien qu'vn ſort ialoux deſpité
Contre mes vœux & ton merite
Parmy beaucoup de volonté
Me donne la force petite,
Ie veux chanter à haute voix
Tout ce que i'en ſçay toutesfois,
Pourueu que l'air que ie reſueille
Soit agreable à ton oreille.

ANTISTROPHE.

ANTISTROPHE.

D'AVTANT loin que l'antiquité
Remarqua d'esprits admirables,
D'autant loin qu'elle a medité
Sur leurs merites venerables,
Iamais, PERDVLCIS, ton pareil
Ne s'est apparu deuant elle,
Iamais vn plus sage en conseil
Ne vestit l'escorce mortelle.
Qui peut te vaincre en pieté,
Qui te surpasser en clemence?
Qui brusle au feu de charité
D'vne plus grande vehemence?
Quel cerueau le Dieu Cynthien
A-il mieux orné que le tien
De la cognoissance diuine
Des herbes de sa medecine?

EPODE.

LES plus habiles medecins
Ne me font que des Acesies,
Quand ie sens les coups assassins
De mes frequentes pleuresies,
Seul tu m'alleges, seul tu sçais
Appaiser les bruslans accez
De ma fieure ardente & seuere:
Mais pour vn benefice tel
Pourrois-ie mieux te satisfaire
Que te rendre en vers immortel?

M

A ESTIENNE DV RVPTIS
PRIEVR DE HAVTECOMBE.
ODE XI.
STROPHE 1.

E beau fleuron de mes amis
En qui les eftoiles ont mis
Le meilleur de leur influence,
Thebaine lyre mon foucy,
Doit eftre felon ta puiffance
Chanté dignement ce iour cy.

ANTISTROPHE.

L'A douceur & l'honnefteté,
L'amour celefte & la bonté
L'ont efleu pour eftre leur guide;
Il n'eftime aucun homme heureux
Bien qu'il foit riche autant que Mide
S'il n'eft des vertus amoureux.

EPODE.

L'OR enuié tellement,
Les digniteZ fouhaittees,
Ny les pompes conuoitees
Ne l'efmeuuent nullement.

STROPHE 2.

LE but de fon ambition
Eft d'auoir la poffeffion
Des trefors à iamais durables,
La chafteté pure & la foy
Sont les richeffes venerables

Qu'il a touſiours auecque ſoy.

ANTISTROPHE.

C'EST *par leur vnique moyen*
 Qu'il doit eſtre vn iour citoyen
 De la Hieruſalem celeſte,
 Et qu'il heritera d'vn los
 Que iamais le palus funeſte
 N'engloutira dedans ſes flots.

EPODE.

IL *s'ayde ſi dextrement*
 De l'vn & de l'autre ſtile,
 Que Ronſard & que Virgile
 Luy cedent leur ornement.

STROPHE 3.

TOY *que la Grece adore, & toy*
 Qui mis ſept villes en eſmoy
 Pour l'heur d'auoir eu ta naiſſance,
 Si tes organes anciens
 Eſtoient encore en leur puiſſance,
 Ils ſeroient moindres que les ſiens.

ANTISTROPHE.

DICTES, *chaſtes ſœurs du Soleil,*
 Viſtes-vous iamais ſon pareil
 Dans les plus antiques eſcoles?
 Entendiſtes vous, chaſtes ſœurs,
 Iamais de plus ſainctes paroles?
 Et plus fecondes en douceurs.

EPODE.

ET *toy leur frere adoré*
 Vis-tu iamais front plus digne

De porter la fueille insigne
De ton laurier honoré?

STROPHE 4.

IE ne croy pas que iamais sein-
Ait couué de plus beau dessein,
Ny main faict d'œuures plus gentilsle
Qui voit sa vertu de grand prix
Brusle en ses ardentes scintilles,
Et d'elle est viuement espris.

ANTISTROPHE.

IL pousse aux actes vertueux
L'homme inique & defectueux,
Il accroist aux bons le courage,
Vn penser terrestre & de peu
Fond aux rayons de son visage
Comme la cire aupres du feu.

EPODE.

AVEC quelle habilité
Remet-il en bonne voye
L'insensé qui se fouruoye
Du chemin de verité?

STROPHE 5.

QVI pourroit nous instruire mieux?
Qui pourroit dessiller nos yeux,
Qui mieux que luy nous faire entendre
Que le poids des vices maudits
Fait là-bas nos ames descendre,
Et les bannit de Paradis?

ANTISTROPHE.

SES Philosophiques discours

Nous monstrent que le peu de iours
Que nous auons à viure au monde
Se doit passer en meditant
Qu'il roule plus viste qu'vne onde,
Et qu'au bout la mort nous attend.

EPODE.

RETIRONS nostre ame hors
De la vulgaire folie,
Ce n'est que fange, que lie
Que ce deplorable corps.

STROPHE 6.

HAVTECOMBE, & vous monts espars
Qui la ceignez de toutes parts,
Toy lac du Bourget, toy Merueille
Qui d'Euripe imites le flux,
Faut-il que son œil vous soleille,
Et que ie ne le voye plus?

ANTISTROPHE.

FAVT-il qu'vn mont Sauoisien
Oste au climat Parisien
Sa desirable ioüyssance,
Et que le BLANC son cher amy
Qui viuoit tout en sa presence
Ne viue ores plus qu'à demy?

EPODE.

CHANSON, passe les deserts
De la superbe Sauoye,
O PILON, qu'il te voye,
Et qu'il fredonne tes airs.

A LEON PILON.

STROPHE I.

REVIENS *Muse, reuiens, ie veux*
Chanter à nos futurs nepueux
Vn esprit tout plein de merite:
Ameine ton frere Apollon
Que s'immortalise PILON
Sa geniture fauorite:
Depuis le iour qu'il esclaira
Premierement de sa presence,
Le Ciel prodigue n'inspira
Dans aucune humaine semente,
Tant de vertus & de tresors
Comme il en inspire en son corps,
Et puis ses dons & sa visite,
O Muse chere, le merite.

ANTISTROPHE.

QVI *veut contempler vn portraict*
En qui le veritable traict
Du visage Apollin se monstre,
O PILON, qu'il vienne te voir,
Il peut ainsi qu'en vn miroir
En faire l'heureuse rencontre:

S'il veut s'estendre plus auant,
Et qu'il cherche à voir sa doctrine,
En ton esprit docte & sçauans,
Il la verra toute diuine:
Il trouuera son luth doré,
Son plectre, son arc admiré,
Sa fléche & sa despoüille entiere
En ton estude familiere,

EPODE.

SAINCT & sacré Temple où ie voy
Qu'vn si rare bien estincelle,
Il s'en faut peu que ie n'appelle
Nostre siecle indigne de toy,
Les hymnes, l'honneur & la gloire
Que donna mainte & mainte histoire
A tous les antiques Heros
Ne sont pas dignes de ton los.

STROPHE 2.

IE ne voy sur ton bel aspect
Que douceur, qu'amour, que respect,
Ce n'est que toute courtoisie;
Ton cœur doucement transporté
Du sainct feu de la charité
S'en eschauffe & s'en rassasie.
Souuent bien loin du corps pésant,
Deuers Olympe il s'achemine,
Et voit en son trosne luisant
Le moteur de son origine:
Comme l'hydre au fiel inhumain
Fit resistance, mais en vain,

A la valeur Herculienne,
Ainsi les vices à la tienne.

ANTISTROPHE.

RIEN ne te peut espouuanter,
Hardiment ie te voy tenter
Des vertus le digne voyage,
Le trac difficile & scabreux,
Ny le temps sombre & tenebreux
Ne te fleschit point le courage!
Combien de gens ay-ie apperceu
Qui sont demeurez par la voye,
Et qui iamais prendre n'ont sceu
La palme que le ciel t'octroye?
Le sage plus que nul est fort,
Il vainc la fortune & le sort,
Et quand ce vient l'heure mortelle
Par miracle il renaist en elle.

EPODE.

C'EST peu que mille ans à celuy
De qui la folle outrecuidance
Voudroit exprimer l'abondance
De tant d'honneurs qui sont en luy:
Qu'il prenne le peu que ie donne,
Ie voudrois, ô Muse mignonne,
Pour satisfaire à mon deuoir
Cent fois d'auantage pouuoir.

A

A IEAN GALLAND,

PRINCIPAL DE BON-COVRT.

ODE XII.

STROPHE I.

SOVS la conduite reueree
Du chaste chœur de Tithoree,
L'vnique soin de mon esprit,
Ie te consacre mon ouurage,
Durant que l'enuieuse rage
De mes Aristarques s'asprit.

Tel qu'vn bouclier enuironnant
Profite à l'humaine defense,
Tel opposes-toy maintenant
Contre leur griffe qui m'offense.
» Vn homme de vertu comblé
» Prend soucy de l'autre accablé
» De la pernicieuse attainte
» Que luy fait celuy qui n'a crainte,
» Ny de Themis, ny de ses loix,
» Ny de la foudre Iouienne,
» Et de la main Rhamnusienne,
» Qui le pousse aux derniers abois.

N

ANTISTROPHE.

LE cerf importuné d'entendre
Les cris des limiers se va rendre
A celuy que son œil pleurant
Trouue plus doux, & fauorable,
Qui meu des pleurs du miserable
Au danger le va secourant :
Ainsi fasché d'ouïr iaper
Ces enuieux contre ma lyre,
Ie viens sur ton Pinde grimper,
Afin qu'ils ne me puissent nuire :
Car ce qu'au peuple Italien
Fut le temple Romulien,
Ton Boncourt, ton docte Lycee
L'est à mon Euterpe offensee.
  » L'on doit auoir compassion,
  » Non pas d'vn cœur noircy de vice :
  » Mais d'vn que la seule iniustice
  » Plonge en la mer d'affliction.

EPODE.

» C'EST aux hommes releuez
  ,, Que de plaindre l'infortune
  ,, De ceux qui sont captiuez
  ,, Sous vne influence brune.
  » Le martyre est moins cuisant,
  » Et la tristesse allentie,
  » Quand vn autre amy present
  » En supporte vne partie.

Pluftoft mon CYGNE annobly
Changeroit aux flots d'Oubly
Ceux de Permeffe & de Clare,
Qu'il teuft l'honneur & le bien
Qu'vn tel amour que le tien
De iour en iour luy prepare.

STROPHE 2.

CE grand Terpandre, qui fit bruire
Sur les organes de fa lyre
Ta gloire & ton prix excellent,
Fut infpiré d'vn bon Genie,
Quand il choifit pour compagnie
Tes rares vertus, ô GALLAND.
　　L'Ange tuteur de l'amitié,
Dont tu fus la plus chere eflite,
Ne pouuoit trouuer de moitié
Plus connenable à fon merite :
Soit que Phebus dans le Strimon
Ofte fes cheuaux du limon,
Soit que dans l'Inde il les r'attelle,
Il n'en fçauroit voir vne telle.
　" L'excellence eft rare, il n'eft point
　" Icy bas rien plus difficile
　" Que la rencontre peu fertile
　" D'vn fuiect parfait de tout poinct.

ANTISTROPHE.

CE ne fut point, ny la fortune,
Et ce qui pouffe la commune

A vouloir aux Creſes du bien,
Ny les banquets, ny l'eſperance
De quelque future cheuance,
Qui trama ce nœud Gordien;
Ce fut la vertu ſeulement,
Qui, par l'entre-miſe opportune
De voſtre vny conſentement,
De vos deux ames n'en fit qu'vne.
Bien que la Parque ait à grand tort
Rompu le mutuel accort
De voſtre corporelle trame,
Elle ne peut rien ſur voſtre ame,
  Viuez ſans fin, couple excellent,
Et que la Fame ne medite
Que ſur l'vn & l'autre merite,
Et de RONSARD, & de GALLAND.

EPODE.

JE ſçay que mon luth n'a pas
  Vne ſi douce harmonie,
Qu'il eſgale en ſes appas
Voſtre loüange infinie :
Faires luire ſeulement
Dans mon ame vne eſtincelle
De ce chaud embrazement
Qui fait que la voſtre excelle,
Et puis mon eſprit troublé
De l'orage redoublé
De vos deux Numes celebres

Fera naiſtre vn air ſi doux
Qu'il tirera l'vn de vous
Des funerales tenèbres.

STROPHE 3.

AVANT que la belle figure
De RONSARD ta plus douce cure
De ton cœur ſe puiſſe eſcarter,
Homere n'aura plus de carmes,
Le fort Thebain n'aura plus d'armes,
Ny de tonnerre Jupiter.
» Ceux à qui nous ſommes liez
» Par vne eſtroite ſympathie,
» Ne peuuent point eſtre oubliez
» Qu'à noſtre fatale ſortie.
Bien que les doucereux appas
Des Lotes fuſſent tes repas,
Et que tu beuſſes de l'eau noire
Qui nous arrache la memoire,
Quand la mort offuſque nos yeux,
Je ne croy point que ſon idee
Peuſt toutes-fois eſtre inondee
Parmy les flots obliuieux.

ANTISTROPHE.

LISE d'argent, Lion Belgique,
Et toy muraille Atrebatique,
L'eſpoir du peuple Hectorien,
GALLAND vous donne plus de luſtre,
Quand ſa naiſſance vous illuſtre,

N iij

Que voſtre Archiduc Auſtrien :
  Si Caton, ſi le bon Neſtor
Mirent en bruit Rome, & la Grece;
Ny plus ny moins il accroiſt or
L'eſclat de voſtre gentilleſſe,
Tant par la bonté de ſes mœurs,
  Par ſes Iouiales humeurs,
Par ſon conſeil, par ſa doctrine,
Et par la belle diſcipline
Qu'il imprime aux ieunes eſprits,
Que par ſa diſerte eloquence,
Et par l'innombrable frequence
De ceux qui d'elle ſont eſpris.

EPODE.

SI la vertu qui luy doit
  Son plus riche diadeſme
Dans le Ciel ne luy gardoit
Sa recompenſe, elle-meſme :
Combien d'honneurs deuroit-on
  Conſacrer à ſa memoire,
De peur que le temps glouton
N'en exterminaſt la gloire ?

    Mais quoy? ſi l'idole vain,
Si le marbre, ſi l'airain
Se rompt, ſe roüille, & ſe briſe,
Que luy donnerois-ie mieux
  Que ceſt hymne glorieux,
Dequoy ie l'immortaliſe ?

A LOYS LEGER.
ODE XIII.
STROPHE I.

MON Leger, si l'ambition
De faire ta gloire eternelle
Estoit vne perfection,
Ie serois parfait en mon zele;
Car, depuis le iour esclairé
De ta cognoissance premiere,
I'ay sans relasche desiré
D'espandre au monde sa lumiere.
Ne penses point, si le pouuoir
Eust parangonné le deuoir,
Que i'eusse payé ton merite
D'vne victime si petite:
Mais ne sçais-tu pas qu'où la mer
Est plus difficile à ramer,
Qu'il vaut mieux la voir du riuage
Que de tenter son nauigage:
Ainsi quand i'admire l'exceZ
De ta vertu sainte, & supreme,
Et de mon ignorance extreme,
Au lieu de parler ie me tais.

ANTISTROPHE.

Il est plus seur de se tenir
Dans le silence d'Harpocrate,

Que par sa ruïne obtenir
L'indigne renom d'Eroſtrate.
Et d'ailleurs qui t'offre des vers,
Les offre au Prince des Poëtes,
Il porte au bois des arbres verds,
Et dans Athenes des choüettes.

   Sous l'horiſon Pariſien
Le blond archer Mileſien
Voit-il vne ame qui retienne
Plus de ſes graces que la tienne?
Soit que ton pouce bien-ſonnant
Pince l'organe reſonnant
D'vne Horatienne tortuë,
Soit que ta Muſe reueſtuë
D'vn cothurne empoule ſa voix,
Ou que ta Pithon ſe deſtine
Ce qu'obtint l'oracle d'Arpine,
Et le Demoſthene Gregeois.

EPODE.

FACENT les Dieux, ſi i'en ſuis dignes,
  Que ton influence benigne
Coule ſa grace en mes eſprits,
Afin que ton bien ſe meſure,
Et que ie te rende l'vſure.
De ce que tu m'auras appris,
   Outre-paſſez voſtre carriere,
Faites, Deſtins, qu'auant le temps
Mon eſprit ouure la barriere,
Pour attaindre au but où ie tends.

IAQVES TABOVRET

CHAMPENOIS

O D E   X I V.

STROPHE.

OMME la brigade eslancée
Des ames vefues de leurs corps
Là bas sautelle apres Alcee,
Au doux bruit de ses doux accords;
Ainsi la troupe studieuse,
Et grands, & petits escholiers
Accourent en foule à milliers
Apres ta voix harmonieuse.
Maintenant le trac est battu
Qui nous conduit à la vertu
Par ton exemple & ta parole
Tu nous l'apprends en ton eschole,

O

ANTISTROPHE.

QVELLE mal heureuse influence
  Contraire à mon aduancement,
  Dans les cachots de l'ignorance
  M'a retenu si longuément?
  Deuois-ie pas dés la mammelle
  Rechercher l'immortalité?
  Sans passer en oisiueté
  Ma saison plus tendre & plus belle.
    Comme vn pelerin, desormais
  Sous ta faueur, ie me promets
  De gaigner par la diligence
  Le temps coulé par negligence.

EPODE.

SI la fourmy ne retarde
  Son ouurage au lendemain,
  Es-tu, miserable humain,
  De nature plus fetarde?
  „ La terre perd ses couleurs,
  „ Et le peuplier son fueillage,
  „ Ny plus ny moins qu'vn nuage
  „ S'escoulent nos ans meilleurs,
  „ En vain quand la mort nous blesse
  „ Nous blasmons nostre paresse.

STROPHE.

DVRANT que la chauue Deesse
  „ Nous monstre son front cheuelu,
  „ Celuy qui peu fin la delaisse

„ Eſt par les aſtres mal-voulu :
„ Car alors que ceſte empennee
„ Met au vent ſes pieds eſleuez,
„ A iamais nous ſommes priuez
„ De ſa preſence deſtournee.
Quand ie ſceus la rare vertu
Dont ton eſprit eſt reueſtu,
Ie voulus faire experience
Incontinent de la ſcience.

ANTISTROPHE.

VERTV ſi rare & ſi parfaite
Que peu l'ont en poſſeſſion,
Vertu, dont la vertu ſecrette
M'attire en admiration:
Celuy que l'Oracle Delphique
Iugea vertueux autre-fois,
L'eſtoit ſeulement par ſa voix,
Toy par œuure, & par theorique:
Si le diſcours cede à l'effect,
Socrate en vertu moins parfait
T'admire donc, & ſacrifie
A tes pieds ſa Philoſophie.

EPODE.

QVI mieux que toy peut conduire
La ieuneſſe des Heros ?
Que Chiron t'offre ſon los
Et Line encor ſon bien-dire.
Qui peut eſtre enrichy mieux

De sageſſe, & de prudence?
Qui t'eſgale, & te deüance
En bonté, ſinon les Dieux ?
Quelle Pithon Suadelle
En eloquence t'excelle?

STROPHE 3.

ALORS que ma Thebaine lyre,
Qui parle trop bas maintenant,
Aura dans l'or de ton bien-dire
Doré ſa corde : incontinent
Comme vn ſoleil qui part de l'onde,
Repeu des banquets Neɛtarez,
Et brillant de rayons dorez,
Elle doit retourner au monde,
Et par la gloire de ſes vers
Semer aux champs de l'vniuers
Les beaux lys, & les marguerites
De tes immortelles Charites.

ANTISTROPHE.

„ Le propre de l'homme eſt de prendre
„ Le bon-heur quand il luy ſuruient,
„ Mais ſil a pouuoir de le rendre,
„ C'eſt à grand tort qu'il le retient.
Dois-ie pas ſur ma chanterelle
Eterniſer l'heureux moment,
Qui te fit ioindre heureuſement
L'art à ma grace naturelle ?
Puis que tu m'as facilité

Le trac de l'immortalité,
Dois-ie pas sur mon lut d'iuoire
Immortaliser ta memoire?

EPODE.

Ie *le feray, ie le voüe*
  Au Démon de ton sçauoir,
  Si ie manque à mon deuoir,
  Qu'Apollon me desaduoüe,
  Que mon Cygne blanchissant
  Porte vn plumage funebre,
  Que mon nom le plus celebre
  Perde son lustre en naissant,
  Et que le Trisulqué foudre
  Broye mon laurier en poudre.

O ij

FIN
DES ODES
PINDARI-
QVES.

RHAPSODIES

LYRIQVES

1610.

Qui ducis vultus, & non legis
ista libenter,
Omnibus inuideas, liuide, nemo
tibi.

A NICOLAS BRVLARD,

Sr DE SILLERY, CHANCELIER

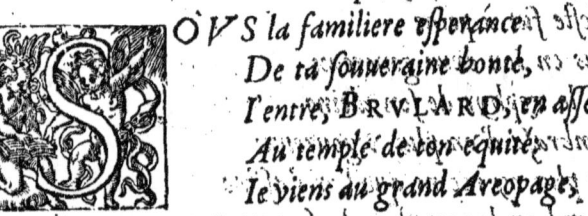

SOVS la familiere espenance
De ta souueraine bonté,
I'entre, BRVLARD, en asseurance
Au temple de ton équité,

Ie viens au grand Areopage
Me presenter en l'equipage
Dont le bon zele m'a vestu,
Vn que Phebus sur tous inspire
Fera sur la trompette bruire
Ton renom, iusqu'au firmament,

Et moy touché de moindre gloire
Ie le chanteray seulement
Auecques ma Lyre d'iuoire.

I'honore sur ma chanterelle
Ta Clemence au front lumineux,
Qui me tenoit en sa tutelle
Durant l'effort de mes haineux,

P

Et qui vint habiter au monde
Pour te donner le premier lait,
Si tost que la Parque feconde
Eut tissu ton noble filet,
Afin qu'à iamais tu gardasses
Les presens diuins, & les graces
Qu'elle te donnoit au berceau,
Comme les odeurs singulieres
Se maintiennent dans le vaisseau
Qu'elles ont embaumé premieres.
Le feu celeste fut à peine
Infus en ton cœur genereux,
Que le zephyr de son aleine
L'embrasa d'vn plus vigoureux:
Ny plus ny moins que l'or s'affine
Quand on le met dans le fourneau:
De mesme en sa flamme diuine
Ton esprit deuint clair & beau.
De là vient que, second Vlysse,
Tu gauchis la feinte malice
De la Syreine des pechez;
Et quand d'vne influence brune
A tort les hommes sont touchez,
Tu les preserues d'infortune.
La voit-on pas sur ton visage
Monstrer ses delectables rais
Qui nous annoncent vn presage
D'amour, de bonnasse, & de paix?

Ainsi la couple Oebalienne
Flamboyant d'vn lustre azurin
Sur la vague Neptunienne
Rend l'air & tranquile & serein,
Iö, la bourrasque est passée,
SILLERY l'Oracle Dicee
Monstre son œil paisible & doux,
Et sous la puissance Themide
Il retient l'iniuste courroux
D'vn peuple sans honte & sans bride.

En ce qui touche la iustice
 Il dompte Lycurgue, & celuy
 Qui, par le frain de la police
 Fit trembler Athenes sous luy.
 Comme Alcide auec ses espaules
 Porte à son tour le faix d'Atlas,
 Il porte la charge des Gaules
 Auec HENRY, sans estre las.
 Taisez-vous, ah tout-beau ma Lyre,
 Ah, taisez-vous, sans plus rien dire,
 C'est trop auant pour ceste fois:
 N'imitons point le fol Icare,
 En voulant guinder nostre voix
 Prés d'vne lumiere si rare.

Roynes de la croupe gemelle
 Qui m'abreuuiez à son ruisseau,
 Deuant qu'vn orage infidele
 Eust battu mon fresle vaisseau,

P ij

Chastes beautez, ie vous coniure
Au nom de vostre SILLERY,
Vostre plus chere geniture,
Et vostre mignon plus chery:
Ie vous prie, ô sœurs d'Aonie,
Par les sacrez Seaux qu'il manie,
Et par les Balances qu'il tient,
Que ie r'entre en vostre Parnasse
Pour chanter comme il appartient
Son nom, son merite, & sa race.

J'emprunterois mon origine
De ces vieux cailloux animez,
Qui depuis l'ondeuse ruine
Furent en hommes transformez,
Si i'engouffrois dans le silence
Les biens-faits receus de ta main,
Quand mon blanc Cygne loin de France
Nageoit sur l'Albule Romain:
Quand ie deurois second Cherile,
Fascher les esprits de mon style,
Ie les chanteray toutesfois,
Cependant le Ciel te maintienne,
Et te donne, ô Prince des Loix,
Vne grace Nestorienne.

CALLIOPE A PHEBVS,

SVR SON DEPART.

L s'en va donc, le fort iniurieux
  Le desrobe à mes yeux:
 Terre, ouure en deux ta masse appesantie,
  Que ie sois engloutie.
Il s'en va donc, & son cœur endurcy
  N'a plus de moy soucy,
Cruel destin, puis-ie voir en la sorte
  Mon esperance morte?
Il s'en va donc, mes prieres n'ont peu
  L'esmouuoir tant soit peu:
C'est pour neant que deux larges riuieres
  Coulent de mes paupieres:
Ny les Autons qui s'entendent gronder
  Ne l'ont peu retarder;
Ny l'hyuer proche, & les froides menaces
  Des broüillas, & des glaces:
Comme vn rocher parmy le brusque effort
  De Neptune, & du Nort
Deuient plus dur: ainsi parmy la Brune
  Son courage s'allume.
Pouuoit-il pas vn temps plus doux choisir
  Pour combler son desir?

La Primeuere, & l'Esté fauorable
    Seroit plus tollerable.
Arreste, arreste, Archer au beau carquois,
    Entends ma triste voix,
Phebus arreste: ainsi Daphné la belle
    Ne te soit point cruelle.
Arreste, arreste, espargne les trauaux,
    De tes foibles cheuaux,
Grand Elacippe, ainsi t'aime Vranie
    D'vne amour infinie.
Astre aux beaux ris, ie te pri' souuiens-toy
    De ta premiere foy:
Qu'il te souuienne, ô Prince de Permesse,
    De ta ferme promesse.
Regardes-moy, voy comme en toutes parts
    Mes cheueux sont espars,
Voy mon œil moite, & mon corps aussi pasle
    Qu'vne ombre sepulchrale.
Bref voy mon geste, & contemples mon port
    Transformez par le sort:
Voy sous la nuict de ta face eclypsee
    Ma robe despecee.
Bien que ce mal soit cruel de tout point,
    Toutes-fois il n'est point
Si rigoureux (ah ie meurs quand i'y pense)
    Comme ta prompte absence.
Si la clarté qui brille en tes beaux yeux
    Va luire en d'autres lieux,

Ie meurs d'ennuy, ja la nuict du Bosphore
  Vient mes paupieres clorre.
Ne sçais-tu pas que mon souuerain bien
  Ne depend que du tien?
Ainsi ta sœur la vierge Cynthienne
  Prend vigueur de la tienne.
Si ta voix docte où les filles du ciel
  Ont versé leur doux miel
Comme autres-fois ne me donne courage,
  Ie quitte mon ouurage.
Si ton sous-ris, l'augure souhaitté
  De ma felicité,
S'esuanoüit, aussi tost ie me pasme,
  Et suis vn corps sans ame.
Ainsi ton Prestre à l'heure qu'il n'est point
  De ta fureur espoint
Ne peut donner aux foules pelerines
  Tes responses diuines.
Ne penses point si ie ne t'apperçois
  Que i'assemble mes doigts
A mon luth d'or, il perd ses melodies
  Si tu le congedies.
A-t-il si peu merité vers les Dieux
  Qu'il te soit ennuyeux?
Cruel desastre! ô volage Fortune,
  Tu ne fus iamais vne!
C'est enfermer les vents dedans vn rets,
  C'est pescher aux forests,

Baſtir en l'air, & ſur les ondes peindre,
    Que gemir & ſe plaindre.
Bien que mon cœur ne ſerue dans mon flanc,
    Qu'aux triſteſſes de blanc,
I'ay toutesfois vne riche eſperance,
    Qui me donne aſſeurance.
Ton arc d'argent n'eſt pas tendu touſiours;
    » Apres les triſtes iours
» Vient le beau temps, apres l'hyuer ſeuere
    » La gaye Primeuere.
Le iour viendra que ie te reuerray,
    Iour cent fois eſperé,
Iour peint de blanc, pour qui chaſque an t'appreſte
    Vne immortelle feſte.
Va, que Mercure aux talonniers orins,
    Qui ſert aux pelerins,
Te face eſcorte, & vueille te conduire
    Où ton ame deſire.
Tu fis des vœux, ô belle Calypſon,
    De la meſme façon
Au Roy des eaux, afin d'eſtre propice
    Au voyage d'Vlyſſe.
I'ay d'vn ſeul poinct aduantage ſur toy,
    Ton hoſte fut ſans foy:
Mais le mien porte au cœur le diadeſme
    De la conſtance meſme.

CONTRE

CONTRE L'OVBLY,

A MELISE.

VIEVX Demon aux regards affreux,
Qui par le Tartare souffreux
Guides l'oublieuse carriere,
Va t'en, Oubly, va t'en arriere:
Ce n'est point aux cœurs releuez
Que tes vestiges sont grauez,
C'est dans les ames desloyales,
Retourne aux riues Letheales
Auec ton frere le Sommeil,
Hé, peux tu voir ce beau Soleil
Qui sort de l'onde mariniere,
Sans t'esbloüyr à sa lumiere?
Va, car aussi bien c'est par toy
Que les mortels manquent de foy:
Par toy les Monarques oublient
Les noms de ceux qui les supplient,
Les amoureuses les sermens,
Qu'elles font à leurs vrais amans,
Et les amans les belles flammes
Des beaux yeux de leurs belles Dames:

Q

Par toy sont oubliez encor
 Les diamans, les chaines d'or,
 Les baisers, les ris, les delices,
 Le prix des amoureuses lices,
 Les œillades, les doux appas,
 Et ce qui ne se nomme pas.
 Par toy la vefue esperonnee
 Du traict d'vn nouuel Hymenee
 Perd du premier le souuenir :
 Si l'espoux met trop à venir
 Par toy sa femme en oubliance
 Engouffre leur saincte alliance.
Par toy l'escholier desbauché
 Perd tout ce qu'il auoit cherché
 Dans les secrets de son eschole,
 Son Hipocrate, son Barthole,
 Son Aristote & son Platon,
 Par toy (fils aisné de Pluton),
 L'homme insensé lasche la bride
 Au Demon charnel qui le guide,
 Pour faire banqueroute aux Cieux :
 Par toy l'heritier vicieux,
 Forligne du trac de son pere,
 Et quitte le trac salutaire,
 Pour humer la contagion
 D'vne aueugle irreligion.
L'innocence autre-fois prisee
 Sert aux Courtisans de risee,

La charité n'a plus de lieu,
Ny le seruice du grand Dieu:
Les vertus sont enseuelies,
Et les sainctes loix abolies,
» L'on dit bien vray que nos ayeux
» Furent mauuais & vicieux,
» Qu'auiourd'huy plus meschans nous sommes,
» Et qu'au temps aduenir les hommes
» Qui depuis nous arriueront
» Cent mille fois pires seront.
Si par ton breuuage Lethee
   L'ame n'estoit point enchantee
   Quand elle tombe en nostre corps,
   L'homme seroit sage deslors
   Qu'il entre au monde, & n'auroit cure
De l'art ioint auec la Nature:
Il cognoistroit la dignité
Qu'il prend dans le cercle laicté,
Quand par la voye accoustumee
Du Cancre & du Lyon Nemée,
Son ame deuale icy bas,
Il raconteroit les esbats
De la phalange citoyenne
De la maison Olympienne,
Il auroit cogneu l'appareil
Du large Palais du Soleil,
Dont nous parlons par coniecture,
Il sçauroit de quelle pasture

Q ij

124

Les Dieux ſe repaiſſent là haut,
Il ſçauroit d'où prouient le chaud,
D'où le froid, d'où l'eſclair du foudre,
Et comme il vient à ſe réſoudre.
" Jamais vn malheur ne vient ſeul,
  Quand le mortuaire linceul
  S'ille nos paupieres colées,
  Et que nos ombres deſolées
  Tremblent dans l'Orque au iugement
  De Minos & de Rhadamant,
  Tu nous preſentes l'onde noire
  Qui nous arrache la memoire
  De tout ce qu'auant le treſpas
  Nous euſmes de plus cher çà bas.
Ny l'œil des humaines Déeſſes,
  Ny leurs ſouſris, ny leurs careſſes,
  Ny leurs mignards attouchemens,
  Ny bref tout ce que les amans
  En la ſolce amoureuſe tentent,
  Deuant nous plus ne ſe preſentent.
Les baſtimens que nous laiſſons,
  Les architectes, les maſſons
  Qui pour nous les airs eſtreciſſent,
  Plus nos oreilles n'eſtourdiſſent.
  " L'or apres la mort ne ſert plus
  " Qu'à des heritiers ſuperflus
  " Qui font bonne chere, & qui rient
  " Cependant que nos Manes crient.

Encor si tu nous permettois
    D'auoir memoire aucune-fois
    Des enfans qui nous font reuiure
    Apres que ton flot nous enyure,
    Leur vertu nous soulageroit,
    Et nostre mal s'allegeroit :
    Mais nul qui viue entre les hommes
    N'habita la terre où nous sommes
    Et le manoir de Phlegeton,
    Qu'Ethale seul, qui (ce dit-on)
    Obtint ce priuilege d'Hermè
    Pource qu'il nasquit de son germe.
Va donc, Oubly, va t'en là bas
    Perces le vuide, ailes tes pas,
    De peur qu'à ma grand malencontre
    Mon cher Melise te rencontre,
    Et qu'il n'oublie à son profit
    Tant de promesses qu'il me fit.

SVR VNE ABSENCE.

OMBIEN *le plaifir de ce monde*
    Est-il promptement limité?
    Fol qui fon efperance fonde
    En l'humaine felicité.

Ciel ialoux, Ciel inexorable,
    I'ay donc perdu le beau Soleil
    Dont la prefence defirable
    Me charmoit fi doucement l'œil.

Il eft donc party, Ciel contraire,
    Et cependant que fa clarté
    Flambe fur vn autre hemifphere
    Ie blefmis fous l'obfcurité.

Si parmy tes plus chers delices
    Ton ame encore a quelque foin
    De faire quelques bons offices
    A ceux qui t'inuocquent de loin:

Ouure ta paupiere & contemples
    Les ruiffeaux de mes triftes pleurs,
    Autant que tes ioyes font amples
    Autant font afpres mes douleurs.

SVR DES CHEVEVX.

BELLE *perruque annelee,*
    Blondiſſante, & creſpelee,
    O beaux cheueux friſotez
    Qui touſiours vous esbatez
  Sur l'eſchine potelee
  De la mere des beautez.
Vous qui par lentes ſecouſſes,
    Au gré des aleines douces
    Des zephyres, voltigez
    Parmy ces champs enneigez,
    Qu'auec leurs arcs & leurs trouſſes,
    Les Amours ont aſſiegez.
Dans vos embuſches ſecrettes
    Errants & libres vous eſtes,
    Vagabonds cheueux dorez
    Parmy vos nœuds vous errez,
    Mais nul erreur vous ne faictes
    Quand nos cœurs vous enſerrez.

SVR LA MARGVERITE.

 I la Nature euſt voulu faire
    Vne Princeſſe entre les fleurs,
    Qui font blondir la Primeuere
    Du bel eſmail de leurs couleurs:

Ceſte excellente Marguerite
    Euſt gaigné ſur toutes le prix,
    Qui bien, que ſa fleur ſoit petite,
    Sert d'obiect aux plus grands eſprits.

Le vermeillon dont elle eſt peinte
    Fait rougir les fleurs d'alentour,
    Elle n'eſt moins belle ny ſaincte
    Que la tienne, ô mere d'Amour.

Encor, pardonne moy, Cyprine,
    Eſt-elle plus digne en ce poinct,
    Que ta fleur n'eſt point ſans eſpine,
    Et que ceſte-cy n'en a point.

BAISERS,

BAISERS, A IEAN BIGOT.

 *VINZE ans encores n'auoient pas*
    Attaint le bout de leur carriere,
    Quand ie fus rauy des appas
    Des yeux de ma douce guerriere.

BIGOT, ie te laiſſe à penſer,
    Car il meſſied que ie l'eſcriue,
    Combien eſt facile à paſſer
    Vn aage à qui tel bien arriue.

Voicy les folaſtres preſens
    D'vn amour encores nouice,
    Qui pechoit en ſes ieunes ans
    Pluſtoſt par ieu que par malice.

Si la main de mes enuieux
    Ne les euſt point mis au pillage
    Durant mon exil ennuyeux,
    Ie t'en donnerois dauantage.

Ie te les promis autresfois,
    Et maintenant ie m'en acquitte,
    Ie t'offre ce que ie te dois,
    Et non pas ce que tu merite.

R

BAISERS.

I

CEPENDANT que l'ombrage frais
De ce bocage solitaire
Esteint l'influence des rais
Qui brillent par nostre hemisphere:
Or que les herbes & les fleurs,
Brulent par les grandes chaleurs:
Tandis que les verdes ramees
Du Syrien sont enflammees,
Et que l'eau qui murmure autour
Nous inuite à faire l'amour,
Afin d'amortir nostre braise
Permets vn peu que ie te baise.
  Sus donc, mon soucy, baise-moy,
Si tu me baises, ie te baise:
Baises, ie baise comme toy:
C'est ainsi que l'amour s'appaise,
Faisons de baisers amoureux
Mille & mille chaisnons heureux,
Auec qui l'Archerot assemble
Nos cœurs, & nos ames ensemble.

Auec qui l'amoureux Archer
Bras à bras nous puiſſe attacher,
Et nous garotte en meſme couche
Flanc ſur flanc, & bouche ſur bouche.

    Le baiſer enfant de Cypris
Eſt du cœur la douce paſture,
La douce manne des eſprits,
Et le ſouſtien de la Nature:
Ne vois-tu pas comme les eaux
Baiſent le bord de leurs ruiſſeaux,
Comme les gentilles fleurettes
Baiſent les tendres herbelettes,
Comme les pigeons amoureux
Bec à bec ſe baiſent entr'eux,
Comme les fueilles courtiſees
Du vent ſont encore baiſees?

    Quel ſucre eſt plus doux que le miel
Qui ſourd des langues baiſereſſes?
Les amoureux ſont dans le ciel
Puis qu'ils embraſſent les Deeſſes.
Non, mon cœur n'eſt point enuieux
Du nectar que boiuent les Dieux,
Pourueu qu'à mon aiſe i'allente
Sur toy ma flamme violente:
Mais entends-ie pas quelque-fois
L'enuieuſe Echo par ce bois,
Qui tandis que ma bouche imprime
Vn ſeul baiſer mille en exprime,

Recommençons les doux combats,
Des amoureuses mignardises ;
Releuons nos cœurs cheus à bas,
Encourageons nos coüardises.
Si bien-heureuse, & bien-heurant
Tu vas sur ma leure inspirant
La douce pluye Hymettienne
Qui s'alambique de la tienne,
Ie veux d'autre part, mon soucy,
M'enlasser à ton col ainsi
Que le branchage du lierre
Autour de l'orme qu'il enserre.

   Autant qu'il y a de sablons
Sur la greue Neptunienne,
Autant qu'il y a d'espics blonds
Sur la terre Cererienne :
Autant que le Ciel lumineux
A de Planettes rayonneux :
Autant qu'il y a de fleurages
Par les humides pasturages :
Autant que la terre produit
D'herbes, de fueilles, & de fruit,
Autant faut-il que ie te baise
Si tu veux que mon feu s'appaise.

2.

AFIN que ie sois appaisee,
Et que tu flattes mon esmay,

Baiſe-moy, cruel, baiſe-moy,
Iè meurs ſi ie ne ſuis baiſée.

Baiſes donc, & change d'vſage,
Cüeilles ſans mordre vn ſi doux fruit,
Encor la morſure me cuit
Qu'au ſoir tu me fis au viſage.

Bouche traiſtreſſe & deſloyale,
En me baiſant deurois-tu pas
Sous le maſque de tes appas
Cacher ma honte virginale?

Endures-tu què ie te prie,
Bouche qui deurois me prier?
La mienne doit s'approprier
Ce que la tienne s'approprie.

O dent mauuaiſe, ô dent ſauuage,
Faut-il mordre en ceſte façon?
Puiſſe-ie mourir, faux garſon,
Si ie te baiſe dauantage.

3

SI (Maiſtreſſe) à toy ie me ioüe,
Pardonne à mon deſir ardant,
Excuſes ma leure, & ma dent,
Qui ſucce, & mord ta belle ioüe.

Souffres que mon baiſer prophane
Ton viſage en le ſuçotant,
Si ie le tache, au Ciel autant
Se tache celuy de Diane.

R iij

4

ME faut-il ainſi refuſer
Le prix de mon digne ſeruice?
Veux-tu me donner vn baiſer,
Ou veux-tu que ie le rauiſſe?

 Les baiſers qui viennent du cœur
Sont plus doux que ceux de la bouche,
Jl aura plus douce liqueur
Si tu ne fais point la farouche.

 Si ie le rauis en courroux,
Il ne ſera moins doux encore,
Le miel ne laiſſe d'eſtre doux
Apres l'aigreur de l'elebore.

 Ton baiſer aigre, ou doucereux,
Soit-il pris, ou donné (Madame)
Dedans le ciel des amoureux
Rendra bien-heureuſe mon ame.

5

CRVELLE pour t'auoir baiſee
Me faut-il menacer ainſi?
Si ma bouche fut trop oſee
Mon cœur en demande mercy.

 Ie ſuis puny, douce ennemie,
De mon erreur par mon remord:
Au lieu de me donner la vie
Ton baiſer me donna la mort.

 Ce baiſer, mais pluſtoſt l'eſpine
D'vne des roſes de Cypris

T'é vange aſſez de ma rapine,
Puis qu'il m'occit quand ie le pris.

9.

QVand par fois ie regarde & touche
Ce double coral precieux,
Mon œil porte enuie à ma bouche,
Et ma bouche enuie à mes yeux.

    Ialoux corriuaux pleins d'enuie,
Mes ſens eſmeus ſont en diſcord,
Si l'vn quelque proye a rauie,
L'autre la veut auoir encor.

    Le baiſer le regard menace,
Le regard tance le baiſer:
Dy, Cupidon, comment ſera-ce
Que tu les pourras appaiſer?

    Si i'aduiſe vne belle bouche,
M'aleure la veut aborder,
Et cependant que ie la touche
Ie la veux encore œillader.

    Amour, qui vois la peine extreme
De mes deux ſens contentieux,
Fais que ie puiſſe à l'inſtant meſme
Voir la bouche, & baiſer les yeux.

10

SVS, ſus, amoureuſes viperes,
O langues, les douces archeres
De Venus, & de Cupidon,
Mettez vos traiƈts à l'abandon:

Que vos ris seruent de trompettes,
Que les herauts soient vos pensers,
Vos langues seront les sagettes,
Et vos blesseures les baisers,
Afin qu'on voye en vos meslees
La paix & la guerre esgalees.

8

Taisez-vous *bouche larronnesse,*
Taisez le vol & le butin,
Que vous faictes soir & matin
Sur le beau sein d'vne Deesse.

Taisez vous donc, faictes silence,
Autrement Amour le sçauroit,
Et mon cœur innocent pourroit
Estre puny pour vostre offence.

Sçauez-vous pas que la parole
D'vn indiscret & fol amant
Merite autant de chastiment
Que celuy qui pille & qui vole?

Tenez vostre proye secrette,
Vous en aurez d'autres plus doux:
Sus donc, ma bouche, taisez-vous,
Autant pillarde, que muette.

9

Quand la *Nature industrieuse*
Composa la face amoureuse
Qui de ses blandices m'esprit,
Seulette en cachette elle prit

Ces lys, ces rubis, cet albaſtre
Et ce bel or, que i'idolatre
Petit Amour pareillement :
Quand tu naſquis premierement,
Ce fut (ce dit on)en cachette
Dans la Cyprienne couchette.
Permets donc qu'en ceſte façon,
Aueugle archer, petit garçon,
Seulet, en cachette, ie baiſe
Philis ſi fiere & ſi mauuaiſe.

10.

Baisers confits dans les delices
De mes amoureuſes malices,
Que dy-ie baiſers ? ie me tais,
Mais pluſtoſt ſagettes, & traits,
De qui la poincte eſt douce, & belle,
Mais dont la douceur eſt mortelle.
Parmy vos douceurs embauſmees
Mes veines d'amour enflammees
Cherchoient du raffraichiſſement :
Mais il aduint contrairement,
Parce qu'au lieu d'eſtre guaries,
Un plus grand feu les a taries.
De meſme l'infirme Hydropique
Cerche en l'eau ſon remede vnique,
Et tant plus il en boit, & plus
Ses membres deuiennent perclus :

S

Son defir naift de fon martyre,
Et fon mal de ce qu'il defire.

II.

A VOIR ces beaux cheueux d'or,
A voir ce bel œil encor
L'on te diroit, pucellette,
Vne colombe fimplette,
Mais non quand fon trait vainqueur
Se rend tyran de mon cœur,
Non pas quand ce baifer traiftre
Se rend de mes leures maiftre.

III.

IL ne faut point que l'on fuye
Colombe ma chere vie,
Faut-il eftre à fon amant
Defdaigneufe tellement?
Ie fçay que les colombelles
Ont de la fimplicité,
Mais pourtant la Deité
Qui fe gliffe en leurs mouelles
Les pouffe aux baifers paillards
De leurs mafles fretillards.

IIII.

FIN ferpenteau, fi tu defire
D'empoifonner mon cœur peureux
Auecques tes dards amoureux,
Qu'attens-tu que tu ne les tire?

Lance-les donc, fais tellement
Q'vn souspir soit le sifflement,
Et que le baiser delectable
Soit la morsure ineuitable.

14.

Il ne faut point que l'on s'estonne
Si ie baise tant, ô mignonne,
Tes yeux, mes flambeaux lumineux,
Puisque l'ame viue est en eux:
Autant de fois ie l'ay baisee,
Que ie l'ay des miens aduisee.

15.

Entre les ombres de la nuict
Ie te baise en fin impiteuse,
Et sous l'obscurité nuiteuse
Auec toy ie prends mon deduit.
Mais t'en pourrois-ie estre obligé
Puis que ton refus me consomme?
Non, i'en suis redeuable au somme
Qui m'a tant de fois allegé.

16

Ny plus ny moins qu'vn fin pescheur
Se campe en mer sur vne roche,
Fourny d'vn appas rauisseur
Et d'vn hameçon courbe & croche,
L'amour sied en mesme façon
Au sein de la belle Pierrette.

S ij

Mon pauure cœur est le poisson,
L'hameçon le ris qu'elle iette,
Les appas les douces humeurs
De ses deux leures nectarées,
Et le filet où ie me meurs
Ses passefilures dorees.

17.

BELLE bouche, beaux yeux,
Sus dites-moy de grâce
Qui de vous deux fera-ce
Que i'aymeray le mieux?
Sans vos charmes gemeaux
Ie suis vn corps sans ame,
Vn gallion sans rame,
Vn arbre sans rameaux.
Miroirs des braues cœurs,
Estoilles desirables:
Soyez moy fauorables,
Beaux yeux mes doux vainqueurs.
Fontaine de miel doux,
Tresor de beauté rare,
Ainsi qu'à l'autre Phare
Ie viens encore à vous.
Comme des yeux marris
Ie voy naistre des larmes,
Bouche pleine de charmes
Ainsi de vous mes ris

18.

PASLE *soleil de mon ame,*
L'aube vermeille de flame
Perd ses pourprines couleurs
A tes nouuelles pasleurs,
O pasle mort de la vie
Dont la carriere m'ennuye,
Le cinabrin esglantier
Perd son vermeillon entier
Aupres de la violette
De ta charnure deffaicte,
Plaise à Cupidon mon Roy
Que ie puisse comme toy
Deuenir pasle, ô teint blesme,
Que i'ayme plus que moy mesme.

19.

AMOVREVSE *Pastourelle*
Autant mignarde que belle,
Pourquoy vostre vestement
Est-il de bleu tellement?
Vous portez cette vesture
Pource que parauanture
Vostre visage amoureux
Est vn paradis heureux,
Et que sous vos deux paupieres
On voit luire deux lumieres
Dont les rayons gracieux
Font honte à celles des cieux.

20.

BRVNE *pourquoy te laues-tu*
Tant de fois d'eau claire la face,
L'eau simple n'a pas la vertu
Que ta noirceur blanche se face.
Petite fole ouure les yeux
As-tu veu qu'vn temps pluuieux
Ait iamais dißipé les ombres
Des nuits tenebreusement sombres?

21.

QVE *ie sois peu fidele,*
Qui le croit, ô ma belle,
Est infidele, & non-
Moy qui ne vis sinon
Que pour vous satisfaire:
Je ne sçaurois vous faire
Plus grande seureté
De ma fidelité
Si ie ne sacrifie
Pour vous ma propre vie.
Volontiers ie mourrois
Si deslors que i'aurois
Assoupy mes paupieres
Sous vos sentences fieres,
Vous escriuiez au moins
Sur les marbres tesmoins
De ma constance belle
Auec mon sang fidele.

Ceſt Epitaphe cy,
DAPHNIS QVI GIST ICY
FINIT PLVSTOST SA VIE
QVE SA LOYALE ENVIE.

22.

VIGNE enuieuſe, vigne traiſtre,
Qui bouches l'heureuſe feneſtre
Par où ie ſoulois entreuoir
Mon beau ſoleil matin & ſoir,
Si la Boreale froidure
Ne t'arrache point la verdure,
Pourquoy, meſchant bois inutil,
Mon ſoleil ne te ſeiche-il?
Pourquoy la chaude violence
De tant de ſouſpirs que i'eſlance
N'a elle pas telle vertu
Qu'elle te bruſle, bois tortu?

23.

COmbien reçeus-je d'allegreſſe,
Rigoureuſe & fiere maiſtreſſe,
Quand ton petit chien abboyant
Affamé poſſible, & croyant
Que ta main ce fut de la creſme
La mordit en la ſorte meſme?
Ainſi l'amour, cruelle main,
A puny ton acte inhumain,
Folle main, qui les chiens courtiſe,
Et tant de Courtiſans meſpriſe.

24.

ALLONS dans ce pré verdelet,
Cueillir des fleurs, traire du lait,
(Diſoit Amarylle à Tityre)
Belle, autre lait ie ne deſire
Que celuy de ton ſein gentil,
(Fort à propos reſpondit-il)
Ny d'autres fleurs ie ne ſouhaitte
Que les œillets de ta bouchette.

25.

PETITE eſt la Deeſſe,
Dont le bel œil me bleſſe,
Et petit eſt l'Amour
Qui me poingt nuiſt & iour:
Mais ie ſens dedans l'ame
Grand'playe, & grande flamme.

26.

D'AVTANT plus grande eſt la ſtature
De ceſte cruelle beauté,
D'autant plus grande eſt l'ouuerture
Qu'elle me faiſt dans le coſté:
Car tant plus large eſt vne fleſche,
D'autant plus large en eſt la breche.

27.

SCAIS tu pourquoy les Dieux peignirent la figure
D'vne ombrageuſe nuiſt ſur ta brune charnure,
Ce fut à celle fin que pareille aux voleurs
Tu peuſſe mieux voler ſous tes ombres nos cœurs.

SVR

SVR LE BLANC.

DITES-moy, bergere cruelle,
Pourquoy vous n'aymez point le Blanc,
Puis que blanche est vostre mammelle,
Blanc vostre teint, & vostre flanc.

Vos dents ne sont-elles pas blanches?
Vos mains ne le sont-elles pas?
N'auez-vous pas blanches les hanches,
Les iambes, les genoux, les bras?

N'auez-vous pas blanche la cuisse?
Chemise blanche, & blanc colet?
Et si ie vous faisois nourrice
N'auriez-vous pas blanc vostre laict?

Blanc est le dez, blanche est l'aiguille,
Blanc est le fil dont vous cousez,
Blanc ce lin que vostre main file,
Et l'eau dequoy vous l'arrousez?

Blanc est l'yuoire qui frisonne
Vos cheueux en petits sillons?

T

Blanc ce ruban qui s'emprisonne
Aux nœuds de vos passe-fillons,
Blancs sont les renuers de vos manches,
Voſtre laſſet, vos annelets,
L'amydon blanc, les cartes blanches
Que vous mettez en vos colets.
Blanches ſont les perles des larmes
Qui roulent ſur voſtre tetin,
Quand Amour auec ſes allarmes
Vous reſueille auant le matin.
Blanche eſt la glace criſtaline
Où vous admirez vos beautez,
Et blanche la chaine argentine
Qui vous entourne les coſtez,
Blancs ſont vos gans, le ſatin meſme
De voſtre cache-nez eſt blanc,
Blanche eſt la chandelle, vn teint bleſme
Semble encore eſtre en meſme rang.
Blanche eſt la creſme, la ionchée,
Le ſucre & la manne du Ciel,
Et la cire vierge nichee
Dedans les ruchettes à miel.
Blanche eſt la couché de l'Aurore,
De Thiton blancs ſont les cheueux,
Le iour eſt blanc, Phebus encore,
Diane, & tous les autres feux.
Nos Lys ſont blancs, blanche eſt la roſe,
La camomille, & le muguet,

Blanche la fleur de vigne esclose,
  Et blanc des vierges le bouquet,
Blanche est encor la violette,
  Blancs sont les œillets, & le nard,
  Blanche est aussi la pasquerette,
  Blanche la ceruse, & le fard.
Le Narcisse auprés de la riue
  Espanit sa blanche couleur,
  Le viorne est de blancheur viue,
  L'aubespin a blanche la fleur.
Blanche est la champestre ligustre,
  Et blanche la fleur des sureaux,
  Par tout le blanc monstre son lustre,
  Dont les en l'air, & sous les eaux.
Blanche est la perle que l'Aurore
  Enfante au lit Oriental,
  Les diamans sont blancs encore,
  Le nacre blanc & le cristal.
Blanche est la pierre Selenite,
  Et l'Agathe pareillement,
  La Sardoine, la Galactite
  Qui donne du laict amplement.
Blanche est la pluye, & la rousée,
  Blanches les escumes des eaux,
  Et blanche la robe frisée
  Des brebis, & de leurs aigneaux.
Blanche des poissons est l'escaille,
  Blanches les coquilles de mer,

                              T ij

Blanc le sel qui vigueur nous baille,
Et blanc tout ce qu'on voit germer,
Blanche est la poudre qui decore
    Les passefillons damoiseaux,
    Le vin est blanc, la graisse encore,
    Iadis furent blancs les corbeaux.
Le poussin qui ne faict que naistre,
    Les presens que l'on offre aux Dieux
    Sont blancs, l'alun & le salpestre,
    Et ce qui disgrege les yeux.
Aux festins & les iours de feste
    Nos peres de blanc se paroient,
    Blanc fut l'accoustrement de teste
    Dont les Flamines s'honnoroient.
Blanc est le cheual de Phosphore,
    Blancs furent ceux des triomphans,
    Et la voicture blanche encore
    Des grands Dieux & de leurs enfans.
Pour la voile blanche oubliee
    Dans le Theseïde vaisseau,
    Le pere en a l'ame ennuyée,
    Tellement qu'il se noye en l'eau.
Le Roy magnanime Romule
    Peu de temps apres son malheur
    S'apparut aux yeux de Procule,
    Armé d'vne blanche couleur.
La truye blanche fut l'augure
    Pour fonder les murs Albanois,

Ses habitans ont de nature,
Les crins blancs dés leurs ieunes mois.
Blanche la tablette Latine,
Les edits en blanc s'escriuoient,
Des archers blancs sur la marine
Le preux Themistocle suiuoient.
Blanche est vne claire seree
Quand Phebe a serein le sourcy,
Blanche est la tendre chicoree,
La coloquint l'est aussi.
Les Alpes, l'Elb & l'Angleterre
Eurent le nom blanc autrefois,
Maints autres pays de la terre
Maintes Citez & maints bourgeois.
Blanc est l'œuf qui ça bas desserre
Sa largesse en mille façons,
Il peuple d'animaux la terre,
L'air d'oiseaux, la mer de poissons.
L'air est blanc, & l'onde agitee,
Blanches les voiles des vaisseaux,
Leucothé blanche, & Galathee,
Les Cygnes blancs, & les ruisseaux.
La neige, le marbre, & l'albastre
Sont blancs iusqu'à l'extremité:
La craye, la chaux & le plastre,
Et blanc le metal argenté.
De blanc les heureuses iournees
Furent peintes antiquement;

T iij

Les vierges de blanc font orneés
Au iour de leur enterrement,
Blanche est encore la Panacee,
Blanc le but où vise l'archer,
La balle auant qu'estre lancee,
Peut encor du blanc s'approcher.

Les Gaulois ont pris l'origine
De leur nom du blanc seulement,
Blanche est la voute cristaline,
Blanche vne voye au firmament,
Blanche est l'innocence, & nostre ame
Quand elle vient dedans le corps,
Blanche est son ombre, & son fantasme,
Blanche quand elle sort dehors.

Le blanc ie porte en ma liurée,
Le Prince en porte à son armet,
Quand vne place est deliuree
On plante le blanc du sommet.

Viue donc LE BLANC, ô ma cruelle,
Et meure vostre cruauté:
Aimez son cœur blanc, & fidele,
Comme il aime vostre beauté.

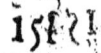

A M. PIETRE

(obscure text)

Il faut chaffer l'inquietude
Qui retient l'ame en feruitude,
Et faire tant, que la douleur
N'excede aucunement la playe,
Quand l'homme fouffre, il faut qu'il aye
En endurant de la valeur,
Non point en ame cafaniere
Flefchir au iour d'aduerfité,
Puis que le dueil ne fçauroir faire
Que le mal n'aye pas efté.
C'eft, PIETRE, ainfi que ie m'affeure,
Et que ie flatte la bleffure,
Qui m'endommage le ceruean,
Dés l'heure qu'ie te l'ay reçeüe,
Parmy la malheureufe effay
D'vn combat encores nouueau.
Le fang m'empourpre le vifage,
De couleur on me voit changer,
Toy Ciel qui vois vn tel carnage,
Le peux-tu voir fans me venger,
Ce fut le iour des Bacchanales
Que les bourrelles infernales

Firent complot de ce mefchef,
Qu'elles forgerent les vacarmes,
Et qu'elles fourbirent des armes
Qui me vouloient fendre le chef:
Mais l'Ange qui me fert d'efcorte
(Cher amy Dieu t'en donne vn tel)
Para leurs coups, & fit en forte
Que ie n'en eus point de mortel,
Ie fuis nauré ie le confeffe,
Mais fi ton art ne me delaiffe
I'efpere que i'en gueriray,
Permets donc qu'au befoing il m'aide
Puis que i'en attends le remede
Souuerainement defiré:
Celuy de Cleombrote Cée,
De Critobule, & de celuy
Qui garentit Rome oppreffée
N'eft fi profitable que luy.
Tout ce qui roule dedans Herme,
Et tout cela que Plute enferme
Dans fon Iberien giron,
Ne te feront iamais reuiure
Comme cet art qui te deliure
De l'auarice de Charon:
Que des cieux on brife l'enceinte,
Et que la terre branfle encor,
Tu ne dois fremir pour la crainte
De perdre ce riche trefor,

A

A NICOLAS DE
NEVFVILLE SEIGNEVR
DE VILLE-ROY,
SECRETAIRE D'ESTAT.

VILLEROY *que les Dieux ont richement vestu*
De nobleſſe, de biens, d'honneur & de vertu;
Si noſtre chant te plaiſt, ſi noſtre Poëſie
Merite ce bon-heur, & cette courtoiſie,
Laiſſe à part le deſir de tant de beaux exploits,
Laiſſe à part les deſſeins de refaire des loix,
Laiſſe le maniment de la choſe publique;
Permets pour quelque temps que ton ame s'applique
Aux meſtiers de Pallas, qu'elle daigne eſcouter
Les petites chanſons du ſang de Jupiter,
Et que la grauité qui defend que ta veuë
S'arreſte en ſi bas lieu ſoit vn peu retenuë.

   Si l'arc par trop courbé ne rencontre vne main
Qui luy donne relaſche, il tire apres en vain
Des fleches par les airs, vne image priſee
Ne doit pas touſiours eſtre à nos yeux oppoſee,
Combien qu'elle nous plaiſe; vn bien gouſté ſouuent
Ennuye quelquesfois, & ce qui fut deuant

ã

Ennuyeux plaiſt à l'heure, au lieu de tant d'affaires
Laiſſe entrer la douceur & les ris debonnaires,
Viens auec moy ſur Pinde, & ſur le mont gemeau,
Là mainte belle fueille & maint ſouple rameau
T'ombragera le front, là tu puiſeras l'onde
Qui rend de beaux deſſeins la ceruelle feconde;
Là tu verras en rond les neuf Muſes dancer,
Là pour te faire accueil tu leur verras laiſſer
Le bal encommencé, là ſous vn mol ombrage
Elles te verſeront le Pegaſin breuuage,
Et conduiront tes pas au ſuperbe ſejour
Où reſide Phebus le Monarque du iour;
Tu receuras alors de ſa main liberale
Ce bois victorieux que la main Iouiale
Exempte de ſon foudre, alors ton nom vanté
Sera mis ſur l'airain de l'immortalité,
Le ſouuerain bon-heur où ton ame ſe fonde,
Et qu'elle tient plus cher que l'Empire du monde.
  Ie ne ſçaurois te rendre vn plus digne loyer
Pour tant & tant de biens qu'il t'a pleu m'octroyer:
C'eſt pourquoy ie ſuis meu d'vne loüable enuie
De te faire iouyr d'vne immortelle vie,
Sous la rare faueur d'vn auguſte renom
Que ie dois mettre en bruit en faueur de ton nom.
Si ie manque de foy les fontainieres courſes
Retourneront au lieu d'où ialiſſent leurs ſourſes,
Philomele au printemps oublira ſa chanſon,
Le cheurueil ſon boccage, & ſon eau le poiſſon,
Les auettes le thyn, les enfans leurs mammelles,
Et moy le blond Phebus & les Muſes iumelles.

Quand Daire, quand Mamurré, en biens i'excellerois,
Bien que ie fuſſe riche au parangon des Roys
Des Lydiques ſablons, & qu'à mains liberales
Ie te fiſſe preſent de mes grandeurs Royales,
Ie te donnerois moins que ſi dans l'Vniuers
Ie ſemois ta vertu par le ſon de mes vers.

    L'ame qui des vertus eſt alme nourriciere
Faiſt moins de cas de l'or que de ceſte pouſſiere
Qui s'eſleue dans l'air quand les froids bataillons
D'Eole courroucé dardent leurs tourbillons.
O combien ce meſpris nous eſt-il profitable !
O combien rend-il l'homme en l'infortune ſtable!
Encore que la guerre en ma ieune ſaiſon
Ait deſpoüillé de biens ma chetiue maiſon,
Qu'vn ſiege furieux ait captiué ma ville,
Qu'au lieu d'eſtre faiſt libre on m'aye faiſt ſeruile,
Que ma ioye ſoit morte alors qu'elle naiſſoit,
Qu'à l'eſgal de mes ans ma diſette croiſſoit,
Que mon Pere ancien en l'an ſexagenaire
A nature ait payé le peage ordinaire,
Que i'aye eſté proſcrit, & long temps eſtranger,
I'ay pourtant veſcu libre, & ſans m'en affliger,
Le ſort donne les biens, & le ſort nous les oſte,
Qui s'en tourmente donc fait vne grande faute:
Ce n'eſt pas d'auiourd'huy que ſon bras irrité
Darde ſur les humains de l'infelicité,
Non ie ne ſuis pas ſeul que ſa puiſſance inique
A triſtement reduit ſous vn ioug tyrannique,
Mille comme i'ay faiſt ont iadis reſſenty
De ſon impieté le bras appeſanty:

I'en atteste Priam qui vit donner en proye
Al Argiue soldat les Pergames de Troye,
Qui vit ardre Ilion, qui vit tous ses enfans
Massacrez par le fer des Gregeois triomphans,
Qui mesme sur l'autel de Iupiter Hyrcee
Vit du fer Pyrrhien sa poitrine percee.
» Les malheureux humains sont en larmes confits:
Vit-on pas sous le temps du Labdacide fils
Oedipe estre en exil, qui meurtrier de son pere
Et frere de ses fils print à femme sa mere?
Vit-on pas sur les rangs d'vn ost impetueux
Etheocle & son frere enfans incestueux
Sous leur propre cousteau broncher à la renuerse,
Et mesurer les champs d'vne longue trauerse?
Vit-on pas l'Adrastide auec sa belle sœur
Malgré l'edit cruel de Creon oppresseur
Rendre aux freres deffuncts les hommages funebres,
Hemon suiure Antigone aux mortelles tenebres,
Et le Prince tyran qui les faisoit mourir
Sous le fer Theseïde apres elles perir?
Ce n'est qu'affliction que ce caduque monde,
Fol trois & quatre fois qui son attente fonde
Ailleurs qu'en la vertu: V I L L E R O Y qui luy sers
D'vn ferme gabion, sers en d'vn à mes vers;
Ie leur donne le iour sous ta chere tutelle,
Et tiens pour asseuré qu'ayans vne ombre telle
Ils braueront le temps, la fortune, le sort,
Les enuieux, l'enfer, l'oubliance & la mort.

A
IACQVES DE MAILLÉ
BREZÉ, SEIGNEVR DE MILLY.

Poëme.

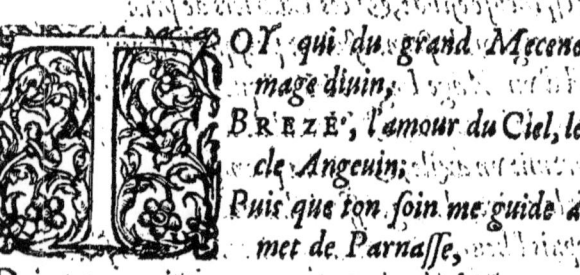OY, qui du grand Mecene es l'i-
    mage diuin,
    BREZÉ, l'amour du Ciel, le mira-
    cle Angeuin;
    Puis que ton soin me guide au som-
    met de Parnasse,
Dois-je pas maintenant comme vn nouuel Horace,
Prendre l'archet en main, & ne bruire sinon
Que ta vertu celebre, & ton auguste nom?
    Ie n'inuoqueray point, à la maniere antique,
Deuant que de grimper sur le mont Beotique,
Ny le grand Iupiter, ny son fils aux crins d'or,
Ny Minerue aux yeux pers, ny les Vierges encor
Qui des flancs Mnemosyns receurent l'origine:
Car, bien que mille fois du fond de ma poictrine
I'aye inuoqué leur ayde en ma necessité,
Ie n'en ay point veu naistre aucune vtilité.

A

Qu'inuoqueray-ie donc ? quel Dieu, quel bon Genie
Fortifiera les nerfs du luth que ie manie
Plus iustement que toy ? qui d'vn aimable soin
As tousiours fait escorte en l'extreme besoin
Quand leur vertu languit sous le regne du vice,
A mille beaux esprits qui te rendent seruice.

I'en appelle à tesmoin les Muses que ie serts,
Desia le beau surgeon de leurs plus doux concerts
Estoit aride & sec ; vn exil volontaire
Confinoit leur ieunesse en l'ombre solitaire
D'vne espineuse estude, & ces Lauriers de prix
Qui leur ceignoit le front estoient presque flestris,
Quand d'vn Ange Leger l'Heroïque entremise,
Le Pean de leurs maux, l'Hercul de leur franchise,
Leur promit vn azile, & que ta prompte main
Deuoit le retirer de ce gouffre inhumain.

Depuis l'heureux moment que ces neuf belles filles
Me firent voir l'esclat de tes vertus gentilles,
I'ay si bien imprimé leur traict en mes esprits,
Que d'vn autre penser ie ne suis point espris,
Vn si parfait modelle, vne si belle idee
M'est si chere, si rare, & si recommandee,
Que, soit que le blond char du Prince Lycean
Quitte le grand palais du vieillard Ocean,
Ou que sa froide sœur que de ses feux il orne
Argente l'horizon de sa gemelle corne,
Ie n'ay point d'autre obiect : l'amant se tourne ainsi
Deuers celle qu'il aime ; ainsi le blond Soucy

Qui naſquit de la mort de la belle Clytie
Auec ſon Apollon a de la ſympathie.

   Tout ainſi que le fer eſt tiré de l'aymant,
Et que ce fer tiré tire pareillement
Vn autre qui le ſuit ; ainſi quand ie medite
Sur tes faits excellens, ils viennent ſuitte à ſuitte
M'eſtouffer la parole ; ainſi les inuitez
Parmy beaucoup de mets demeurent tranſportez
D'vne prompte merueille, & ne ſçauent que dire,
Tant l'appreſt exceßif du banquet les attire.

   Maintenant la valeur de tes nobles ayeux
Nez du tyge Royal ſe preſente à mes yeux;
Maintenant les vertus qui te ſont familieres,
La beauté, la richeſſe, & les mœurs ſingulieres
Qui te font admirer de noſtre alme Pallas;
Soit que tu faces cheoir ton aduerſaire à bas,
Soit que tu faces courre vn cheual trop farouche,
Et que ton frain luy mette vn eſprit dans la bouche;
Ou que tu ſois au bal, ou que tes beaux diſcours
Charment les Deitez, & les Royales Cours.

   Iamais Thebes la grande, au milieu des cent portes
Qui decoroient le front de ſes murailles fortes,
Ne receut tel plaiſir, quand l'amy de Ceres
Bacchus aux cheueux longs empampra ſes guerets;
Ny quand ſur la my-nuit, au gré d'vne pucelle,
Iupiter en pluy' d'or vint habiter chez elle,
Ny quand ſes fondateurs les Egides bourgeois
Aux citoyens d'Amycle impoſerent des loix.

Ny mesmes quand son peuple auoit l'ame saisie
Du conseil reueré du sage Tyresie,
Que la Nymphe Angeuine autresfois en receut,
Quand dans son large sein la belle te conceut.

Iamais dans le pourpris de la machine ronde
Le Soleil n'apperceut de mere plus feconde:
Car ouurant de ses flancs le precieux tresor
Elle fit naistre en toy mille vertus encor,
Dont l'estincelle moindre est capable de luire
Sur le trosne eminent d'vn souuerain Empire.

» Celuy dont le seul bien consiste en la vertu,
» N'en est pas d'vne seule estroittement vestu,
» Mais d'vn nombre infiny; car les vertus louees
» Sont par la main du sort l'vne à l'autre clouees,
» Comme à force d'aymant, & si quelqu'vne fuit
» De son premier sujet, tout le reste la suit.

Ta belle ame, où le Ciel toute sa cure assemble,
Où, comme au Pantheon, les Dieux regnent ensemble,
Les cherit tellement, que celuy qui voudroit
Les separer de toy, non seulement rendroit
La neige sans froidure, & priueroit encore
Le bel Hyperion du feu qui le decore.

O! que n'est-il permis, comme à nos peres vieux,
De sacrer en l'honneur des vaillans demy-Dieux
Des colomnes d'or fin, des arcs, & des statuës
De precieux ioyaux richement reuestuës;
Que de Pigmalions, que de Pilons encor
Verrions-nous sur les rangs, qui sur le marbre & l'or

T'en ciseleroient vne, où sur tes armes craintes
L'on verroit amplement tes vaillances depeintes.
  Autant de fois que l'an se renouuelleroit,
Autant de fois le peuple autour d'elle feroit
Vne feste celebre, à la maniere antique
Pythique, Nemeanne, Isthmienne, Olympique.
  Là nos adolescens ne s'efforceroient pas
A bien frapper des poings, à bien franchir le pas,
A bien tourner vn char, à bien lancer la pierre,
Mais à bien machiner vne ruse de guerre,
Comme tu fais tousiours: Les homicides bois,
Les glaiues, les canons, les cheuaux, les harnois
Seroient leur exercice, & tout ce qui façonne
Les ieunes fauoris de Mars, & de Bellonne.
  Puis que le vieux Saturne a razé de sa faux
L'ancienne beauté de ces Ieux Triumphaux,
En quel degré d'honneur est-il besoin qu'on range
Ceux dont le nom merite vne auguste louange?
Leur vertu mourra-elle? est-il plus rien de beau
Qui la puisse affranchir du seuere tombeau?
  « Mortel ne le crois pas, tu peches si tu penses
  « Que les Dieux immortels priuent de recompenses
  « Les heroïques faicts, puis que les vicieux
  « Ne sçauroient euiter la vengeance des Cieux.
  Vn blanc Cygne qui chante au riuage de Seine,
Dont le sort bien heureux t'a rendu le Mecene,
Est le chantre fatal, qui d'vn vol ennobly
Doit enleuer ton los du profond de l'Oubly,

Non pour luy susciter vne commune gloire,
Mais pour le mettre au front du temple de Memoire
Entre ceux des Heros, qui de mesme que toy
Logerent Apollon, & les Muses chez soy.

   Quand tu n'aurois d'ailleurs que les vertus prosperes
Du Seneschal BREZE le Pere de tes peres,
Si nous deuons l'autruy comme nostre aduoüer,
Ay-je pas du sujet assez pour te loüer?

   Ce vaillant Palladin, l'honneur de sa patrie,
Qui retenoit la bride aux Lyons de Neustrie,
Tesmoigna brauement deuant l'œil de son Roy.
La force de son bras, & celle de sa foy.

   Du Comte Charolois sa Maiesté pressee,
De ses plus confidens se voyoit delaissee
Prés de son grand Paris, dont l'immortel amour
Luy faisoit desirer l'agreable seiour.

   Elle estoit sur le poinct d'y faire sa retraitte,
Mais il falloit trouuer vne voye secrette
Afin d'y paruenir; car de passer aux lieux
Où l'ennemy campoit, il estoit perilleux.

   C'estoit à Mont-l'hery, dont la Nymphale troupe
Des bois de Chanteloup voisine l'humble croupe,
Que le Prince Loïs penultiesme du nom
(C'estoit le nom du Roy, dont Charles Bourguignon
Fut mortel ennemy) parla de la maniere
A ce grand Seneschal qui fut ta pepiniere:

   Dois-ie croire, BREZE, que parmy les assauts
Et les rebellions de mes propres vassaux

Tu ne me laiſſes point, & que ta main loyale
Eſpouſe le party de ma grandeur Royale?

  Sire, pour vous monſtrer quelle fidelité
Ie veux porter, & porte à voſtre Maieſté;
Changeons d'armes nous deux, afin que l'aduerſaire
Qui n'a l'œil que ſur vous, ſi Fortune eſt contraire
En voſtre lieu me prenne, & que par ces moyens
Vous retournieʒ aux murs de vos bons Citoyens.

  Ainſi parla BREZE la perle des gens-d'armes.
Le Roy creut à ſa voix, & luy donna ſes armes
Pour ſe couurir le corps de celles qu'il auoit,
Et tromper comme il fit, le Duc qui le ſuiuoit.

  BREZE prend ſon armure, & conduit l'auant-garde,
(Bien que ſa Maieſté qui prenoit touſiours garde
Aux ſuccez belliqueurs ne s'y reſoluſt point)
Ce braue Seneſchal fut viuement eſpoint
D'aßigner la bataille à la troupe contraire:

  On ſçaura (diſoit-il) ce que BREZE peut faire;
Car ſi prés l'vn de l'autre il les renuerſera,
Qu'il ſera bien ſubtil qui les demeſlera.

  Les tambours font vn bruiɛt, les trompettes fanfarent,
Les plus cheualeureux ſur les rangs ſe preparent
Pour donner l'eſcarmouche, & comme vn fier torrent
De la croupe d'vn roc deuale en murmurant
Qui ſape en vn clin d'œil, qui terraſſe, qui noye
Les ponts, les bois, les prez qu'il trouue par la voye;
Ainſi le Palladin à ſon premier abord
N'offroit aux ennemis que l'horreur de la mort:

C'est vn foudre qui tombe, & qui fracasse, & iette
Ce qui touche, & resiste à sa roide sagette.

    Les coups suiuent les coups, l'acier choque l'acier,
L'homme n'est plus vn homme, ains vn loup carnacier,
L'orage des canons, le chamaillis des armes,
Les courses des cheuaux, & les cris des gens-d'armes
L'vn sur l'autre couchez tonnent durant l'assaut.
Le ciel, la terre, l'onde, & l'abysme tressaut,
Et dru, comme la gresle aux plus fieres tempestes,
Volent qui çà qui là bras & mains, pieds & testes.
Ce qui fut vne plaine est vn sepulchre, où sont
Les plus aduantureux bronchez pieds-contre-mont:
Tesmoin ceste colline, où leur deconfiture
Se peut encores voir par mainte sepulture.

    Là ce preux Cheualier, ce courageux BREZE'
De l'amour de son Roy sainctement embrazé
Fit tant de beaux effects, qu'à peine on le peut croire:
Mais le cruel destin enuieux de sa gloire,
Et le party rebelle, innombrablemens fort
Au parangon du sien, luy donnerent la mort.

    O genereuse fin! ô cercueil honorable!
O magnanime cœur à nul autre semblable:
Qui pourra te loüer? quel Heroïque vers
Chantera, comme il faut, tes faicts d'armes diuers:
Soit quand Loïs regnoit, soit quand Charles septiesme
Voyoit fouler aux pieds sa couronne supreme
Et que le fier Breton lançoit de toutes parts
Dans le beau champ des Lis ses marins Leopards.

                                  C'est

C'est ainſi, mon BREZE', le ſupport & le maiſtre

De mes humbles chanſons ; que ton louable anceſtre

Fit cognoiſtre aux François l'indicible vertu,

Dont ſon ame eſtoit pleine, & ſon cœur reueſtu.

   J'aurois pluſtoſt nombré l'innumerable aveine

Qui blondit ſous les flots du Loire, & de la Seine,

Les grains de la Champaigne, & les grappes des vins

Qui pendent ſur le front des coſtaux Angeuins,

Que de tes deuanciers les graces generales.

Peut-on ne les pas voir, ſi l'on voit les Annales?

Ce bruit eſt ſi commun, que pour n'eſtre en eſmoy

De trop parler d'autruy, ie parleray de moy.

   Depuis que i'eus l'honneur d'auoir ta cognoiſſance,

Conſideres, BREZE', regardes la puiſſance

Des philtres de la Cour, les charmes du ſommeil

N'ont point, comme ils ſouloient, enſorcelé mon œil.

   Les pompes, les honneurs dont les palais abondent,

Les threſors où les foux leurs eſperances fondent,

Trauaillent mon repos, & troublent mes eſprits,

Combien qu'auparauant ie les euſſe à meſpris.

   Ie ne ſçay quel ſentier m'eſt le plus neceſſaire,

Le conſeil que ie prens eſt à l'autre aduerſaire,

Ma volonté repugne à mon propre deſir,

Et ce que i'abhorrois vient mon ame ſaiſir.

   Tantoſt l'amour des Grands, tantoſt les benefices,

Les dons, les reuenus, les gages, les offices

Gliſſent en mes ſouhaits, & les montagnes d'or

En mon œil eſblouy chimeriſent encor.

B

Tel que ſi i'auois beu de ce lac Ethiope
Qui rend furieux l'homme, & le met en ſyncope,
Mon ame ſe repaiſt de ces conceptions,
Bien qu'elles ſoyent l'obiect de mes afflictions;
Et plus ie les reiette, & plus ces vains idoles
Forment dans mon ceruæu leurs apparentes folles:
Ny plus, ny moins ce dard que Cephale iettoit,
Et qui iamais en vain du carquois ne ſortoit,
Reuenoit à ſon maiſtre apres ſa longuë fuite,
Sans que la main d'aucun luy ſeruiſt de conduitte.

 Arriere vains deſirs, arriere ambition,
N'ay ie pas trop de gloire en ma condition,
Si mon eſprit groſſier pouuoit fendre l'ombrage,
D'eſtre veu d'vn bon œil d'vn ſi grand perſonnage ?
Quand les riches moiſſons des champs Orientaux,
Quand leurs fins diamans, & leurs iaunes metaux,
Quand des Aſſyriens la table effeminee,
Quand ceux qui par deux fois dans vne ſeule annee
Voyent tondre Eleuſis, quand l'heur des plus grands Roys
Me ſeroient preſentez, ie les refuſerois,
Magnanime BREZE', tant ie bruſle d'enuie
D'enrichir ce beau nom d'vne immortelle vie.

 Tandis que maint Alcide en la nouuelle Argon
Tranche les flots marins pour vaincre le Dragon,
Dont la griffe commande au peuple Aſiatique,
Pourquoy ne paſſons-nous le golfe Helleſpontique ?
Et que ne fais-ie bruire entre les ſons diuers
De l'airain embouché l'organe de mes vers ?

Tu ferois mon Iason, ie ferois ton Orphee:
Tu baſtirois mon heur, & moy le beau trophee
De tes actes guerriers:pour vn bellique effort
I'vferois de celuy qui renuerſe la mort:
Et pour le fer de Mars qui tempeſte aux allarmes,
Ie ferois eſclatter les Deliennes armes,
Pendant que tu ferois tes bannieres voler,
Auſſi-toſt mes eſcrits voleroient parmy l'air:
Et comme tu ferois autheur d'vne victoire,
Ie le ferois d'vne Hymne où ſe liroit ta gloire.

    Que ſi quelque Beauté rauiſſoit ton deſir,
Crois-tu qu'elle n'euſt pas vn extreme plaiſir
D'accompagner ta flotte:ainſi l'Egyptienne
Tournoya Salamine, & la riue Actienne
Pour ſuiure Antoine du camp:ainſi par les eſtours
Camille ſuyuoit Turne obiect de ſes amours.
Ainſi Mars, & Venus feroient voir leur proüeſſe,
Luy par ſon bras nerueux, & la belle Deeſſe
Par ſon ardente œillade:ils ſe rendroient vainqueurs
De la force des mains ; & du marbre des cœurs:
Et ce qu'vn ne pourroit ſurmonter par les armes,
L'autre pourroit l'abbatre auecques ſes doux charmes.

    Sur vn plus digne blanc on ne ſçauroit viſer,
C'eſt le plus ſeur moyen de s'immortaliſer,
Que de brider l'orgueil du Cam de Tartarie:
N'eſt-ce pas grand pitié que la belle Syrie,
Tyr, Sidon, Antioche, & les ſaincts murs de CHRIST
Se rangent ſous le frain des loix qu'il leur preſcrit,

Que l'or des saints vaisseaux en Mahommet se change?
Et qu'vn Turc idolatre entonne sa loüange
Dans nos propres maisons, sans qu'vn fer rougissant
Luy face en vn seul coup rendre l'ame & le sang,
Ou que d'vn feu Gregeois les flammes prouoquees,
Reduisent à neant ses prophanes Mosquées?

Le beau Royaume d'Acre où tes predecesseurs
Ont sauouré iadis les Royales donceurs,
T'appelle à sa Couronne, & pour sa deliurance
Non pas toy seulement, mais encores la France.

Ah! que si nostre siecle à l'esgal du vieux temps
Estoit plein de Renauts, d'Ogiers, & de Tristans,
Ia tu serois party, ia l'Heroïque troupe
Du François Argonaute auroit suiuy ta poupe,
Et, malgré le Satrape ennemy des Chrestiens,
Remettroit sur ton chef ce qu'il prit sur les tiens.

Hé! BREZE, que sçait-on si le Dieu des armees
Ne fera point encor par les champs Idumees
Sous ta sage conduite, arranger à milliers
Nos braues champions, nos meilleurs Cheualiers?

Ah! que ce iour m'ennuye, auec combien de Zele
Attends ie vne Croisade en la terre infidele:
Afin que sous ton nom i'escriue dans mes vers
Ce que manda Cesar au chef de l'vniuers:
MONT-IOYE, SAINCT DENIS, I'AY VISITE' LA PLACE,
I'AY VEV MES ENNEMIS, I'AY VAINCV LEVR AVDACE.

POEME,

SVR LA VICISSITVDE DES
CHOSES MONDAINES.

A LOVYS LEGER.

RIEN n'est stable icy bas, tout s'altere & dißipe,
Ce qui receut vn corps retourne à son principe;
Côme vn fleuue orgueilleux precipite son cours,
Ainsi les heures vont, & s'enfuyent tousiours:
De mesme qu'vne vague est d'vne autre poussee,
Comme vne autre suruient esgalement pressee
D'vne qui luy succède, & qu'vne autre arriuant
Pousse encore derechef celles qui vont deuant:
Le temps d'vn pied semblable empoudre sa carriere,
Le present fugitif met le passé derriere,
Et, suyui du futur qui talonne ses pas,
Vn autre court apres qui iadis n'estoit pas:
Comme vn rien ce qui fut se tourne en decadence,
Et ce qui ne fut pas se met en euidence.
Voit on pas que la nuict precipite son train
Pour faire place aux rais d'vn iour pur & serain?

B iij

Et qu'Apollon retourne en sa blonde charette,
Quand sous le Pole Arctique elle fait sa retraitte.
Le ciel mesme est sujet aux loix du changement:
Soit quand sur la my-nuict en çe bas element
Tout animal repose, ou quand l'Aube fourriere
Du palais Olympique entr'ouure la barriere,
  Quand Phebus entre ou sort du Thetyde giron,
Le ciel d'vn rouge pasle est peint à l'enuiron,
Mais s'il est au midy sa lumiere s'augmente,
Et ne la peut-on voir, tant qu'elle est vehemente.
Le clair flambeau qui luit par le nuitteux effroy,
N'est-il pas inconstant, & dissemblable à soy?
Tantost c'est vn croissant, tantost c'est vne lune,
Oré il brille en plein iour, ores par la nuict brune.
L'an, dont quatre saisons parfont le iuste cours,
N'est il pas vn miroir de celuy de nos iours:
  Le Printemps où croist l'herbe encores tendrelette,
Sont les mois enfantins qu'au berceau l'on allaitte:
L'Esté bouillant & chaud, est l'aage adolescent:
L'Automne où l'ardeur manque, & va s'attiedissant
Est la virilité, qui se tempere, & semble
N'estre vieille, ny ieune, ains tous les deux ensemble:
Et l'Hyuer paresseux, dont le genoüil flechit,
La caduque vieillesse où nostre crin blanchit.
   Rien ne vit içy bas que les siecles ne mangent,
Tout panche vers sa fin, nos corps mesmes se changent,
S'ils viuent auiourd'huy, demain ils seront morts,
Et deuant que Nature eust fabriqué ce corps

Ce n'eſtoit que de l'homme vne freſle eſperance,
Ou, pour l'appeller mieux, quelque peu de ſemence:
L'ame eſt-elle en ſon throſne, au iour nous paroiſſons,
Et des flancs maternels l'enceinte nous laiſſons,
Pluſtoſt comme animaux qu'à la façon des hommes;
Quand nous allons ſur terre à quatre pieds nous ſommes,
Nos armes ſont nos cris, nous bronchons à tous coups,
Si quelqu'vn ne ſouſtient nos debiles genoux:
A peine auons-nous fait les ans de noſtre enfance
Que nous entrons en ceux de noſtre adoleſcence:
L'aage meur vient apres qui modere nos feux,
Et la ſaiſon mauuaiſe aux talons pareſſeux.
    C'eſt à l'extreme poinct d'vne telle vieilleſſe
Que le chenu Milon regrette ſa ieuneſſe,
Et lors qu'il voit ſon bras tellement deſcharné
Qu'il ne le peut mouuoir, il demeure eſtonné:
Qu'eſt deuenu (dit-il) ceſte force d'Alcide,
Qui des plus fiers lyons fut iadis homicide?
    C'eſt alors qu'on entend Helene ſe douloir,
Quand elle voit palir au trauers d'vn miroir
Ses cheueux pleins de nege, & ſon front plein de rides.
    Le temps, les ans ialoux, & les ſiecles rapides
Ne laiſſent rien d'entier deſſous le firmament.
Tout galope à ſa fin, s'il eut commencement.
    I'en appelle à teſmoins les principes du monde,
Ces quatre puiſſans corps, ce feu, cet air, ceſte onde,
Et ce lourd animal que l'on fend tous les ans:
La terre, & l'eau d'entre eux ſont plus gros & peſans,

Et logent comme tels aux regions moins hautes.
L'air, & le feu moins lourds sont à-part soy les hôstes
Des lieux plus esleuez : car bien qu'ils ne soient pas
Logez dans vn lieu seul, tout ce qui vit ça bas
Naist de l'amas confus des sortes naturelles
De ces quatre elemens, & retourne vers elles.
Quand le globe terrestre est par le vent dissoult,
La terre qui s'escoule en onde se resoult,
Et l'humeur aquatique estant euaporée
Se conuertit apres en vn corps etheree.
Quant à l'air, il s'espure, & fait tant peu à peu
Qu'il vsurpe à la fin la qualité du feu.

Lors qu'ils sont paruenus au bout de leur carriere
Ils suiuent le mesme ordre en retournant arriere:
Le feu deuient espais, & se transforme en air,
L'air apres deuient eau, qui vient à se tourner
En vn autre element, soudain qu'elle resserre
Ses liquides humeurs pour s'espaissir en terre.

Rien qui soit ne demeure en son premier estat:
L'Estre fit la Nature, afin qu'elle apportast
Du changement par tout, & que les formes veufues
De leur figure antique en reprissent de neufues.
Ce qui s'appelle naistre est le commencement
D'estre en autre façon qu'il fut premierement:
Ce qui s'appelle mort n'est que sortir d'vn estre,
Afin que par vn autre on se voye renaistre.

Combien que ce meslange erre deçà, delà,
Iamais il ne se pert, où se meurt pour cela;

Mais

Mais il change sa forme en quelque autre nouuelle:
Des meilleures saisons ainsi l'on vint à celle
Du fer malencontreux: ainsi le plus souuent
La fortune se treuue autre qu'auparauant.

   Ce qui fut terre est mer: ce qui mer vne terre:
Quand l'heritage d'Ops par le coutre s'enferre,
On y voit luire encor en diuerses façons
En change de cailloux des conques de poissons.
Combien d'ancres sans eaux se trouuent aux montaignes?
Combien de fiers torrens ont creusé de campagnes?
Et combien le deluge a-il mis de rochers
Où se tournoient iadis les rames des nochers?
Les marais ondoyans sont deuenus arides,
Et ceux qui furent secs maintenant sont humides.
La nature a bouché les sources qui sailloient,
Et redonné la course à celles qui failloient.
Maint fleuue outrecuidé reculé outre ses bornes,
Et maint parmy les champs n'ose monstrer ses cornes.

   Quand le fleuue du Lycé en terre s'escoula,
Sa carriere depuis s'estendit loin de là:
Tel le fleuue d'Argos tantost ses ondes serre,
Ee tantost sort d'vn gouffre, & les vomit par terre:
Et tel le Myse encor, dont le flot replisse
Prend vn autre chemin qu'il n'eust le temps passé.
Quelquefois l'Amazene a superbe la course,
Et se meurt quelquefois dans son aride source.
L'Anigre où l'on souloit son breuuage puiser
Est ores si mauuais qu'on n'en sçauroit vser;

C

Il deuint tel apres (si les fables sont vrayes)
Que les fils d'Ixion y lauerent leurs playes.
L'Hypane qui fut doux est maintenant amer
De la mesme façon que les flots de la mer.
Ceux du Phare, & de Tyr autres-fois insulaires
Ont sur la terre ferme auiourd'huy leurs repaires.
Les champs Leucadiens où Glauque estend ses bras,
Qui sont or' separez iadis ne l'estoient pas:
Et, n'eust esté le cours des eaux de la marine,
Mycene ores Gregeoise encor seroit Latine.
Les murs d'Helice, & Bure Achaïques citez
Dans le sein de Neptun sont or' precipitez,
Et parmy les replis des vagues renuersees,
Le nocher monstre encor leurs tours bouleuersees.
La cime d'vne roche à Trezene se voit
Où deuant qu'elle y fust rien ne s'apperceuoit.
Est-il pas merueilleux que le vent qui s'eslance
Dans les flancs de la terre ait telle violence
Que lors qu'ils veut sortir, & qu'vn'empeschement
Se trouue deuant luy, qu'il l'enfle tellement
Que la peau d'vn cheurueil est par le vent grossie,
Ou comme nous pouuons enfler vne vessie?
N'est-il pas merueilleux que l'element plus froid
Se change, & qu'il apporte à celuy qui le boit
Encor du changement? les eaux d'Ammon bouïllantes
Le matin & le soir, sont à midy gelantes.
Quand Phebe est en declin, si dans l'eau d'Athamant
Quelque flambeau l'on trempe, il ard soudainement.

Certain fleuue de Thrace eſt tel que ſon eau beuë
Transforme l'homme en pierre, & tout ce qu'on y ruë:
Celle de Sybaris & de Cratis encor
Fait blondir les cheueux ny plus ny moins que l'or.

  Mais tout cecy n'eſt rien, il eſt bien plus eſtrange
Qu'à la façon des corps l'eſprit meſme ſe change
Par ce froid element: pour veritable on tient
Que l'homme dans Salmace Androgyne deuient,
Et qu'il perd dans les flots du lac Ethiopique
L'vſage de raiſon, ou bien eſt lethargique.

  Si les eaux de Clitoire abreuuent vn cerueau
Le vin n'eſt plus ſa cure, il n'aime rien que l'eau:
Soit que ſa froide humeur nuiſe au Prince d'Autonne,
Soit d'autant que Melampe enfant d'Amythaone
Ietta parmy ſon eau les herbages puiſſans
Dont les filles de Prete auoient repris leur ſens.
Le fleuue de Lynceſte en nature differe,
Celuy qui trop peu ſobre en luy ſe deſaltere
Chope ny plus ny moins que ſi le vin nouueau
De ſa boüillante humeur luy chargeoit le cerueau.

  Quand la nuiƈt fait ſon cours, l'Arcadique Phenee,
Par vn miracle eſtrange a l'onde empoiſonnee:
Mais quand l'œil de Phebus enflamme l'horiſon
Elle eſt ſaine, tranquile, & iette ſon poiſon.

  Mainte vertu diuerſe en mille endroiƈts ſe treuue
Dãs mainte & mainte ſourcé, & dãs maint et maint fleuue.
Vn temps eſtoit qu'Ortyge erroit par l'Ocean,
Maintenant elle eſt ſtable au pays Egean:

Et quand l'Argenaucher, & ſes ieunes brigades
Ramoit deuers Colchos, il vit les Symplegades
Se chocquer l'vne l'autre, & fermes deſormais
Ny les vents, ny les flots ne les meuuent iamais;
Et de l'Etne en ſouffre la brulante fournaiſe
Touſiours comme auiourd'huy n'a pas ietté ſa braiſe:
Le peuple d'Hyperbore auſſi toſt (ce dit-on)
Qu'il ſe baigne & ſe laue au paluds de Triton
Se transforme en oyſeaux: ainſi les Thraciennes
Vſent pour s'enuoler d'huiles Magiciennes.
 Si l'eſprit des mortels ne ſçauroit faire moins
Que d'adiouſter creance où les yeux ſont teſmoins,
Voit-on pas que les corps qui ſur terre pourriſſent
En petits animaux en fin ſe conuertiſſent.
Si l'on enterre vn bœuf, vn camp d'abeilles ſort
(L'vſage nous l'apprend) de ſon cadaure mort,
Qui, pour mieux imiter ce qui les a produites,
Aux champeſtres labeurs d'elles-meſmes ſont duites:
Ainſi naiſſent encor les freſlons dangereux
Des inteſtins pourris d'vn cheual genereux.
 Qui prend vne eſcreuice, & de iambes la priue
Afin de l'enterrer, vn ſcorpion s'auiue
De ſon corps infecté, dont les fiers eſguillons
Dreſſent la pointe en haut; ainſi les papillons
Prennent l'eſtre & le corps de la mort des chenilles:
Ainſi du gras limon les grenoüilles ſont filles:
Non que leur petit corps ſe forme en vn moment,
Car ſans pieds & ſans force il eſt premierement,

Leur cuiſſe vient apres, & l'on voit la derniere
Afin de ſauter mieux ſurmonter la premiere.

    Qu'eſt-ce du fruict d'vn ours qu'vne maſſe de chair?
Mais la mere luy donne, à force de lecher,
L'indiuidu, la forme, & les autres parties.
Les ouurieres du miel, apres eſtre ſorties
Du lieu de leur naiſſance, à pluſieurs foſ encor,
Non pas en vn ſeul coup prennent leurs aiſles d'or.

    Si l'œil n'en faiſoit point luy-meſme experience,
Qui d'entre les humains pourroit donner creance
Que le moyeu d'vn œuf peuſt au iour enfanter
L'oiſeau qui tient les feux du pere Iupiter?
Le Paon eſtoillé d'yeux? la colombe Cypride?
Et cent mille oiſillons qui volent par le vuide?

    L'os eſpineux des reins d'vn ſchelette enfermé
Dans le creux d'vn ſepulchre en poudre conſumé
(Cas horrible) en ſerpent il ſe metamorphoſe.

    Tel changement ſe fait de l'vne en l'autre choſe.
Le ſeul Phenix retrouue vn eſtre à ſon treſpas,
Non d'herbes, ny de grains il ne fait ſon repas:
Mais des liquides pleurs dont la myrrhe eſt la ſource.
Cent foiſ cinq luſtres d'ans ont-ils borné leur courſe,
A la cime d'vn arbre, à coups d'ongle & de bec,
Il fabrique ſon nid de l'encens le plus ſec,
De canelle, de nard, de caſſe, & de cynname,
Et parmy les odeurs en ce point il rend l'ame.
A peine eſt-il bruſlé, qu'vn autre oyſeau pareil,
Pour viure comme il fit naiſt du propre cercueil

                        C. iiij

Où son pere expira : quand son aage le porte,
Et que pour sonder l'air son aisle est assez forte,
Il porte incontinent, loin de l'arbre fatal,
Le tombeau de son pere, & son berceau natal,
Et deuant le sainct Temple orné du simulachre
De l'archer Pythien il l'immole, & consacre.

Si tel qu'vne merueille on doit croire & iuger
Qu'vn sexe puisse en l'autre aisément se changer,
L'hyene est admirable en sa vertu gemelle,
Puis qu'elle est masle vne heure, & l'autre heure femelle.

Quoy? ce cameleon qui ne se peut saouler
D'aucun autre aliment que du vent & de l'air,
Est il pas remarquable en la metamorphose
De toutes les couleurs qu'à ses yeux l'on oppose?

On dit que les Indois apres estre vaincus
Des escadrons puissans du petit Roy Bacchus
Triomphant de l'orgueil de leurs fieres prouinces,
A son char en hommage attacherent des Lynces,
Dont l'vrine se peut en pierre congeler
Aussi-tost qu'elle sort, & qu'elle a senty l'air.
De mesme le coral n'est rien sous l'eau profonde
Qu'vn foible reietton, & quand il sort de l'onde
Il est dur comme pierre, & l'air d'vn lieu nouueau
Luy donne autre couleur qu'il n'auoit dessous l'eau.

Le iour faudroit plustost, & le Roy des Planettes
Au lieu de faire en haut ses iournalieres traittes
Les feroit dessous nous, plustost qu'on n'auroit pas
Compté les changemens qui se voyent ça bas.

Les peuples des citez, & les citez floriſſent
Aucunes-fois encore, & quelques fois periſſent:
Ainſi Troye qui fut l'honneur des champs Phrygeois,
Et qui dix ans fit teſte aux gens-darmes Gregeois
N'eſt maintenant qu'vne ombre au prix de ſon vieux luſtre:
Sparte fut en vigueur, Mycene fut illuſtre,
Et le mur de Mopſope, & l'Amphionien
Qui furent quelque choſe auiourd'huy ne ſont rien.

Vn temps fut que la terre eſtoit nette & purgee
De mille & mille erreurs, & maintenant rangee
Sous vn contraire ſort, le menſonge effronté
Semble auoir plus de rang que n'a la verité.

Iadis la plus grand part de l'Empire d'Europe,
Flandres, Milan, Piedmont, Sicile, Parthenope,
Et les champs Paleſtins hommageoient aux François
Et maintenant d'vn autre ils reçoiuent des loix.
Vn temps fut que Paris leur ville capitale,
Paris faux-bourg du monde, & ma terre natale,
Auoit les arts chez ſoy tellement familiers,
Qu'elle pouuoit nombrer trente mille Eſcholiers:
Et maintenant, LEGER, le ſoin & le refuge
Du Caſtalide chœur, ſois en toy-meſme iuge,
Il ne luy reſte plus, ô deſaſtre! ſinon
Que l'aigre ſouuenir d'auoir eu quelque nom.

Vn eſprit excellent a maintenant beau faire,
Qu'il ſoit homme de bien, qu'il ſurmonte vn Homere
A bien chanter vn vers, on ſe rira de luy.

Mais ſçais-tu qui, LEGER, s'enrichit auiourd'huy,

C'eſt vn fin chicaneur, qui par ſon eſcriture
Fauſſe le droiƈt eſcrit, & celuy de Nature,
Qui vend ſa voix bien chere, & qui iournellemɘnt
Rompt la teſte aux voiſins auec ſon baſtiment.
Qu'il viue le bon-homme vne auſſi longue vie
Que le vieux Pylien, ie n'auray point d'enuie
A ſa felicité, plus cher m'eſt le threſor
De mes gemelles ſœurs, que ſon bien, ny ſon or.

Ie fus riche autres-fois, mes anceſtres le furent,
Et ſi le dernier ſiege, & les procez qu'ils eurent
N'euſſent deuoré tout, encor ie le ſerois,
Et traitterois les miens de ſi peu que i'aurois.
Non pas comme aucuns font, à qui ie fais la nique.

Bons Dieux; que ſi i'oſois deuenir Satyrique,
Combien en conterois-ie; ah ma langue tout-beau,
La verité noircit autrefois le corbeau.

N'eſt ce pas grand pitié que le fils degenere?
Et s'eſcarte ſi loin des veſtiges du pere?
Mais pourquoy s'affliger d'vn tel euenement,
Puis que tout rend hommage aux loix du changement?
LEGER, ta vertu ſeule en ceſte mer traiſtreſſe
Du ſiecle mal-heureux ſera du temps maiſtreſſe:
Et tant que la nuit ſombre au iour ſuccedera
Telle qu'vne Planette elle flamboyera.

Iamais les vers ſacrez, ny la docte eloquence,
Dont tu peux ſurmonter la Romaine arrogance
De Virgile & de Tulle au Lethe ne boiront,
Mais touſiours d'aage en aage ils s'eterniſeront.

Ah?

Ah, que n'ay-ie vne Muse à la tienne esgalee,
Pour chanter assez haut la bonté signalee,
La vertu magnanime, & le nom glorieux
De mon nouueau Mecene issu du sang des Dieux!
Puis que d'vn front benin i'aperçois qu'il m'œillade,
Ie n'aurois d'autre obieʃt que la mesm' Iliade.

   Mais où la force manque, vn syncere vouloir
Doit comme l'effeʃt propre à tout le moins valoir;
Puis que mesmes les Dieux ne font pas moins d'estime
De noʃtre volonté que de noʃtre victime.

   Puissiez vous l'vn & l'autre vn iour eʃtre veʃtus
D'vn renom conuenable à vos rares vertus:
Luy pour seruir d'azile, à mon adolescence,
Et toy pour m'en auoir donné la cognoissance.

Hymne de l'Esperance.

A FEDERIC MOREL,
LECTEVR DV ROY.

Et Oracle François de qui les Muses rendent
Espris de leur sçauoir tous ceux qui les entendent
Sur les nerfs de ma Lyre oira bruire son prix,
Puis qu'il daigne aduiser d'vn bon œil mes escrits,
Puis que mon chant luy plaiʃt, & que ma Lyre baʃʃe
En loüant ses vertus peut accroiʃtre sa grace.

                D

Engeance d'Apollon, reçois donc, ô MOREL,
Les auortons amers d'vn Poete naturel,
Cache les fous ton aifle, & fois leur fauuegarde,
Puis fi quelque enuieux d'vne bouche langarde
Vient cenfurer leur gouft, dis à ce mefdifant,
Qu'vn ieune fauuageon n'a pas le fruit plaifant.

   Si l'amour n'eftoit point vne chofe volage,
Et qui n'eft point feant aux garçons de mon aage,
Ie m'en fuffe acquitté parauanture mieux
Que non pas de ceft Hymne obieft plus ferieux:
Mais deuoit-il pas eftre egal à ta nature?
Le pur receuroit-il vne victime impure?

   C'eft trop chanter l'amour, fes feux & fon carquois,
C'eft trop en foufpirant fous le ioug de fes loix
Honorer fa rigueur de plaintes douloureufes:
Fuyons, peuples, fuyons fes flefches dangere ufes.

   Si nous prenons l'airain pour fonner les combats
Des grans Princes du fiecle ils n'en font point de cas:
D'ailleurs fi nous bruyons les tragiques merueilles
Elles ne plaifent pas à toutes les oreilles.

   Que chanterons nous donc qui fe puiffe aduoüer?
ESPERANCE vient t'en, ie m'en vay te loüer.

   Toy, Seigneur, qui permis qu'vne ardente chárette
Enleua par les airs vn fidele Prophete,
Fais que pareillement ton Ange gracieux
Me faffe tournoyer les eftages des Cieux,
Afin que pur & net de la fange mondaine
Ie celebre en mes vers ta fille fouueraine

L'ESPERANCE aux yeux doux, que ta diuinité
Nous enuoye icy bas en nostre aduersité,
C'est elle qui regit ceste machine ronde,
Et des peuples diuers la tourbe vagabonde:
Les Mores bazanez & les Sarmates froids
Aussi bien comme nous hommagent à ses loix:
On entend son nom bruire au milieu des Prouinces,
Elle demeure en Cour, elle va chez les Princes:
Tout par elle se fait: rien n'est en ce bas lieu
Qui ne la recognoisse estre vn present de Dieu:
C'est par son entremise & par son assistance
Que nous sommes esmeus à faire penitence
De nos sales pechez: c'est par son action
Que nous en esperons vn iour remission,
Et qu'apres estre issus de la prison charnelle
Nous sommes iouyssans de la gloire eternelle.
   Si quelque puissant Roy conure de toutes parts
Les champs & les valons de gensdarmes espars,
S'il employe sa ruse à surprendre vne ville,
S'il veut assubietir quelque peuple seruile,
C'est l'espoir qui le guide, il l'a tousiours au sein
Iusqu'à tant qu'il arriue au bout de son dessein.
   Le rustique soigneux de son agriculture
Seme dans son terroir les bleds à l'auanture,
Cultiue ses iardins & ses riches costaux,
Et quand l'esté reuient des champs Orientaux,
Les fruitages, les vins, & les gerbes dorees
Luy donnent les moissons qu'il auoit esperees.

                                          D ij

Ceux qui ſuyuent en cour les ſuperbes Seigneurs
Ont eſpoir de monter au ſommet des honneurs
Par leurs courtoiſes mains. Le ſeruiteur eſpere
D'obtenir quelque iour de ſon maiſtre ſalaire:
Et les Amans pipez des cautelles d'amour
Eſperent en leur mal d'eſtre heureux quelque iour.

Ie ſçay bien que par fois cette riche Deeſſe
Abuſe le troupeau qui brigue ſa largeſſe:
Ie ſçay qu'elle eſt maraſtre aux nobles Empereurs
Autant qu'elle peut l'eſtre aux pauures laboureurs:
Mais quoy, c'eſt vn arreſt de la cauſe premiere
Qui prononcé contre eux la contrainct à ce faire.
» Car lors que les humains ſe bandent contre Dieu
» Touſiours quelque meſchef arriue en ce bas lieu,
» Tantoſt vn air infect, tantoſt vne tempeſte,
» Tantoſt vne ruine eſpouuante leur teſte.
» Maintes-fois les eſtangs outrepaſſent leurs bords,
» Et deſgorgeant leur onde & leur bourbe dehors
» Rauagent par les champs les ſemences germees,
» Et noyent les paſtis & les brebis aimees.

Quand nous voyons eſchoir pour nos meſchancetez
Vn deſaſtre ſi trouble, & tant d'aduerſitez,
Il faut mettre en Dieu ſeul noſtre entiere eſperance,
Et requerir ſon aydé en toute reuerence:
Eſperons donc en luy, flechiſſons les genoux
Deuant ſon tribunal, afin que ſon courroux
Bien loin de noſtre chef foudroye les contrees,
Où mille & mille erreurs ſont peſles-meſle entrees.

Sus fille du grand Dieu qui preside en mes vers,
Vierge que l'on reclame en tout cet vniuers,
ESPERANCE au beau front, à l'eschine emplumee,
Qui fais par tout voler ta viue renommée,
Reçois mes humbles vœux, accomplis mes souhaits,
Sois ma fidele escorte, & me donne la paix;
Fais que lors que i'espere en la misericorde
Du Pere des viuans, sa clemence m'accorde
Vn eternel oubly de mon omission,
Et conduise mon ame à la perfection.
C'est le port de ma nef, le desir qui m'agite,
La claire Tramontane où tend ma calamite;
Comme vn Heliotrope a coustume tousiours
De tourner son visage où le Pere des iours
Conduit son chariot; ainsi ie me retourne
Deuers le sainct manoir où le vray bien sejourne.
   Deesse ancre ma barque à son bord souhaitté:
Si le nocher qui voit que Iupin irrité
Piroüette dans l'air vne flamme tortuë,
Se range sous ton aisle, & brusque s'esuertuë
D'exempter son vaisseau des vagues de Neptun:
Si dés l'heure qu'il voit que l'orage importun
Abbaisse tant soit peu son ire depiteuse,
Il conduit à bon port sa nef calamiteuse,
Et te remerciant de ne l'auoir deceu,
Te paye de bon cœur le bien qu'il a receu:
Si franc de toute crainte à sa naue il prend garde,
S'il la calfeutre à neuf, si, prudent, il regarde

D iij

Que le tillac soit bon, que le mast soit entier,
Que le timon soit tel qu'il s'y puisse fier,
Si les coutes encor, & la carene est telle
Qu'il puisse en l'onde faire vne course nouuelle:
Ainsi moy qui par fois lors que ie veux ramer
Comme les autres font par la mondaine mer,
La vois de part en part contre moy coniurée
I'implore ton secours, ie veux rendre asseurée
Ma nef contre l'orage en despit de ce vent
Du monde perilleux qui me va deceuant:
Puis lors que i'apperçois que sa bourasque cesse,
Que l'ombrage s'esloigne, & que la mer s'abaisse,
I'encre au port de salut, ie te paye mes vœux,
Et de peur de r'entrer au peril hazardeux
Dont au prix de mon sang i'ay faict experience,
I'obserue les defaux de quoy ma conscience
M'accuse iustement, & tasche de pouuoir
Autant que le permet vn honneste deuoir
Au vaisseau de mon ame, afin que d'auantage
Il ne soit combatu des risques du naufrage.

    Celuy donc qui t'inuoque en sa calamité,
Sœur de la Foy Chrestienne & de la Charité,
Iamais ne perira d'vne fin miserable,
Il gauchira les fers de l'Orque inexorable,
La chair, Satan, le monde, & son inuention
Disparoistront au feu de sa deuotion.

    Des sorciers impieux les attaintes ialouses,
Les tenebreux esprits, les Dires, les Empouses,

S'il a ton caractere empraint au iugement
Ne pourront l'effroyer : ny le feu vehement
Qui confomme là bas les ames defloyales?
Ny les gouffres de poix, ny les sœurs Auernales,
Ny le monftre à cent bras, ny le pafle Charon,
Ny le fleuue à neuf bras, ny les eaux d'Acheron,
Ny tout ce que l'on feint que Deiphobe nee
De Glauque le vieillard fit voir au bel Enee.

    Pour l'honneur que ie dois à ton los immortel,
Ie te veux, ô Deeffe, eriger vn autel
D'herbe fraifche cueillie, & de gazons de terre;
Ie veux planter autour vn amoureux lierre,
Ie veux que la verueine, & le viorne efleu
Fafse ramper au long fon rameau cheuelu:
Ny de l'Efté boüillant les flammes chaleureufes,
Ny de l'Hyuer chagrin les neiges froidureufes
N'y pourront trouuer place: en tout temps les œillets,
Les ieunes aiglantiers aux boutons vermeillets,
Auec le chafte lys, & la belle amarante
Embaufmeront fon air d'vne aleine odorante.

    Là, quand le blond Phebus rajeunira les ans,
Se verront trepigner les Satyres plaifans,
Les Faunes, les Syluains, & les gaillardes Fees
De geneftres fleuris mignonnement coiffees:
Là fur le mol criftal de leurs tranquiles eaux
Les Tritons habillez de ioncs & de rofeaux
Refueilleront le chœur des gentilles Nauondes,
Au foudain maniment de leurs caroles rondes;

Et là parmy le son du cornet enroüé,
Deeffe que ie fers, ton nom fera loüé.

Si les Nymphes dès bois, si les Dieux aquatiques
Se viennent resioüir à tes feftes myftiques,
Affeure toy qu'Olympe & les diuins efprits
Ne feront pas là haut de moindre ioye efpris,
Ny ces corps moins parfaicts qui par les airs fe ioüent;
Efcoute ma Deeffe, entends comme ils te louent,
Contemple vn peu comment le Pythique deuin
M'agite l'eftomac d'vn efperon diuin;
Voy mes cheueux tous droicts, voy mon teint qui fe muë,
Entends quelle tempefte en mes flancs fe remuë.

Profanes, dont l'audace eft defplaifante aux Dieux,
Efloignez vous d'icy, vous eftes odieux
A ma faincte Deeffe, allez, allez arriere,
Rien d'abiect, rien de fale, & d'impure matiere
N'a point icy d'accez, le Temple de Iunon
Pareil à ceftuy cy ne receuoit finon
Le parfaict & le pur, nulle chofe n'agree
Deuant l'œil des grands Dieux fi elle n'eft facree.

Exauce ton Poëte, ô Vierge aux blonds cheueux,
Deeffe accorde luy, fi tant & tant de vœux
Qu'il offre à tes autels ont en eux du merite,
Que MOREL fon amy, que FEDERIC l'eflite
Des enfans de Pallas reçoiue vn iour les biens
Que le Pere celefte a referuez aux fiens,
Puis que l'efpoir le guide & qu'il porte le figne
De tes chers nourriffons en fon ame benigne.

PARADOXE

PARADOXE.

AV· SIEVR· DES· YVETEAVX.

TYRAN *puiſſant & fort qui triomphes*
du monde,
Où le ſouuerain bien de l'auare ſe fonde,
Paſle Roy des metaux, citoyen de l'enfer,
Cent fois plus dãgereux ꝗ l'homicide fer
Qui chercha ton empire au giron de la terre,
Et qui n'es pas moins propre à nous faire la guerre,
Ceſtuy-là fut bien fol qui premier t'arracha
Du centre où la Nature autres-fois te cacha,
Fol qui parmy le ſable, & qui parmy les veines
Des monts te recueillit auecques tant de peines,
Tu n'eſtois pas eſclos, vieux prodige infernal,
Que les trois fieres ſœurs de l'abyſme Auernal
S'apparurent à nous, & du fonds du Tartare
Conduirent ceſte rage aueuglement auãre
D'aſſubiettir le monde, & ce chaud appetit
Qui tant plus qu'on le ſaoule, & moins il s'allentit.

I·

Le soin vint aussi tost, l'inique tromperie
Conceut le sang, l'horreur, le meurtre, & la turie,
Ce ne fut qu'vn desordre; alors Pandore ouurit
Le vase infortuné, qui la terre couurit
D'vn tourbillon de maux, & les vertus plus sainctes
De retourner aux cieux alors furent contraintes.
Le premier gallion où Iason fut enclos
Rompit l'antique paix des Neptunides flots,
Pour le riche butin d'vne laine dorée.
Par toy la fleur de Grece au plaisir de Borée
Vendit sa liberté, dont l'excellent tresor
Ne doit point s'eschanger aux minieres de l'or.
C'est toy, pasle Demon, qui trames la discorde,
Qui dissous l'amitié, qui brises la concorde,
Qui fais l'vn contre l'autre armer les Potentats,
Qui d'vn seul coup de pied renuerses les Estats,
Qui tourmentes l'esprit, & qui rauis en somme
La bride à la raison qui sçait conduire l'homme.
   Ceux qui sont allechez de tes rians appas
Perdent souuent leur sens, leur repos, leur repas,
Leur honneur, leur vertu, leur humaine figure,
Et fais qu'ils sont encor de pareille nature
Que le pauure Tantal', qui parmy la vigueur
De son bien possedé se pasme de langueur.
   Midis le Phrygien (d'autant plus miserable
Qu'il pensoit que Bacchus luy fut plus fauorable)
En sçauroit bien que dire) à qui ton fol desir
Rauit du propre goust l'ordinaire plaisir,

Et dont l'ardante faim deuint d'autant plus grande,
D'autant plus que chez luy foisonnoit la viande.
Ce Prince trop auare eut vn supplice tel,
» Et pour l'extreme ardeur qui pousse le mortel
» Au grand amas des biens, il souffre en recompense
» Vn enfer de trauaux, lors que moins il y pense.
Est-il quelqu'vn ça bas qui soit franc de ta loy?
Quel dessein genereux peut resister à toy?
Quelle foy ne romps-tu? quel auguste courage
Ne releue de toy? qui ne te rend hommage?
Quel mur ne brises-tu? quoy? ce Dieu souuerain
(Quand il voulut forcer la grosse tour d'airain
Où la Nymphe d'Argos ceste vierge bien-née
Sous le vouloir d'Acrise estoit emprisonnée,)
Ne se couurit-il pas d'vn nuage doré?
    Non, rien deuant ton œil ne demeure asseuré.
Trois celestes beautez par ton fruict abruties
Descouurent à Paris leurs secrettes parties:
Ce fut ce mesme don, ce germe Hesperien,
Qui permit qu'Hippomene, enfant Macarien,
Triomphast cautement de la course empennée
De la belle Atalante, engeance de Schenee.
Par luy Cydippe encore outre sa volonté
Perdit le cher fleuron de sa virginité.
Si tost qu'auec ta fleche Amour archer entame
Le cœur espoinçonné de quelque belle Dame,
La playe en est mortelle ; & moindre est le tourment
Que fait celle de plomb qui se rompt promptement.

Pourquoy, ieunes beautez, le trefor de Nature,
Souhaittez-vous donc l'or auecques tant de cure,
Si vous l'auez au chef? quels plus beaux ornemens
Defirez-vous porter, que les fins diamans
De vos yeux pleins de flamme, & que les pierreries
Qui baifent les rubis de vos leures cheries?
Quoy? ce pafle bourreau, ce monftre Oriental
Eft-il à voftre fexe vn fupplice fatal?

   Par luy Pigmalion trempe au flanc de Sichee
Sa fratricide main, & le tyran Achee
Pour fa grande auarice, au bord Pactolien
A le corps empeftré d'vn infame lien.
Ce Roy Polymeftor, de qui l'ame n'adore
Autre obiect que le fien, maffacre Polydore,
Et ce Prince cruel par vengeance des cieux
Se voit incontinent fans lumiere & fans yeux.

   Ah, que ie fuis marry que le vaillant Achille
Couure fes beaux exploits de la pouffiere vile
De ce iaune metal, quand il vend à prix d'or
Au Monarque Priam la charongne d'Hector.

   Ie me ris d'Alcmeon que le plus riche Prince
Mit en fon cabinet à celle fin qu'il prinffe
Autant d'or qu'il voudroit, il en print tellement
Que du haut iufqu'au bas de fon accouftrement
Il en eftoit chargé: fes deux mains, fa chauffure,
Sa bouche en regorgeoit, mefme fa cheuelure.

   Ce Daire qui, pipé de la faim des trefors,

Troubloit impudemment le doux somme des morts
Receut le iuſte prix de ſon audace infame,
Quand ſous le froid cercueil du corps de Semirame,
Au lieu de rencontrer le bien qu'il eſperoit
Il trouue ce Diſtiq. qui le vituperoit:
  Si tu n'eſtois auare, & ſujet à mal-faire,
  Tu ne remu'rois point ma pierre mortuaire.
Celuy donc qui reuere & ſuit le monde fol
Adore l'or ſuperbe, & luy fleſchit le col:
Mais l'ame qui du ciel eſt ſainctement eſpriſe,
Non plus que du limon ne l'eſtime & le priſe.
  Sa lumiere eſt vn ombre, vn rien eſt ſa valeur,
Quand il nous eſbloüit & les yeux & le cœur
De ſes paſles rayons, il flambe à la maniere
Du Soleil, dont il prend ſon eſtre, & ſa lumiere.
  Il ne couue en ſes flancs que rage, & que poiſon,
Les veilles, & le ſoin logent en ſa maiſon,
Ce dragon venimeux qui l'auoit en ſa cure
Au bord Heſperien. nous monſtre ſa nature.
  Siecle heureux, heureux ſiecle à nul parangonné,
Qui, bien-voulu des cieux, bien conduit & bien-né,
Durant le premier temps, ſous vn ioug pacifique
Laiſſois viure le peuple à ſa mode ruſtique,
Cent fois ſois-tu beniſt, & beniſts ſoient encor
Ceux qui ſans or viuoient le bel dage de l'or.
L'onde eſtoit leur boiſſon, les glands leur nourriture,
Les fueillards, & les pedux leur plus riche veſture.

Encores le Soleil ce clair flambeau des cieux
N'auoit point recognu (metal seditieux)
Ta vanité legere, & comme elle encheueſtre
D'vn corſaire licol la raiſon de ſon maiſtre.
„ La ſoif des biens mondains ne s'emplit nullement,
„ Et l'auare endurcy ne veut pas ſeulement
„ Accroiſtre ſes treſors:mais d'heure en heure il tremble,
„ A cauſe de la peur qu'vn voleur ne les emble:
Ny les riches butins que l'auare marchant
Cherche du Scythe au More, & de l'Inde au Couchant,
Ny les iaunes ſablons de l'Herme & du Pactole
Ne ſçauroient aſſouuir ſa conuoitiſe fole.
Elle met noſtre eſprit en ſi grande fureur
Qu'elle n'endure pas qu'il aduiſe l'erreur
Qui luy ferme les yeux: la faim inſatiable
Fait qu'il trouue poſsible vne choſe incroyable.

Toy donc homme abuſé,qui veux prendre l'eſſor
En l'Empire du ciel,iette' en l'onde ceſt or,
Dont le fardeau peſant aux abyſmes t'encline,
Et retournes les yeux deuers ton origine.

Mais, ce me pourra dire vn auaricieux,
Ne ſçais-tu pas que l'or eſt vn preſent des Cieux,
Et qu'ils ne donnent point vne choſe maline?

Ces trois preſens diuins,Peſte,Guerre,& Famine,
Seroient bons à ſon compte,& chacun toutesfois
Les fuit,ny plus ny moins qu'vn cerf fuit les abois.

Ne ſçais-tu pas que l'or eſt vn vent qui ſe paſſe?

Qu'il apporte la mort à celuy qui l'entasse,
Tantost par le tranchant, tantost par le poison,
Sur la mer, sur la terre, aux champs, en la maison?
,, Car Dieu ne laisse point vne faute impunie.
Toy barbare vsurier, dont la bourse est garnie
De l'argent que tu vends, au lieu de le prester,
Meschant, ne crains-tu point l'ire de Iupiter?
Et toy, faux chicaneur, de qui l'ame damnee
Se voit de chaisnes d'or puissamment enchaisnee,
Crois-tu que les enfers ne soient pas guerdonneurs
Des maux que tes procez font souffrir aux mineurs?
   Que diroit maintenant ce genereux Euthime,
Qui fit rendre aux Locrois le gain illegitime
De l'vsurier Temese? ah! sans doute il mourroit
Plustost qu'il ne remist en nature le droict.

   Comment l'or est-il bon, veu qu'il nous tyrannise,
Que les femmes, le vin, la gloire, & la sottise
Le suiuent à la trace, & bref tous les pechez
Dont les plus grands demons furent iamais tachez.
Theognide a beau dire, & Simonide encore
A beau le courtiser, quant à moy ie l'abhorre.
   Toy qui serts de Phenix à l'Achille François,
Le fauory des cieux, le mignon de nos Rois,
Et le grand Apollon de ma petite Muse;
Ne t'esmerueille pas, si ma Lyre s'amuse
A blasmer ce metal: ce n'est pas sans raison;
Car iamais ce meschant ne vient en ma maison,
Ny iamais ses faueurs ne me sont departies:
Bons Dieux, qui donne l'estre à ces antipathies!

SATYRE.

AV Sr BVNEL PEINTRE DV ROY.

TYMON le *Mysanthrope auoit*
bonne raison
D'abandonner la ville, & *changer sa*
maison,
Bien qu'elle fust commode, aux forests
esgarees :
Quel atlete viril, aux oreilles ferrees,
Supporteroit le bruit d'vn peuple d'ignorans,
Qui, dru, comme freslons, cheminent sur les rangs.
Toy qui sers d'vn Apelle au Gaulois Alexandre,
Ne crois point, mon BVNEL, que ie daigne entreprendre
Vn ouurage si bas, & tellement abiet,
Sans que l'ire où ie suis ne m'en donne suiet.
Mais fust-ce vn Harpocrate il romproit le silence,
Pour faire le discours d'vne telle insolence.
» On doit ceder aux loix de la Necessité;
» Car les Dieux cedent mesme à sa diuinité.
I'estois sur le Pont neuf, quand la nuict s'auoisine,
Ie regardois le plan de la place Dauphine,

L'edifice

L'edifice Royal du Louure Bourbonnois,

Et le cours serpentin du beau fleuue Seinois;

Quand vn homme effronté (ie suis enflammé d'ire

Quand il m'en ressouuient) m'accoste, & me va dire)

   Vous contemplez (Monsieur) les desseins d'auiourd'huy.

Ie retourne aussi tost la teste deuers luy,

Ie voy ce resolu, dont la mine effaree

Pouuoit espouuenter la bourse mieux ferree

Qui soit point à Paris; ah! qu'il estoit dispos,

Il n'est point messeant, ny point hors de propos

De vous peindre ce rustre auec ma pierre noire.

Mais peut-on crayonner vne si belle histoire?

Nul certes ne le peut: l'esprit le mieux timbré

Dans ce chemin fascheux se verroit encombré:

Toutes-fois le courroux qui mon ame transporte

Plus que l'esprit & l'art m'y seruira d'escorte.

   Remarquez bien ses traits: sa taille à mon aduis

Tient fort du respondant qui demeure au paruis,

Ses yeux qu'vn escarlate à l'entour enueloppe

Ardent ny plus ny moins que ceux d'vn Lycanthrope,

Son nez punais ressemble vn concombre auorté,

Mais pour mieux dire encor vne meure, excepté

Qu'il n'a pas la grosseur, puante est son haleine,

Sa barbe est vn outil dont on carde la laine:

Quant au chapeau qu'il porte, il est tel qu'à le voir,

L'on diroit vrayement que c'est vn entonnoir,

Le cordon qui l'entoure est fait à la marrane,

Historié iadis comme le bast d'vn asne:

Son oreille est semblable à celle d'vn cochon,

Où pend le petit More en guise de bouchon.

   Par derriere à grand poil ondoye vne mouſtache,
Mais c'eſt trop l'honnorer, c'eſt vne queuë de vache
Qui luy couure les reins d'vn meſlange crineux,
  Qu'vn ruban de la Chine entortillé en cent neuds.
   Son teint de camelot ondoyé de minime
Tient de celuy d'vn gueux qu'on accuſe de crime,
Son habit (choſe eſtrange) eſgratigné, mangé,
Goffré, brodé, rompu, deſchiqueté, frangé,
Feroit honte à l'opale ; à cauſe du meſlange
De ſa couleur diuerſe à veu d'œil il ſe change
Comme vn cameleon: mais ſçaueʒ-vous comment
Ie vais le raconter : il fut premierement
De ſatin decoupé (comme l'on dit) en plume,
Auec trois taffetas, ſelon noſtre couſtume.

   Or le temps mal-heureux noſtre ennemy iuré,
Le temps (dis-je) a ſi bien enſemble incorporé
Parmy le caneuas, & l'autre garniture
Ces quatre eſtoffes-là que l'art vainc la nature,
Et n'en deſplaiſe point à Pierre de Ronſard,
Qui dit, que la Nature eſt meilleure que l'art.

   Soit durant le beau temps, ſoit durant que les crottes
Ont leur ſiege à Paris, il marche auec des bottes
Faites de megiſſier, & des eſprons grauez
A la façon du temps qui piquent les pauez.

   Mais tout cecy n'eſt rien ; Venons à ſon eſpee
Longue comme vne gaule, & mille fois trempee
Du ſang des limaſſons, qu'il traine à ſon coſté
Comme faiſoit Chicot au long de la cité

Quand il portoit le dueil. Escorcheur de Marsye,
Comme auecques du vent l'on enfle vne vessie,
De ta brusque fureur eschauffes mon cerueau,
Maintenant que i'aspire à peindre son manteau.

    Que ne suis-ie Merlin? que n'ay-ie pris la source
De mon estre premier au profond de la bource
Du bon maistre Gonin, ie le ferois vrayment
Vn astre lumineux parmy le firmament.

    Toutes-fois pour le peindre en vostre ame incertaine,
Ie vous puis asseurer qu'il n'est drap, ne fustaine,
Mont-cayat, camelot, burail, satin, damas,
Taffetas, ny velous : mais plustost vn amas
De tous les neuf ensemble, où la rare industrie
D'vn rauaudeur expert cousit la Geometrie,
Non pas en epitome, ainçois en general :
L'optique, l'angle droict, & l'equilateral,
L'inegal, le pareil, l'aigu, le pantagonne,
L'exagonne, le rond, l'ouale, & l'octogonne,
Le rhombe, & le carré : mainte ligne, maint poinct,
L'angle pyramidal encor n'y manquoit point,
Ny la superficie, auec les parallelles :
Bref vn speculateur des causes naturelles,
Vn statuaire, vn peintre, vn orfeure, vn maçon,
Qui voit de ce manteau l'admirable façon
Peut s'y rendre sçauant : la salle des Antiques
En la diuersité des pauez magnifiques
Dont elle s'orgueillit n'apporte aux Courtisans
Pour ses viues couleurs, & ses marbres luisans
Tant d'admirations, ny point tant de liesses,

Comme ce manteau rare en l'obiect de ses pieces.

» On ne sçauroit iamais euiter son destin:

Quand ie n'y pensois pas il vint comme vn Lutin

Me tirer par la cappe auec vne main teinte

En du lus de fumier, & me fit ceste plainte.

    Les esprits de ce temps ne sont point, sur mon Dieu,

Ny grands, ny releuez, il falloit qu'en ce lieu

Quelqu'vn eust fait bastir la tour de Babylonne:

    Que voulez-vous, Monsieur? (auec vn ie me donne

Au diable, vn Dieu me damne, vn ie meure, vn serment

Qui me faisoit trembler en mon estonnement)

Monsieur, la vertu meurt, & la mescognoissance

A le plus de credit maintenant par la France.

    Si l'homme de merite estoit bien recognu,

Ie serois estimé, i'aurois du reuenu,

Des pages, des laquais, la carrosse garnie,

Et six cheuaux encor me feroient compagnie.

    Bien que vous me voyez comme vn pauure soldart,

Ie suis vn gentil-homme yssu de bonne part,

Ie menois l'auant-garde au camp de Ville-iuifue,

Ie criay le premier: Demeure-là, Qui viue.

Que vous diray-ie plus? i'auois vn regiment

De Croquans valeureux sous mon commandement.

    Alors de son manteau le bras gauche il se couure,

Et puis se retournant vers le chasteau du Louure,

Il commence à me dire auec son quant-à-moy,

Que ceste gallerie auoit ie ne sçay quoy

De l'air d'vn Ilion l'ornement de l'Asie,

Mais qu'elle n'estoit pas selon sa fantaisie,

Comme si les humeurs de cest homme de chois
Eussent deu controller les bastimens des Rois.

 Apres il me commence à faire des harangues
De ses perfections: Quatre sortes de langues
N'est-ce pas (disoit-il) Monsieur, vn beau tresor?
Ie les ay toutes-fois, & d'auantage encor.
I'ay pour le mal d'amour vn singulier remede,
Ie ne cederois pas au subtil Archimede
En la Mathematique: A combien d'escoliers
Ay-ie enseigné cest art? les esprits familiers
Me sont plus obligez qu'à nul de ce Royaume:
I'ay fait vn horoscope à ce maistre Guillaume
Qui fait tant le sçauant: ce bel acte cognu
Fait qu'entre les plus grands ie suis le bien-venu.

 Que si vous desirez de voir l'experience
D'vne tant merueilleuse & tant rare science
Sur vostre iour natal, demeurez asseuré
Qu'en ceste occasion ie vous contenteray.

 C'est vn art excellent, il faut que ie le die,
I'ay par ce moyen là predit la maladie
Du Prince de Mandon qui sçauoit tant de loix:
Cardan, Misault, la Porte, Alexis Piedmontois,
Et le fin Agrippa n'estoient rien que des bestes:
Ie sçay que l'on m'en veut: mais i'ay les armes prestes
Contre mes ennemis, & veux les faire tous
Courir, comme des chiens quand ils ont peur des coups.

 Ie ne suis point, Monsieur, du nombre des auares,
I'ay dans mon cabinet dix mille choses rares,
S'il vous plaist de le voir, la maison n'est pas loin.

Moy qui vouloir feruir de iuge & de tefmoin
Sur le diuers fucceʒ d'vne telle matiere,
Et voir reprefenter la farce toute entiere,
En le remerciant de cefte charité
Qu'il me vouloir prefter, fans l'auoir merité,
Comme vn chartier euft fait, il me iure, & protefte
Qu'il eftoit mon amy: puis il me dit au refte
Qu'il eftoit en tout temps le plus que bien venu
Des filles de Paris, qu'il en auoit cognu
De toutes les façons, & qu'en fa compagnie
I'efloignaffe de moy toute ceremonie.

Iufqu'aupres fon logis auec quelques difcours
De pareille farine, il m'amufe toufiours:
La petite maifon (voyeʒ le bon office
De ce gentil galland) eft à voftre feruice:
Petite voirement, il n'eftoit pas menteur,
Ie penfe qu'vn Nabot en eftoit fondateur.

A peine fommes-nous arriueʒ à la cime
De ce bel edifice excellent & fublime,
Et qui marchoit de pair auec l'Ephefien,
Qu'il ouure vn cadenas. Et Dieu fçait, & combien
Ie m'eftonnay de voir cefte horrible tafniere:
Sans mentir, ie penfois eftre en vn cimetiere,
Ou, pour m'expliquer mieux, en quelque baffe court
Où la foudre a paffé. Mais pour le faire court,
Combien que ces deuis me foient infupportables,
Ie veux faire vn eftat des chofes plus notables.

Afin que ie ne fois toutes-fois ennuyeux,
Ie veux mettre en oubly dix mille petits Dieux

Nouuellement venus du païs de la Chine,
Et cent mille animaux de terre & de marine.
   Pour le premier article vne aune d'arc en ciel,
Le Cefte de Venus, des paroles de miel,
Vne drachme des fleurs de Ieanne la Pucelle,
Le bufque de Laïs, quatre plumes de l'aile
Du petit Cupidon, le flageolet ioyeux
Dont Mercure endormit le berger aux cent yeux,
Les cornes d'Achelois, des pommes Hefperides,
Les ailes du cheual des vierges Caftalides,
Les pleurs de Marc Antoine enchaffez en de l'or,
La coque de Pollux, & celle de Caftor,
Certaine quantité d'huille petrifiee,
L'orteil de Grangofier, de l'eau putrifiee
Du iour du grand deluge, vn demy cafque plein
Du Nectar immortel, l'Antechrift de la main
Du Peintre Ariftolas, deux nouuelles nichees
D'oifeaux de Paradis, trois Serenes fechees
Dedans vn four bien chaud, des cheueux de Morgand,
Vn peu de la fueur d'Alexandre le grand,
Le fchelette enfumé d'vne brayette Suiffe,
Le glaiue de Roland, des ongles de Meliffe,
Vn des rats qui iadis mangerent Popiel
Le Roy des Polonois par vengeance du ciel,
Le carcaffe d'vn pou qui mangea la chair fale
De l'Empereur Arnoult, du feu d'vne Veftale,
Vn crible, où chez Pluton les Belides fouloient
Retenir folement les eaux qui s'en alloient,

Il auoit d'autre part deux grains de la verolle
Qui vint premiere en France, vn Marot, vn vieux roolle,
Six volumes tournez d'Espagnol en François,
Pour bien dissimuler, & mentir quelques·fois.
Plus vn remerci'ment qu'en toute reuerence
L'Anglois & l'Espagnol addressent à la France.
Vn Commentaire encor des liures d'Aretain
Composé de nouueau par vn Napolitain,
Vn Calepin d'aduis, auecques la maniere
D'amener au moulin des eaux de la riuiere,
Le tout par vn Tudesque, & mille engins diuers,
Que pour n'estre ennuyeux ie veux taire en mes vers.
    Quand ie me fus saoulé d'vne telle merueille,
Aussi tost vint la nuict, & lors ie m'appareille
De luy dire bon soir: il me pri' maintes-fois
De souper à sa table, ou que si ie voulois
Nous irions chez Cormier, au Cerf, au petit Moré,
Ou bien aux trois Croissans, il me va dire encore
Qu'il sçauoit bien son monde, & que pour l'amitié,
Si i'auois de l'argent, qu'il seroit de moitié,
Qu'il estoit propre à tout, que nul en ceste ville
Aux cartes, & aux dez n'estoit le plus habile:
Qu'il faisoit trouuer bons les plus faux diamans,
Qu'à voir quelque nourrisse à ses lineamens,
Il donnoit son aduis touchant son pucelage.
    Mais c'est perdre le temps d'auoir tant de langage
Il s'enquiert de mon nom, & si i'estois du lieu,
Ie luy dis l'vn & l'autre, & puis apres adieu.

SATYRE,
A MONSIEVR
PILON·

 PRES que Mars, & l'infernale engeance
Du Phlegethon eurent, bien loin de France,
Chaßé l'horreur du feu seditieux,
La Paix reuint, & r'amena des Cieux
Vn autre siecle, en biens autant proßere
Que l'autre esclaue au ioug de sa misere.
 Quel heur seroit-ce? & quel souuerain bien
Pourroit (ô France) estre pareil au tien,
Si la Fortune alors qu'elle te doüe
De ses faueurs tenoit ferme sa roüe,
Et si les temps en leur carriere longs
N'amenoient point de change à leurs talons.
 Bien que le calme en ton giron tranquile
Ait fait germer vne moißon fertile

G

D'hommes ſçauans : toutes-fois n'eſt-ce rien
Au prix de ceux qui deuorent ton bien.
   Comme l'yuraye eſtouffe la ſemence
Des laboureurs , alors qu'elle commence
A profiter , ces gourmands deprauez
Nuiſent de meſme aux hommes releuez.
   ça mon papier, ça mon encre, & ma plume,
Ou ce pinceau, dequoy i'ay de couſtume
De peindre au vif mes chimeres en l'air:
Deſpeſchez toſt, car ie veux enrooller
Ces gens de corde, & de ſac, & d'eſpee
Sous le drapeau de la Franche-lippee:
Ie les veux peindre auec tel veſtement,
Que les Seigneurs pourront facilement
Les diſcerner d'auec les belles ames,
Et recognoiſtre à leurs geſtes infames
Que ſous la peau des animaux plus doux
Ils ont la patte , & la gueule des loups.
   Ces perroquets ſont de gaillarde mine,
Et vont touſiours de cuiſine en cuiſine,
Et d'huis en huis ſiffler comme guiblets,
Si dextrement, que les porte-goblets
A Petit-Pont n'ont pas ſi bonne grace,
Quand ils font voir leurs tours de paſſe-paſſe.
   Ah! ie ſuis mort que ie ne puis draper
Ces bonnes gens ! ah! que ne puis-je au pair
De leur merite auoir la plume aduerſe
De Iunenal, de Petrone, & de Perſe!

Les basilics ont plus doux le regard :
Moins dangereuse est l'œillade qui part
Des yeux cruels des Bythiennes filles,
Et moindre encor le venin des torpilles :
Ce que l'vn cause en la main du pescheur,
L'autre plus fort le glisse en nostre cœur.
Peuples gardez que ces veillans espies
De bons morceaux, qui tels que des Harpies
Du Prince aueugle infeclent les repas
Aupres de vous n'acheminent leurs pas.

Soit qu'vne table en friandise abonde,
Et qu'elle soit la meilleure du monde,
Incontinent qu'ils se fourrent dessus
Les bons morceaux n'y sont plus apperceus.
Tout disparoist, tout se tourne en poußiere,
Comme au banquet d'Vrgande la sorciere.

L'vn chez vn Grand aura de la faueur,
S'il luy fait voir qu'il est Richard sans peur,
Qu'il a mangé des charrettes ferrees,
Que sa doctrine est des plus admirees
De ce temps cy, qu'il fait bien vn poulet,
Que dés l'enfance il rostit le ballet,
Que les yeux clos il circuiroit la terre,
Qu'il s'est battu six fois de bonne guerre
Contre Maugis, qu'il voit mieux qu'vn Argus,
Qu'il fut second au geant Ferragus,
Que pour rescourre vne botte de raue
D'vn Espagnol, il fit choir à la caue

G ij

Le nez deuant vn millier de naquets,
Tefmoins en font maint page, & maint laquais.
Qu'en ce lieu mefme il tailla des croupieres
A des galands, qu'il fit les cimetieres
Boffus de corps, & que iamais Cerez
N'eut tant d'efpics qu'il fit choir de iarrets.
  L'autre dira qu'il eft des Polygames,
Qu'il l'a tant fait aux filles & aux femmes
Qu'il a fué la verolle fix fois,
Qu'il a chez luy toufiours febues, ou pois,
Qu'il fçait les noms de tous les commiffaires,
Ceux des fergens, le nombre des forçaires,
Et comme il faut bien ioüer fon rollet
Au Four-l'Euefque, & dans le Chaftelet,
Qu'il a mangé plus d'vn pain en fa vie,
Que fes riuaux luy portent de l'enuie,
Qu'vn galand homme, & qui fçait bien fa cour
Doit rechercher toutes filles d'amour,
Qu'il fçait donner aux timides l'entree,
Qu'il ne peut voir leur amitié fruftree
De fon efpoir, qu'on n'eft point maquereau,
Bien que pour eux on batte le carreau,
Que c'eft vn peuple en fcience nouice,
Non les bien-nez qui nomment cela vice,
Que le feul ladre ignore ce deduit,
Et que Nature à cela nous induit.
  L'autre grand maiftre en farlatanerie,
Que les fripiers, & la fauaterie

Auront de peu de nouueau remonté
Viendra iurer que les manteaux d'esté,
De camelot, de crespe, & d'estamine
Sont bien-seants quand il neige & bruine,
Que cela monstre vne masle vigueur;
Et s'il aduient que chez quelque Seigneur
On leur en donne, apres vn si long presche,
Vn de bon drap, & double de reuesche,
Jls voudront faire apperceuoir à l'œil
Qu'il est fort propre à porter au soleil,
Et qu'il s'agit de la force de l'homme,
Quand il supporte vne si lourde somme.
   L'autre par cœur au matin apprendra
Les vers d'autruy, dont il entretiendra
Iusqu'au disner le riche qu'il valette:
Il viendra faire apres l'Anti-Poëte,
Et que les vers qui sont faits à son gré
(Ce dira-il) ont acquis vn degré
Parmy les bons, & qu'on doit faire conte
De son aduis, que son oreille est prompte
A bien iuger, qu'vn tel fait assez bien,
Que l'autre est plat; que son vers ne sent rien
Que la bougie, & qu'il n'a point de pointe.
   De la maniere vn Parasite accointe
Les Grands du siecle, & se plaist de blasmer
Les Vertueux pour se faire estimer.
   L'autre qui forge vne feinte noblesse
Viendra guetter au sortir de la Messe

Vn Gentil-homme, auec vn œil mouuant
Qui feroit peur au Capitan Spauent,
Et fondera la gueule enfarinee
Comment il doit paffer l'apres-difnee;
Que le tripot eft vn ieu de grands frais,
Et que les dez font pour les gens difcrets:

En-ce-pendant la cuifine s'apprefte:
La nape eft mife, & le page nud tefte
Donne à lauer, Monfieur laue la main,
Il prend fa place, & l'autre mort de faim
Siet vis à vis, il enfle fa bedaine,
Et fait du fien autant qu'vne douzaine.

Quand il eft faoul, & qu'il ne refte point
De place vuide au moule du pourpoinct,
Il entre en lice, il dore ces paroles:
Vous plaift-il pas de mettre deux piftoles
Sur le tapis : tandis que les cheuaux
Se brideront, mes dés ne font point faux.

Il n'eft moins propre, alors qu'il les defplie
Qu'vn marchand d'huiftre, ou qu'vn crieur d'oublie
Le font alors qu'ils veulent prefenter
Leur marchandife à qui doit l'acheter.

Ainfi parmy cent fantaftiqueries,
Cent par-mon-Dieu, cent & cent piperies,
Qui feroient pendre à la greue vn fergent
D'impatience, ils attrapent l'argent.

Vn autre femble eftre plus galand homme
Il fait le beau, l'honnefte, & l'œconome

De la maiſon, il meſnage le bien
Des opulens autant comme le ſien,
Et iette l'œil en diuerſes manieres
Sur les valets, & ſur les chambrieres,
Qui d'auſſi loin qu'ils le voyent luy font
A qui mieux mieux vn auſſi triſte front
Qu'vn bouc qu'on chaſtre auec vne allumelle,
Ou qu'vn boudin qui ſe creue en l'eſcuelle:
Ils ont raiſon: car ces chapons Manceaux
Viennent touſiours becqueter leurs morceaux.

Cognoiſſent-ils que leurs façons de faire
Qui çà, qui là commencent à deſplaire
Pour leur ſottiſe, & leur peu de raiſon,
Ils vont ailleurs, ils changent de maiſon,
Et chatoüillez du flair de la marmite
Ils vont chez l'vn faire la chate-mite
Sur le midy, puis ils vont ſe camper
Deuant vn autre à l'heure du ſouper:
Là ſ'il dit Non, ils diſent Non de meſme,
Oüy, s'il dit Oüy, & iurent s'il blaſpheme.

Mais quel ſupplice en l'Orque de Pluton,
Peut conuenir à leur vice glouton,
Puis que les Dieux leur ſont meſme aduerſaires:
L'vn au bordeau ſera mangé d'vlceres,
L'autre au gibet, & l'autre en l'hoſpital
Viendront au bout de leur terme fatal.

GENTIL Eſprit, la fleur de ceux que i'aime,
Heureux PILON, que la Vertu ſupreme

A decoré de ses plus rares biens,
Le Vice infame accommode les siens,
De la façon : car leur panse allouuie
Ne pourroit estre autrement assouuie.

   Si Philoxene, Apice, Erisychton,
Alcidamas, & ce Prince Breton
Qui vomit l'ame au luxe de sa table,
Ou ce Phagon, qui (s'il est veritable)
En moins d'vn iour mit à sec vn vaisseau,
Mangea cent pains, vn mouton, vn pourceau,
Puis vn sanglier, reuiuoient sur la terre,
Ils trouueroient leurs compagnons de verre.

   Puis qu'il est vray que les Manes qui font
Leur residence au Tenare profond
Ne mangent point, ou bien si la fumée
De quelque beste en leur nom victimee
Leur vient sans plus, ie m'estonne comment
Leur corps ne meurt à faute d'aliment :
Ils meurent bien ; mais c'est d'vne mort telle
Que Nemesis la peut rendre immortelle.
Son fleau vengeur est terrible, & ses coups
Soit tost, soit tard, s'eslancent dessus nous,
   » La repentance est du crime suyuie,
   » Et la fin suit telle que fut la vie.

S A-

CONTRE
L'VSVRE,
SATYRE.

A PIERRE VALENS.

ENDS l'abysme, Lycurgue, & par tes
   sainct edits
Viens reformer les mœurs comme tu fis iadis,
Que les biens soient egaux, qu'il ne soit
   point licite
De preceder aucun sinon par le merite,
Afin que tous bouffons, afin que tous excez,
Maquereaux, charlatans, disputes & procez
Nous laissent en repos, & que l'vsure inique
Bien loin de nous retourne au peuple Iudaïque.
  N'est ce pas vne honte, vn desastre, vn horreur,
Vn vice qui fait mesme aux barbares terreur,
Qu'vn homme raisonnable, vn qui sur le baptesme
Renasquit en IESVS, & receut le sainct cresme,
Suruende vne faueur à son frere Chrestien,
Qu'il deuroit & vestir, & repaistre du sien?
  Son vsure seroit encore tolerable
S'il obseruoit des Roys l'Edit inuiolable,

H

S'il retiroit la rente au seiziesme denier,
Sans prendre le douziesme, & sans la manier
D'vne telle façon, de peur d'estre à l'amende,
Que la somme petite est au lieu de la grande.

    Ie te diray, VALENS, comme va tout le cas,
Si quelque homme de bien a besoin de ducats,
Pour marier sa fille, ou pour vuider vn compte,
S'il va chez telles gens, ils n'auront point de honte,
Tant ils sont deprauez, ingrats & desloyaux,
De vouloir contredire aux reiglemens Royaux :

    Si l'vn d'eux fait la rente au denier seize escrire,
Il n'aduertira pas le Notaire qu'il tire
Des mains de son debteur vne obligation,
(Diabolique traict, maudite inuention,)
En bons termes escrite auec la signature,
Qu'il doit vne autre somme, & ce n'est qu'en peinture,
Si qu'outre l'vsufruict qu'il retire du sien
Il a tousiours cela qui ne luy couste rien.

    Qu'vn autre ait mille francs, il en prend cent dés l'heure
Qu'il passe le contract ; si bien qu'il ne demeure
Que le reste au debteur, qui sur la fin des ans
Luy doit ou le total, ou bien d'autres cent francs ;
Encor faut il qu'il donne à qui luy met en teste
Ce braue crediteur vn pot de vin honneste,
Et qu'à ses propres cousts soit le tiltre nouueau
Qu'il passe à d'autres gens, quand il monte au ceruеau
De son premier rentier de luy vendre sa debte,
Ou quand la mort soudaine au passage le guette.

Lors que le terme arriue il le preſſe d'argent,
Il en veut tout à l'heure, ou monſieur le ſergent
L'original au poing, la plume ſur l'oreille
Execute les biens, le faquin s'appareille
De les porter en place ; & d'ailleurs vn recors
Saiſit de par le Roy le debiteur au corps ;
On le mene en priſon, ſa femme preſque morte
Entre vn peuple d'enfans alors ſe deſconforte :
Penſes-tu (ce dit-elle, en voyant le ſergent)
Malheureux vſurier, que ie forge l'argent?
Où veux-tu que i'en prenne, en trouue on à ſource?
Veux-tu, larron priué, que ie couppe des bourſes?
Que ie vole de nuict pour gaigner le cordeau,
Que ie ne vaille rien, que ie voiſe au bordeau?
Va, tiſon de l'enfer, va-t'en, maudite engeance,
Va mourir au gibet, que Dieu prenne vengeance
Du tort que tu me fais, & que ie voye tous
Ceux qui me veulent mal eſtre mangez de poux.
Patience (diſois-ie, à ceſte deſolee)
Taiſez-vous pauure femme, & ſoyez conſolee,
Las ! vous n'eſtes-pas ſeule à qui les gros milours
Ont tendu cette embuſche, & loüé de ces tours.
Ce mal regne par tout, ſa peſte eſt generale,
Ce n'eſt pas d'auiourd'huy que le brochet auale
Le goujon malheureux : de tout temps les petits
Ont eſté, mais à tort, aux grands aſſubiettis.
Bien que le vieux eſtat de la prouince Afrique
Fuſt diſſemblable au noſtre, & fuſt Democratique,

H ij

Ses pauures n'eſtoient pas aux noſtres differents,
Ils deuoient comme nous de l'argent aux plus grands,
Si l'on n'eſtoit ſoluable à rachepter la ſomme
On eſtoit fait eſclaue & ſerf du Gentilhomme.
L'vn eſtoit mis en vente en pays eſtranger,
Et vendoit ſes enfans pour ſe deſengager.
Or regardeZ vn peu ſi voſtre peine eſt telle.
  Ah, mon fils mon amy, ce me reſpondit elle,
Ie trouue encor plus grief le tourment que ie ſens,
Ceux là pouuoient quitter la terre pour le cens
Et moy ie ne ſçaurois en ce temps où nous ſommes,
Comme l'on faiſoit lors, on ne vent plus les hommes:
On n'en fait point de cas, alleZ dans le palais
Vous trouuereZ touſiours vn peuple de vallets
Qui languiſſent de faim à faute de repaiſtre
Et d'eſtre pour neant au ſeruice d'vn maiſtre.
Ah, s'il m'eſtoit permis comme aux Athèniens
De bonne volonté i'irois vendre les miens
Pour faire de l'argent à ce rentier infame.
  De ſemblables diſcours ceſte chetiue femme
M'entretenoit l'oreille en ſon affliction.
Sans mentir i'en auois tant de compaſſion
Que ſi i'euſſe eu dequoy i'en euſſe eſté le plege,
Mais veu ma pauureté ie retourne au Collège.
  VALENS qui de mes vers es le docte Apollon,
Pleuſt à Dieu qu'en ce temps comme au temps de Solon
Nous viſſions reflorir ceſte loy Siſachtee
Qui payoit vn chacun de la ſomme empruntee,

Que les noires prisons de ceux qu'vn mauuais temps,
Vne reuolte, vn siège, vn trouble de vingt ans
A mis au blanc sans cause, & par qui sont causees
Leurs incommoditeZ ne sont-elles brisees?
Possible verrions nous l'vsurier addoucy,
Possible son orgueil & son cœur endurcy
Pancheroit bas le front, il seroit plus traittable.
Ce que, mais à grand tort, ils pense estre equitable,
Ores qu'il est en vogue, & qu'il fait le tyran,
Luy sembleroit iniuste estant mis au saffran;
Ces bastimens qu'il dresse auecques tant de cure,
Et qu'il fait esleuer du gain de son vsure,
Ne restreciroient point en diuerses façons
La maison des oyseaux & celle des poissons:
L'ouurier qui les conduit au peril de sa vie,
Ne s'estropiroit point quand il les edifie,
Ny le voisin qui touche à ses murs moitoyens
Qui le passe en bonté, mais non pas en moyens,
Ne seroit pas contraint par vn cerueau critique
De fournir ce qui couste à faire leur fabrique,
Ny tenu de subir l'orage desastreux
D'vne faueur d'argent pour les bornes d'entr'eux.

   Vray'ment il n'a pas faict ainsi que Publicole,
Qui de peur des brocards d'vne ireuse parole,
De peur d'estre odieux au mur Romulien
Abbatit son palais du tertre Velien,
Et bien qu'il fust issu d'vne longue origine,
Bien qu'il fust l'ornement de la tige Sabine,

Pour oster le sujet de mesdire de luy
Fut contraint de recourre à la maison d'autruy.
» Rien aussi ne doit estre à l'homme raisonnable
» Plus cher, ny plus seant, ny plus recommandable,
» Que la creance d'estre exempt d'ambition,
» Et de remedier à chasque obiection
» Dont l'on veut antilir sa vertu rare & belle,
» De peur que les mutins, ne s'esleuent contre elle.
Vn vsurier infame a beau dire, on sçait bien
De quel bois il se chauffe, on sçait qu'il ne vaut rien,
Il a beau contrefaire vn homme de merites,
Et beau dißimuler son visage hippocrite,
Faire le charitable & le denotieux,
Et dés le poinct du iour visiter les saincts lieux,
Les prisons, l'Hospital, & bien faire à l'Eglise,
On le cognoist pour tel, combien qu'il se desguise,
» L'asne a beau se couurir de la peau du Lyon,
» L'on remarque tousiours son imperfection.
Bien que l'entiere mer fust de sur luy iettee
Sa macule pourtant ne seroit pas ostée.
  La terre souffre donc qu'il imprime ses pas,
En son globeux Empire & ne s'abysme pas?
Neptun qui poudroya l'innocent Hippolite
Ne le condamne point selon son demerite?
Et le pere du iour tesmoin de son erreur,
Ne se voile point donc le visage d'horreur?
  Mais pourquoy s'il persiste en son crime damnable,
Ne lances-tu sur luy ton ire espouuentable?

Qu'eſt deuenu l'eſclat de ton foudre pointu,
Son carreau, Iupiter, n'a-il plus de vertu?
N'es tu plus ce vengeur dont la dextre s'exalte
D'auoir eu la victoire & d'Othe & d'Ephialte,
Engeance d'Iphimede & de tant de Geants
Qui montagnoient Trinacre & les champs Phlegreans?
Mais quoy? ton feu Triſulque au reſpect de ſa faute
A trop peu de rigueur, & ta iuſtice haute
Reſerue à ſon Idole vn autre chaſtiment:
Autant que Minos iuge, Eaque & Radaman
Machinent de gibets, de croix, & de ſupplices,
Autant que les plus grands & plus enormes vices
En endurent là bas dans le gouffre meurtrier,
Autant ſeul en reçoiue en l'Orque l'vſurier.
   Toy bourgeois infernal, victime Acherontee
Par qui premierement fut l'vſure inuentee,
T'artarean eſprit mille fois malheureux,
S'il reſte apres la mort aux Manes langoureux
Quelque voix pour reſpondre à moy qui t'iniurie,
Dis moy quel Ephialte, & quelle orde furie
T'inſpira ce peché? fuſt-ce l'inique ſœur
Qui malheure ſon nom d'vn tiltre puniſſeur,
La gourmande Alecton, l'enuieuſe Megere,
Le fils Erebien, l'implacable Cerbere,
Demorgogon l'antique, Auerne, Phlegeton,
La triple forme Hecate, ou l'aueugle Pluton?
   Tu ne dis mot, barbare, excrement des Harpies,
Tu ne dis mot, peruers, tes cautelles impies

T'enchaiſnent tellement, te bourellent ſi bien,
Que tu ne peux ſortir, que tu ne me dis rien:
   Va, que tous les Demons des gouffres Tenarides,
Qu'Adraſte vengereſſe, & les trois Eumenides
Tourmentent coup ſur coup tes manes condamnez,
Miſerable vſurier qui fais peur aux damnez.

   Meſchant, ſi tout le peuple eſtoit de ma nature,
S'il auoit en horreur ton infidele vſure
Au parangon de moy, le feu, la terre & l'eau
Te ſeroient defendus, vn infame bourreau
Deſpoüilleroit tes os de l'honneur mortuaire;
On porteroit ta cendre & ta carcaſſe arriere
Des limites Gaulois; on te feroit ſelon
Qu'Athenes fit iadis aux enfans de Cylon.

   Debonnaire VALENS, ſi quelqu'vn trouue eſtrange
Que parmy le ſujet de bruire ta loüange
J'en aye pris vn autre, à l'heure qu'il ſçaura
Que tu hais l'yſurier, poſſible ſe taira:
Mais s'il paſſe plus outre, & de nouueau m'accuſe,
Ton peu d'ambition me ſeruira d'excuſe:
D'ailleurs vn debte iuſte en bon fons aſſeuré
Ne ſe perd nullement, bien qu'il ſoit differé:
Que ſi i'ay ſurpaſſé le terme d'auanture,
Ie m'offre en ce deu cy de t'en payer vſure.

SVR

SVR LA
CONVALESCENCE
DE L'AVTHEVR.

A BARTHELEMY PERDVLCIS,
DOCTEVR EN MEDECINE.

C'Est trop languir sur vn coussin de plume,
Puisque la fiebure en moy plus ne s'allume,
Puisque ie r'entre en ma bonne santé,
Puisque ie tiens ce que ie souhaitté.
Sus leuons nous, pucelles impolluës,
Quittons la couche, ô Muses cheueluës,
Diuines sœurs, mes vniques soucis,
Chantons vn Hymne au docte PERDVLCIS,
Dont la sagesse & la rare doctrine
A de nos maux retranché l'origine.
  Comme Esculape il retire les morts
Du noir limon des Cocytides bords;
Pluton s'en fasche en ses cauernes sombres,
Et ce Charon le bastelier des ombres
Comme il souloit n'embourse plus d'argent,
Et sans rien faire à part luy va songeant
Pourquoy sa barque est en ce point deserte,

I

Et d'où procede vne si grande perte:
Pauure abusé qui ne s'aduise pas
Que PERDVLCIS *arrache du trespas*
Le corps mortel par vne medecine.

    Ia l'Atlantide auecque sa houssine
Me faisoit tendre au manoir de Pluton;
Ny plus ny moins que le simple mouton
Le pastoureau qui le mene en pasture,
Ny plus ny moins deuançois-ie Mercure.
    Là sous l'horreur d'vne pareille nuict,
Qu'est celle d'vne où Diane reluit.
Douteusement quand Iupin decolore
Les mixtes corps & les astres encore,
Nous cheminions: sous vn large portail
Maint spectre loge, & maint espouuantail,
Le soin, l'ennuy, la vieillesse y reside,
La faim, la crainte, & la guerre homicide,
L'aspre trauail, la maigre pauureté,
La mort, le somme, auec l'infirmité.

    Vn orme espais estend là ses ombrages,
Sous chasque fueille habitent les images
Des songes vains, là demeurance font
Les my-cheuaux & les filles du Pont:
Scylle à deux corps, le prodige Lernee,
Le grand Briare, & le monstre Echidnee.
De là plus outre au Tenare l'on tend,
Où plein de bourbe vn abysme s'entend
Bouillir sans cesse, il deuale au Cocyte,

Et maint gravier auant soy precipite:
Vn nautonnier du fleuue gardien
Offre en ce lieu son basteau mandien
Aux trespassez, il est tout plein de crasse,
Vn poil hideux luy sauuage la face,
Son œil luy flambe, vn ne sçay quel drapeau
Luy ceint l'espaule & luy couure la peau:
Dés qu'il me vit, ça(me dit-il)la piece,
Comment, vieillard, veux tu que i'acquiesce
(Luy respondis-ie)à ta demande, quand
Ie n'en ay point? ce Mercure eloquent
Dont si long temps i'ay frequenté l'escole
Ne m'a point mis en la bourse vne obole:
Le destin contre Apollon irrité
Loge tousiours auec la pauureté
Les Escoliers, vne guerre ciuile
M'a ruiné, d'ailleurs ie suis pupille.

    I'auois beau dire, il vouloit de l'argent:
Comme vn Disciple est forcé d'vn Regent
A l'examen de luy monstrer vn Theme,
N'en fust il point: i'estois forcé de mesme
Par ce vieillard à l'heure du trespas
A luy donner ce que ie n'auois pas.

    En cependant, ô beniste iournee,
Moment heureux, heure bien fortunee,
PERDVLCIS vient, il me taste le poux,
Voit mon vrine, il iette l'œil dessous
Ma langue seche, il demande la plume,

                                        I ij

Escrit vn mot, & selon sa coustume
Le fait porter chez Saulnier & Bourdon;
L'vn fait iallir de ma veine à randon
Le sang boüillant, & puis l'autre en personne
La medecine en la bouche me donne;
Ie ressuscite. Adieu (ce dis ie lors)
Au bon RONSARD, qui sur les autres bords
Me faisoit signe, auec la main, de faire
Aux champs d'Elyse auec luy, mon repaire.
            A tout le moins (ce me dit il) LE BLANC
Mon grand amy, puis que tu restes franc
Pour ce coup cy du tribut mortuaire,
Ie te coniure au nom de nostre Pere
Le Dieu Phebus, qu'au bout de ce depart
A mon GALAND tu donnes de ma part
Vn baise main ; tu vas à son college,
C'est ton amy. Ronsard aussi feray ie,
   (Luy respondis-ie) Aussi-tost ie reuins,
Et rendis grace aux Monarques diuins,
Et puis à toy, dont la chere assistance
M'a faict gauchir l'Æacide sentence,
Tromper Charon, le batelier tardif,
Le fils de Maie, & sa houssine d'If.
         La santé loge à ceste heure en mes veines,
De sang gaillard elles sont ores pleines,
L'art chirurgique a tiré le mauuais,
Et m'a remis en ma premiere paix.
Les Dieux benins, mon Lare tutelaire,

PERDVLCIS *docte, humain & debonnaire*
En ſoient loüez, & le Mileſien
Qui te le donne, ô mur Pariſien,
C'eſt ton Peon, c'eſt ton Alexicaque,
Le vieux Nicandre autheur du theriaque
N'eſt rien aupres, Arabe qu'Apollon
Dieu medecin fit naiſtre à Babilon,
Ny le vieillard dont Rome fut purgee,
Dont Hippolite & le Prince Androgee
Receut double eſtre, & par qui ſi long-temps
L'Erebe creux fut deſert d'habitans,
Ny Critobule, Alcon, Eraſiſtrate,
Aſclepiade, & ce bon Menecrate
Qui fut prodigue ainſi que luy du bien
De ſon eſprit, & n'en prit iamais rien.

Il n'y a ius, ny plantes, ny racines,
Qu'il ne les tourne en bonnes medecines.
Il ſçait leur force, & quel ingredient
Au corps malade eſt plus expedient.

En Epidaure on fabriqua des temples
Au Coronide, on luy ceignit les temples
D'vn verd chapeau de ſimples ombrageux,
Tous les cinq ans on celebroit des ieux,
En ſa memoire, où la chevre nourrice
Qui l'allaiſta fumoit en ſacrifice,
Où l'œil content voyoit de toutes parts
Maint beau tableau de ceux qui par ſes arts
Auoient receu la ſanté manifeſte,

I iij

Où le ſerpent, la corneille funeſte.
Et les coqs blancs aux pennaches creſtez,
Eſtoient offerts à ces diuinitez.

   Si tant de vœux, tant d'honneur, tant de gloire
Fit à iamais reuiure la memoire
D'vn Eſculape entre l'incirconcis,
Si le diuin, ſi le grand PERDVLCIS
Euſt auant luy veu luire le viſage
Du blond ſoleil, qu'euſt-il eu d'auantage?
Si l'autre au peuple eſt tant recommandé
C'eſt pour l'auoir ſeulement precedé.

   Toy qui laiſſas de ſi preignantes marques
De ta vertu, la perle des Monarques,
Fort Alexandre, alors que tu rangeois
Sous toy le monde, & que tu ſaccageois
Les murs Thebains, d'entre le feu publique
Tu conſeruas au Poëte Lyrique
Son baſtiment, tu fus digne, grand Roy,
D'vn ſi bel acte, & luy digne de toy.

   Mais qu'euſt-il faict, ô combien d'auantage
Euſt apparu ſon auguſte courage,
Si PERDVLCIS euſt veſcu de ſon temps?
La ville entiere & tous les habitans
Euſſent en luy trouué de la clemence.
Quand Inpin meſme Opienne ſemence
Auroit iuré de mettre l'Vniuers
A ſon neant par le ſifflant reuers

De ſon tonnerre à la pointe allumee,
Ta vertu rare & ta douceur aymee
L'en garderoient, & quand bien ce grand Dieu
L'auroit purgé de nouueau par le feu,
Ton beau diſcours, de toutes choſes maiſtre
Le contraindroit à luy redonner eſtre.
» Vn beau langage a tant & tant de poids
» Que par luy ſeul vn Vlyſſe Ithaquois
» Du preux Achile obtint les armes fees,
» Par ſon doux charme il gaigna les trophees
» Du Prince Ajax, & Beroſe à la fin
» De ſes vieux ans vne langue d'or fin:
» Hercule encore enchaiſna les oreilles
» Des vieux Gaulois par ſes doctes merueilles.
    Quiconque aſpire à l'immortalité,
Doit aſpirer à cette faculté,
Non pas reſpandre au iour ſa renommee
Par vne empriſe iniquement tramee,
Comme ce fol qui ne fit qu'vn tiſon
(Vierge Artemis) de ta ſaincte maiſon.
    Ce n'eſtoit pas comme il deuoit ſouſtraire
A l'eau d'oubly ſa memoire, au contraire
Par vn bel art il deuoit s'acquerir
Vn beau renom parauant que mourir
Comme s'acquiert vn PERDVLGIS la gloire,
L'heur & l'honneur des filles de Memoire.
    Parmy les arts que leurs diuines mains

Ont inſpiré dans les cerueaux humains,
Son rare eſprit, ſon iugement inſigne
N'en pouuuoit pas rencontrer de plus digne
Que le Pharmaque, ayant pour Deïté
Le Cynthien, & pour fin la Santé:
C'eſt le repos de noſtre humaine vie,
Quand elle manque elle nous eſt rauie,
Noſtre corps perd ſon ornement plus beau,
Noſtre œil s'eſteint, nous allons au tombeau,
Parmy les vers, parmy la pourriture:
C'eſt la plus belle image que nature,
Ait iamais fait de ſes doigts fauoris,
L'esbat, le ieu, les delices, les ris,
Lamour, la grace, & le bon mot pour rire
Sont les mignons de ſon royal Empire.

  C'eſt vne flamme infuſé en l'yniuers,
L'effect premier de leur effects diuers,
L'ame & l'eſprit des proüeſſes d'Hercule,
Le gras feſtin du ſplendide Luculle
Deſplaiſt ſans elle; & les vergers de choix
Du bel Adon & duriche Alcinois.

  Puiſſe la belle auoir touſiours entreè
Chez PERDVLCIS, iamais n'en ſoit fruſtreè
Nulle perſonne, alors qu'elle a recours
En ſa doctrine, & qu'il vient du ſecours.
Long temps puiſſe-je en ſa tutelle viure,
Et luy ſans fin aux cayers de mon liure.

                                   SATYRE

DISCOVRS,
DE L'EXCELLENCE
DES POETES *cf. p. 169*
Sur la Naiſſance de MADAME.

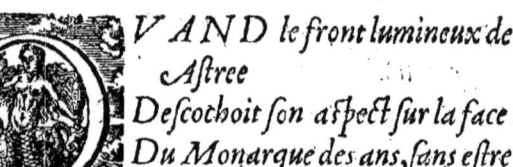

QVAND le front lumineux de la pucelle
Aſtree
Deſcochoit ſon aſpect ſur la face illuſtree
Du Monarque des ans, ſans eſtre labourez
Les tertres produiſoient les raiſins colorez,
Et la terre les grains, ſans qu'vn ſoc de charuë
L'euſt comme deſormais aucunement feruë.
Du grand Dodonean les arbres touſiours verts
Repaiſſoient de leur gland ce tranquile vniuers;
Les Zephyres mignards, & leur Flore adoree
Ne faiſoient iamais place au rapide Boree;
De laict & de nectar les fleuues regorgeoient,
Et parmy les moutons les Pantheres logeoient.
Le temps bien fortuné qui ſous l'heureux empire
Du bon homme Saturne autres-fois a veu rire

K

L'esclatante lueur d'vn si riche tresor,
Fut appellé iadis le bel aage de l'or;
Nom que le nostre porte , ores qu'vne pucelle
A sa natiuité ces biens là renouuelle.

Ie voy desia les prez se couronner de fleurs,
Et s'esmailler de mille & de mille couleurs,
Ie voy le iosmin naistre & la rose odorante
Contre le naturel de la saison courante.

Les plus roides verglats deuiennent amolis,
Nos feconds orangers sont d'oranges paflis
Tous arbres desormais de fruictages se rompent,
Sur les coupeaux des monts les Oreades trompent
Leurs courageux limiers,& voit-on deuant eux
Broncher en larmoyant les cerfs aux pieds venteux.

Le pasteur se resueille aussi tost que l'Aurore,
Il meine ses troupeaux cueillir au sein de Chlore
Le poliot requis, il embouche son cor,
Il faict parler Echon,il en appelle encor
Ses compagnons loingtains,afin qu'ils viennent paistre
En vn mesme paflis leur brigade champestre.

Quand le croissant n'est point de broüillards espaissi
Que l'on a de soulas de voir en ce temps-cy
Les Nymphes caroller,& les belles Nauondes,
Peigner à ses rayons leurs cheuelures blondes!

Quel plaisir auons-nous lors que prés de leurs eaux
Les Faunes,les Syluains,les petits Satyreaux,
Les Ægypans suiuis de leurs ieunes Dryades,
Et les filles des bois , les sœurs Hamadryades

Sautent par cy, par là ſur les gazons herbeux:
Et quel esbat de voir au milieu de ſes bœufs
Le Ruſtique plaiſant, qui faiſt par les fougeres
Au ſon du flageolet tremouſſer les bergeres,
Et les petits enfans ſous vn cheſne ombrageux,
Qui ſautent, qui font ragé, & mille & mille ieux.
Nos ſerpentins ruiſſeaux, nos bruyantes riuieres
Nettoyent leur eau trouble, & deuiennent moiens fieres,
C'eſt lors que francs d'orage ils appaiſent leur bruiſt,
Et qu'on peut ſans danger y prendre ſon deduiſt.
Les treſſes de Cerès par les champs ſe heriſſent,
Et du beau cuiſſe-né les grappes ſe meuriſſent
Par les coſtaux pamprez, ſi bien qu'en chaſque lieu
L'on voit reuiure encor Saturne ce bon Dieu:
Tout ſe paſme de ioye & de reſiouïſſance
Pour celebrer les heurs qu'apporte la naiſſance
D'Eliſabeth la grande, en qui les cieux amis
Ont prodigalement toutes leurs graces mis,
Comme en celle qui dore autant noſtre contree,
Que fit iamais Themis & la diuine Aſtree.
DIEV vueille qu'elle priſe & qu'elle honore auſſi
Tous ceux qui de Parnaſſe habitent le ſourcy,
Qui ſont fils d'Apollon, qui ſont freres des Muſes,
Et qui dans la poiſtrine ont leurs graces infuſes:
Car ce ſont les outils qui font viure les Roys
Apres que le treſpas, & ſes triſtes effrois
Leur ont ſillé des yeux l'vne & l'autre paupiere,
Et qu'ils n'ont pour maiſon qu'vne relante biere;

K ij

Non point ces baſtimens qu'vn tonnerre eſlancé
Terraſſe quand le ciel de colere eſt pouſſé,
Qu'il eſt plein de fureur, & qu'il ouure ſes bondes
Pour deſgorger ſur nous les greſles & les ondes.

Ajax ne fut ſi fier, ny ſi prudent Neſtor,
Achille ſi vaillant, ſi courageux Hector,
Si grand Agamemnon, ny ſi pieux Enee,
Comme chanta l'aueugle & le fils Maronee:
Cent mille Caualiers furent parauant eux
Qui pour n'auoir eu ſoin des chantres ſouffreteux
(Bien que tels vrais amans des Pierides belles)
Sont ores au milieu des riuieres mortelles
De l'Orque inexorable, auec la larme à l'œil,
Qui demenent enſemble vn pitoyable dueil.
Il me ſemble entr'ouir ces plaintes gemiſſantes
Sortir peniblement de leurs voix languiſſantes:

Ha! que nous fuſmes fols, que nous fuſmes troublez,
Ha! combien eſtions nous de pareſſe accablez,
Ha! combien noſtre eſſence eſt-elle deplorable,
D'auoir negligé l'heur d'vn Poëte honnorable,
Durant que l'air vital agitoit noſtre corps,
Durant que noſtre eſpargne affluoit de treſors,
Que le globe auoit peur de noſtre alme puiſſance,
Et qu'vn peuple adoroit noſtre magnificence.

Au lieu d'eſtre ſacrez à la poſterité,
Au lieu de faire teſte aux chaleurs de l'eſté,
Aux glaces de l'hyuer, aux peſtes de l'autonne,
Nous ſommes le ioüet de la courſe gloutonne.

De ce torrent eſpais, & de ſes flots roulez,
Et mis au liure noir des manes deſolez,
Qui firent comme nous deshonneur à leur race,
Et qui de la vertu ne virent point la face.

 Monarques terriens, Empereurs triomphans,
Rois qui de Iupiter vous dites les enfans,
Princes cheualeureux, notables capitaines,
Ne faites pas ainſi; que vos ſalles ſoient pleines
De mignons Phebeans, aimez leur docte voix,
C'eſt (eſprits genereux) voſtre meilleur pauois.

 Grands Dieux qui ſur Olympe eſtes ſaouls d'ambroſie,
Qui vous raſſaſiez de la manne choiſie,
Qui beuuez le nectar agreablement doux,
Que vous eſtes heureux d'auoir auprés de vous
Ce docte Hyperion, ce bon ioüeur de lyre,
Que de rauiſſemens eſt ce qu'il vous inſpire
Quand il chante ſur elle auec ſa belle voix
L'eſchec des terre-nez foudroyez autresfois!

 Pourquoy donnaſtes vous à noſtre corps figure?
Pourquoy fut-il orné d'vne ame ſaincte & pure?
Pourquoy l'œil du beau iour nous fut-il deſcouuert,
Puiſque nous deuions eſtre en ce fleuue deſert,
Conduis apres la mort, afin que la vaillance
De nos actes paſſez fuſt miſe en oubliance?

 Fol eſt qui vous accuſe, helas! ce n'eſt pas vous
Qui nous fiſtes errer, la coulpe en eſt à nous,
C'eſt noſtre peu de ſoin, non pas vous, Dieux celeſtes,
Qui nous faict ſouſpirer dans les antres funeſtes.

Mais que nous sert d'espandre vne Ocean de pleurs?
Ils n'ont pas le pouuoir d'esteindre nos douleurs,
Nos maux sont immortels, la fiere destinee
Ne rendra leur carriere aucunement bornee.

   C'est ainsi que le chœur de ces esprits ombreux
S'afflige vainement au gouffre tenebreux,
C'est ainsi qu'il se deut, qu'il se plaint, qu'il lamente,
Qu'il pleure, qu'il maudit sa paresse trop lente.
Cherissez donc, humains, les hommes studieux,
Ils peuuent mettre vne ame entre les plus grands Dieux,
Et la faire iouyr d'vne immortelle vie,
Maigré le temps, l'oubly, les destins & l'enuie.

   Si le puissant Auguste eust desdaigné les vers,
S'il n'eust chery le Pinde, & ses bocages verts,
La source Aganippide & celle d'Hipocrene,
Le Chantre Mantoüan, l'escolier de Mecene
L'eust-il par tant de vers celebré comme il fit?
Non pas, ny ce Poëte acquis tant de profit.

   Tous les pompeux tresors qu'acquierent les grãds Princes,
(Fussent-ils possesseurs de ces riches prouinces
Qui se iaunissent d'or, & de ces bords aimez
Qui sont de fins rubis & de perles semez)
Sont de nulle valeur au parangon du lustre
Que faict auoir à l'homme vne trompette illustre:
Vn Poëte excellent est hors d'esgalité,
Sa gloire va de pair auec l'eternité:
Le Tyran oublieux ne la peut rendre serue,
Le ciel luy fit auoir, & le ciel luy conserue.

Quelle saison, quel temps est plus que cestuy-cy
Conuenable à ses vers, maintenant que voicy
Nostre infante qui naist? il faut qu'il s'esiouysse,
Elle peut vn iour estre à ses desseins propice.

  Il me semble desia que ie voy sur les rangs
Les Princes estrangers se rendre conquerans
De maints larges pays, de mainte ville belle
Pour auoir le bien d'estre vn iour aduoüez d'elle.

  Le grand desir que i'ay de bien chanter son prix
Desengourdit le vol de mes ieunes esprits,
Il semble qu'Apollon & la chaste neufuaine
Me renforcent la voix, & reschauffent ma veine
Plus qu'ils n'ont de coustume : vne saincte fureur,
Vn feu qui me possede engendre vne terreur
A l'oubly malheureux, il se mange, il se ronge,
Tant grande est la douleur où mon bon-heur le plonge.

  O Prince Ortygien, archer porte-carquois,
O Dieu qui sous ta main tiens les riuages cois
Des flots Castaliens, & la cyme bessonne,
Si mon desir te plaist, si mon vœu t'espoinçonne,
Tire de ton sainct temple vne flesche en mes os,
Afin que mon esprit deuienne plus dispos,
Et produise en faueur du second lys de France,
En faueur de MADAME, vne heureuse influence
De vers laborieux qui triomphent du temps,
Et qui facent esclorre vn fertile Printemps
De Royales faueurs sur ma ioyeuse face,
Afin que plus allegre encore i'en reface,

Malgré le goust mal sain du populaire sot,
Malgré l'opinion d'vn censeur idiot,
Malgré ces enuieux, & ces petits Cheriles
Qui d'vn vers prosaïque ont peuplé maintes villes,
Et qui deçà delà sement dans les esprits
Vne contagion, race de leurs escrits,
Dont l'on verra bien-tost l'horreur esuanoüye
Si quelque braue lyre est en leur place oüye.

SVR

SVR L'ABSENCE DE
LOVYS DVRAN, MAISTRE
DES REQVESTES.

Du Latin de I. T. P.

V R A N l'heur de la terre & l'attente des cieux,
Cependant que voſtre œil voit le cours gratieux
De l'Iſere plaiſante, & ſes bords qui verdiſſent,
Que mille beaux deſſeins ſuite à ſuite floriſſent
En voſtre ame ſyncere, & que vous oubliez
Voſtre propre fouyer, & ceux qui ſont liez
Des nœuds de voſtre amour, & dont l'eſpouſe chere
Seroit miſe en oubly de pareille maniere,
Si compagne fidele à ſon loyal eſpoux
Elle n'euſt affranchy le chemin comme vous,
Tant ſont grands les proiets d'vne auguſte penſee;
Receuez les clameurs que la Seine angoiſſee
Fait pour l'amour de vous, ſon plus cher nourriſſon,
Elle anime ſes cris d'vne telle façon.

Depuis le centre aimé de ma ſource premiere,
Depuis les champs fertils que ma large riuiere
Accolle de ſes bras, de qui l'infinité
Serpente humidement d'vn & d'autre coſté,

L

De qui de plus en plus s'accroiſt l'empire large,
Par le moyen des eaux que l'Yone deſcharge
En mon lict de chriſtal, & dont l'agile cours
Redouble ſa carriere auec le prompt ſecours
De Marne mitoyenne, & qui marque les bornes
Du champ Belge & du Celte au branle de ſes cornes:
Bref depuis tous les coins où courent mes ruiſſeaux,
Iuſques dans l'Ocean où i'aboutis mes eaux,
Ie n'ay point veu de lieu qui m'ait pleu d'auantage
Que le Pariſien, à qui le ciel partage
D'Iacche & de Cerez les threſors deſirez:
C'eſt là que ie m'eſpands en deux lictz ſeparez
Dedans le ſein fecond de la Royne des villes.
Ie rencontre en chemin trois floriſſantes Iſles,
Deux au premier abord me baiſent doucement,
Et moy tout alentour ie rends pareillement
De mon flot argentin leur enceinte arrouſée,
Pour les baiſer apres comme elles m'ont baiſée.
La troiſieſme s'eſleue, & perd dedans les cieux
De ſes hauts baſtimens le feſte ambitieux:
Soit qu'elle face veoir cette Egliſe illuſtrée
Du venerable nom de la Vierge ſacrée,
Son Ange tutelaire, & ſes deux tours auſſi,
Qui, faictes comme vn cube, eſleuent leur ſourcy;
Soit que de l'autre bout l'œil eſtonné contemple
La chappelle Royale, ou pluſtoſt le ſainct temple
Où giſt la vraye Croix, & le palais ſacré
Du Senat venerable à Themis conſacré,

Là fut de noz majeurs la demeure ancienne,
Là fut premierement Paris Lutetienne,
Et ce qui desormais est grand & renommé
Dans si petit espace estoit lors enfermé.
Du ventre d'vn vaisseau sa forme est empruntée,
Deux flancs larges & longs depuis l'ont augmentée,
Qui toutes en vn corps font paroistre à foison
Sur l'vn & l'autre bord mainte belle maison;
De façon qu'on diroit que trois villes peuplées
Par le moyen des ponts sont en vne accouplées,
Ponts que l'Isle opulente a de ses bras enclos,
Pour vnir les bourgeois que separoient mes flots.

  Comme quand vne Royne amplement accoustrée
De ses ioyaux plus chers fait sa premiere entrée
Dedans quelque cité, l'on couure les portraicts
De festons, de fueillars, & de branchages frais,
Et les portes d'autour sont encor reuestuës
De neige Parienne & d'orines statuës;
Quand i'entre la Bastille ainsi l'on apperçoit,
Qui d'vn front honorable à ses pieds me reçoit,
Là du grand Arcenal les murailles s'vnissent,
Là sont les magasins qui largement fournissent
Au Gaulois Iuppiter les traictz Vulcaniens,
Qui puniront l'orgueil des fils Titaniens.

  De là par le milieu de la ville i'ondoye,
Et d'vn soin maternel purement ie nettoye
Les Palais sumptueux lambrissez de fin or,
Et les humbles maisons du populaire encor.

Là i'eſtale mes eaux pour ſeruir de breuuage
A quiconque en veut boire, eaux dont le ſeul vſage
Apporte au corps infirme vn vtile ſecours.
Apres en deſcendant ie ſerpente mon cours,
Et chacun ſe fournit en diuerſe maniere
De la commodité qu'apporte ma riuiere,
Soit que mon dos chargé porte en l'air des maiſons,
Soit que la peſanteur d'vn grand nombre de ponts
Sans le preſſer le preſſe, ou bien que ie rempliſſe
La pompe qui m'enleue auec ſon artifice,
Pompe digne vray'ment du courage indompté
De l'Hercule de France, & de la maieſté
Des murs Pariſiens, qui monſtre à qui l'ignore
Et les heures du iour, & la cadence encore
De l'inconſtante Lune, en quel ſigne elle ſort
De ſa couche natale, & en quel elle dort,
Non pour autre ſujet qu'afin que l'homme fuye
L'oyſiueté poltronne, & ſçache que ſa vie
De mon flot vague & prompt imite la roideur,
Et qu'il faut que pour viure il s'adonne au labeur.
  Hors de ces lieux eſtroicts legerement pouſſee,
Ie m'eſtends plus au large, & ma courſe eſlancee
Se dilate & ſe courbe en mille grands ſillons
Deuant les murs ſacrez & les hauts pauillons
Du palais de nos Roys, dont les voutes dorees
Pour leur rare beauté ſont du peuple admirees:
Voutes que ie saluë en toute humilité,
Comme ce qui doit eſtre & craint & reſpecté

De l'Empire Aſien, d'Europe, & de Lybie ;
Là ſont les ſainſts berceaux de la race annoblie
Du Monarque HENRY la merueille des Rois,
Et le ſiege premier de l'Empire François,
De là comme du ciel des tonnerres ſortirent
Qui Rome chef du monde en flammes conuertirent,
De là ſortit iadis maint eſcadron bruyant
Qui fit bleſmir de peur les peuples d'Orient,
C'eſt donc fort à propos que noſtre grand Monarque
Eſtablit ſa demeure en ce lieu de remarque,
Dont il a richement la grandeur augmenté
De maint & maint ouurage excellent en beauté,
Entrepriſes vray'ment qui n'ont point de pareilles,
Et dignes qu'on les place entre les ſept merueilles
Du globe vniuerſel, de qui l'antiquité
Par tant & tant de fois a l'honneur rechanté.
        Mais que diray-ie encor de maint docte Lycee
Dont i'admire la cime hautement exaucee
D'autre part ſur les monts où les neuf brunes ſœurs
Du gentil Apollon reſpandent leurs douceurs ?
Là reuit le Parnaſſe & la gloire ancienne
De la Grecque eloquence & de l'Italienne,
Là ſont les promenoirs & les iardins plaiſans
De la grand' Marguerite ornement de nos ans.
        Si ie voulois nombrer l'excellence des choſes,
Qui ſont fatalement dans ces beaux murs encloſes,
Il faudroit marier le comble des ruiſſeaux
Du ſuperbe Helicon à celuy de mes eaux,
Et mandier encor l'aſſiſtance & la grace

L iij

Des filles de Memoire hostesses de Parnasse.

  Mais pourquoy mettre à prix ces diuers ornemens ?
Pourquoy faire du cas de ces grands bastimens
Que les siecles ialoux en poudre conuertissent?
Qui petit à petit à la fin se moisissent
Et que chaque minute en parcelles disioint?
I'ay d'autres monumens qui ne s'alterent point,
I'ay dans l'enclos des murs qui voisinent mes ondes
Des esprits suffisans pour gouuerner des mondes,
Et dont la vertu rare obscurcit le renom
De tous ceux qui jadis s'acquirent quelque nom.

  Bien que leur doux obiect contente ma pensée,
Bien que d'extreme ioye elle soit eslancée,
Quand ils me sont presens, vn cruel desplaisir
Là vient soudainement en cachettes saisir,
Pour le trop long seiour, & la trop longue absence
De celuy que i'attends auec impatience.

  Les flots Iseriens de mon heur enuieux
Tiennent donc maintenant ce que i'ayme le mieux?
Et riche de ma perte est le mont de Cebenne?
Il a donc ce Heros qui victime sa peine
Soubs les commandemens qu'il a receus du Roy,
Pour rendre à son païs ce qu'il desrobe à soy.
La rigueur de l'hyuer, la vieillesse grisonne,
Bien qu'elle ait du pouuoir d'exempter la personne
Des griffes du trauail, ny la cure des siens,
Ne l'ont peu destourner en ses iours anciens
D'entreprendre cela d'vn incroyable zele,

Pour donner à son Prince, vne preuue fidele
De son obeïssance, & porter franchement
Vne part des fardeaux, & du soin vehement
Que ce grand CHANCELIER, ceste race diuine
De la belle Themis, couue dans sa poitrine.
 On sçait que la Prouence, & les païs qui sont
Autour d'elle rangez panchoient à bas le front,
Descharnez iusqu'à l'os, & que les bonnes villes
Veufues de leurs moyens par les guerres ciuiles,
Sourdement imploroient le secours des bons Dieux,
Quand le sage DVRAN enuoyé des hauts cieux,
S'enuola de mon sein, & tourna ses brisées
Deuers les regions au Leuant opposées,
Iusqu'au païs fecond où le Rhosne empenné
Comme par les saints nœuds d'vn estroit Hymené
Prend, amoureux espoux, la Saone en mariage;
Iusqu'au port Marseillois que l'escumeuse rage
De Neptune blanchit, & iusqu'aux longs destours
Où l'Isere contrainĉte enueloppe son cours.
Soudain mes eaux d'ennuy furent presque taries,
Voire encore i'eus peur que de mes fascheries
Leur source ne s'accreust, & que ma grand douleur
En vn teint obscurcy ne changeast leur couleur.
Car, ô Dieux ! quel heros, quel digne personnage
S'est absenté de moy? quel chantre? quel langage
Chanteroit dignement ses exploits valeureux?
Quelle vigueur se trouue en son cœur genereux,

Malgré les ans chenus ! que son œillade est saine !
Combien ferme est son pas, combien sa bouche est plaine
D'Hybleannes moissons, dont il charme en tout temps
La tristesse & le soin du cœur des escoutans !
Bref tout ce que Nature escharsement concede
En destail aux humains en gros il le possede:
Tout ce qu'elle eut de beau, d'excellent & d'exquis
Luy fut dés le berceau fatalement acquis;
Soit que l'on considere, & la meure doctrine
De son esprit subtil & sa taille diuine:
Quel orage embroüillé, quel orageux broüillard
Ne peut-il dißiper auec son front gaillard?
Quelle horrible tempeste aigrement esleuée
Ne peut-il accoiser à sa prompte arriuée?
Son cœur n'est point touché d'aucun traict de grandeur
Qu'il ne soit adoucy du miel de la pudeur;
Il n'a point de maintien qu'il n'ait la modestie;
L'on n'a point veu iamais soubs la rage abrutie
D'vn courroux boüillonnant estinceller ses yeux,
Pareil à soy tousiours son front est gracieux,
Aucun siel n'est en luy, ce que sa voix commande
S'accompagne tousiours d'vne clemence grande:
Mais combien voit-on luire en luy de pieté?
De quelle affection, de quelle pureté
Sert-il le Tout-puissant? auec combien de zele
Condamne-il l'erreur de la secte nouuelle?

    Et puis l'ayant perdu mon cœur ne seroit poingt
Du traict de la douleur? ie ne changerois point

Mes

Mes eaux en larges pleurs, que plustost le Ciel face
Durcir mon flot en pierre, ou qu'il se change en glace:
Plustost mon sein courbé refuse les aaisseaux,
Que plustost pour loyer d'auoir passé mes eaux
Le triste bastelier ne prenne le naulage,
Que plustost le marchand n'y face aucun voyage,
Que plustost les Corbeaux des arbres desnichez
Viennent chercher pasture en mes sablons seichez.

 C'est ainsi que la Seine animoit sa complainte,
Quand la pucelle Iris de mille couleurs peinte
Quitta le grand Olympe, & luy vint dire ainsi:
Cessez, mere, cessez d'auoir tant de soucy,
L'obiect de qui l'amour engendre ses vacarmes,
Et que vous appellez auec ses chaudes larmes,
Doit bien tost retourner: poursuiuez seulement
Vostre cours ordinaire, & si temperément
Qu'au desbord de ses eaux la terre ne s'estonne,
Et qu'il n'emporte point l'esperance d'Automne.
Auec le chœur gentil des Nayades vos sœurs,
De vostre bal quitté reprenez les douceurs,
Et puis que le gazoüil de vostre onde argentee
Rend de l'homme endormy la tristesse enchantee.
Deesse aux pieds d'azur, noyez-y vostre dueil,
Ou bien l'ensorcelez des charmes du sommeil.

M

SVR LE TRESPAS
DV MESME.

Du Latin du mesme Autheur.

LES Nymphes de la Seine auoient ietté n'agueres
Pour leur DVRAN absent mille plaintes ameres,
Et leur mere qui souffre vne mesme douleur
Regretteroit encore vn si triste malheur,
N'estoit qu'Iris fit bruire vne fausse nouuelle
Du retour esperé de celuy qu'elle appelle.
Bien qu'elle fust contente en escoutant sa voix,
Vn tel bien ne fut pas si puissant toutesfois
Qu'il peust chasser l'angoisse en ses veines conceuë.
Si contre vne Deesse vne plainte est receuë,
J'ay sujet de me plaindre, & d'ailleurs mes ennuis,
Me forcent d'enfanter en la peine où ie suis
Tout ce que l'ire apporte à la main allarmee,
Bref tout ce qu'vne Adraste en sa haine allumee
Fait iustement vomir contre le firmament:
Iris, meschante Iris, tu merites vray'ment
Pour tes menteurs rapports de perdre l'honneur rare
Des gentilles couleurs dont ton corps se bigarre:
Puis qu'vn si grand mensonge a peu se conceuoir
Dans ton cœur imposteur, eschanges-les en noir.

Et toy (chere Deeſſe) ô Seine, que la preſſe
Des pleurs & des regrets importune ſans ceſſe;
Nul iour ſans tes ſouſpirs ne pourra s'eſcouler,
On te verra, dolente, à tous coups appeller
Ce genereux DVRAN, dont le ſort te rend veuſue,
DVRAN qui moderoit la courſe de ton fleuue.
Les ſources de tes eaux bruiront inceſſamment
Vn nom ſi venerable, & tes bords meſmement
Qu'vn flot continuel humidement arroſe
Ne feront murmurer ſur la vague autre choſe.
    Si le palus ſacré le Styx le gardien
Des ſermens des grands Dieux autrefois pouuoit bien
Rendre immortels ceux là qui dans ſes ondes furent,
Teſmoin le grand Achil' de qui les membres peurent
Eſtre exempts de bleſſeure, excepté ſeulement
Le talon où la main fit ſon attouchement:
A plus forte raiſon la Seine qui ſurpaſſe
Le Styx en dignité, doit auoir ceſte grace,
Tant pour ſauuer les corps des griffes du tombeau,
Que pour leur redonner le ſolaire flambeau.
    Celuy (belle Nayade) à qui tes larmes tendent,
Pour qui tant de ſanglots en ton ame s'entendent,
Et pour l'amour duquel en l'abſence tu fis
Sourcer autant de pleurs, que feroit pour ſon fils
Banny de ſa patrie, vne dolente mere,
Celuy-là viura (dis-ie) autant que ta riuiere
Prodiguera ſes eaux au gouſt des alterez,
Autant que par des lieux tortu'ment eſgarez

Tes flots se feront place, durant que par les prées,
Du firmament luiront les estoiles pourprées,
Et cependant aussi que la blonde Cerés
Iaunira de ses bleds nos fertiles guerets,
Et fera plus de grace aux bien-heureuses plaines
Du climat de Paris qu'aux Libyques areines.

    Mais ie voudrois sçauoir que deuiennent les pleurs
Que la Seine faict naistre au fort de ses douleurs?
La terre les recueille, & nourriee, les pose
En ses flancs chaleureux, puis les metamorphose
En immortelle fleur, de qui la rareté
N'a point de parangon soubs le globe voûté,
Ny celle où se peut lire encor le charactere
Du nom des Roys deffuncts d'vne mort volontaire,
Ny celle au teint de pourpre où les funestes cris
D'Hyacinthe nauré sont rougement escrits,
Ny celle qui rougit de la couleur pourprine
Du sang du bel Adon, le mignon de Cyprine.

    Si la belle Venus, si Phebus au crin d'or
Ont faict des changemens, si Proserpine encor
Fit des corps feminins des odoreuses menthes,
Pourquoy, Seine, pourquoy tes larmes vehementes
Ne feront-elles naistre autant de belles fleurs?
Les filles du Soleil, les Heliades sœurs,
Larmoyerent de mesme au tombeau de leur frere
Tellement, que l'humeur eut puissance de faire
L'ambre iaune doré, dont l'arbre s'apperçoit
Dans le sein paternel du Pau qui le reçoit.

Assez par ces regrets, & par ces pleurs diuerses,
Que de toutes les parts iournellement tu verses
On a peu remarquer tes iustes passions ;
Apres des si gnes tels de tes afflictions,
La terre que tes yeux ont tant de fois mouillée
D'vn accoustrement verd se voit or' habillée,
Et tous les champs voisins de ton bord argenté
Se pompent d'vne fleur de si grande beauté
Qu'elle passe la neige en sa blanche merueille.
Mais Dieux! quelle fleur est-ce? En quel lieu sa pareille
Se peut-elle trouuer? Iamais les vents peruers
Ne l'abandonneront à la mercy des airs :
Iamais la froide horreur de la Brume cruelle
Ne la fera mourir : sa racine immortelle
Demeurera tousiours : les nuisantes humeurs,
Ny la vieillesse encore aduersaire des fleurs
Ne l'estonneront point : elle est de mort exempte,
Et c'est dont elle a pris le nom de l'amarante.
Mais il faut desormais la baptiser du nom
Du vertueux DVRAN, parce que son renom
Doit à iamais durer, & qu'elle doit produire
Des honneurs immortels qu'on ne pourra destruire.
Cependant qu'il iouyt au celeste pourpris
Du familier acceZ des bien-heureux esprits,
Et que sa chere cendre au sepulchre inhumée
Respand le flair exquis de ceste fleur aimée,
Cependant qu'il accroist le nombre des Esleus,
Et que, faict nouuel astre, il en augmente plus

Miij

Le nombre estincelant aux voutes Olympiques,
Du sombre monument qui voile ces reliques
Naist vn ieune Printemps qui ne faudra iamais:
La violette en sort, les hyacinthes gais
Y sement leurs parfums, les beaux lys & les roses
Les souëfues odeurs qu'elles tiennent encloses :
Mais ceste belle fleur, que le penible cours
Des larmes de la Seine arrouse tous les iours,
A sur toutes le prix, fleur que la Seine enfante
Pour son cher nourrisson, afin qu'elle fomente
Mille bonnes senteurs, qui parmy les esprits,
Et deuant l'œil humain eternisent leur prix,
Et facent retentir par la terre habitable
L'esprit gentil, les mœurs, & le geste accostable
De son aimé DVRAN, de sorte que les faicts
Du corps enseuely ne perissent iamais.
   Ah miserable Isere ! Isere plus horrible :
Que les flots sans pitié de l'Acheron terrible,
As-tu bien eu le cœur de voir mourir celuy
Qui fut ton ornement, sans larmoyer pour luy?
Les rochers que tu bats, quand ta course indomptable
Effroye leurs sommets d'vn bruit espouuentable,
Seroient moins durs que toy, si la compassion
Ne frapoit ton esprit de vraye affliction,
Et si tes yeux n'ouuroient à leurs fleuues la porte
Pour tesmoigner le dueil que DVRAN mort t'apporte.
   O Rosne, ô pere vieux, retiens vn peu le train
De tes rapides flots sous ton humide frain,

Or' que tu feras voile aux mers de la tristesse,
Et que tu gemiras ta deffuncte allegresse,
Ton DVRAN offusqué d'vne eternelle nuit,
Qui fut quand il viuoit ton plus rare deduit,
Et pour l'amour duquel sur le bord de tes ondes
Tu conduisois le bal de tes chastes Nauondes.

    Vous, seigneurs Dauphinois, & vous peuples marris,
Rendez l'honneur funebre à ces os fauoris,
La pieté l'ordonne, & d'ailleurs son merite,
Sa bonté souueraine, & sa vertu d'eslite
Vous semblent requerir le plus digne loyer
Dont vne alme vertu se doit salarier.

    Il vous a consacré les extremes reliques
De sa blanche vieillesse, & (les gages vniques
De son pudique Hymen en arriere laissez)
Auec sa chere espouse il vint en vos citez.

    Si des bien-faicts receus il faut auoir memoire,
Si le soin vous remord de luy rendre la gloire
Des offices derniers, & si par le trespas
Le souuenir humain ne se cancelle pas,
Sus, peuples, qu'on luy dresse vne tombe immortelle,
Et qu'on y graue apres vne epitaphe telle.

    DVRAN, loin de la Seine, est icy mort, cessez,
Femme, & enfans, vos pleurs, car ses vertus suruiuent:
Son esprit est au ciel, les chemins sont tracez
Egalement, par tout les hommes y arriuent.

L'OLIVIER.

A NICOLAS OLIVIER, SECRETAIRE
DE LA CHAMBRE DV ROY.

FEROIS-IE pas iniure à mon enthousiâme,
Ne rougirois-ie pas de reproche, & de blâme,
Si ie ne baptifois de ton nom glorieux
(OLIVIER ame noble, efprit laborieux)
Ceft Oliuier facré, cefte racine exquife,
Puis qu'au nom d'OLIVIER l'Oliuier fympathife?
Et puis que ton merite à nul autre fecond
S'accorde auec celuy d'vn arbre fi fecond?
Ny plus ny moins le fien que le tien me figure
La bonté, la richeffe, & l'heur d'vn bon augure:
Minerue a de vous deux la garde & le foucy:
La Deeffe vous ayme, & vous l'aymez auffi:
Tous deux vous eftes nez d'vne effence diuine.
Pourquoy tairois-ie donc voftre fainéte origine?

Auparauant qu'Athene & fes murs glorieux
S'orgueilliffent le front du nom victorieux
De Minerue aux yeux verds, leur Deeffe immortelle,
Auant que cefte vierge en eut pris la tutelle,

Quand

Quand ils auoient encor'le nom Cecropien,
L'Attique, l'Ionique, & le Mopſopien:
Soit que l'ambition, ou ſoit que la fortune
Les y pouſſaſt alors, Pallas auec Neptune
Aborderent la ville, & dans vn meſme lieu
S'allerent heberger la Deeſſe & le Dieu.

　　L'vn du profond manoir des humides campagnes
Auoit quitté les Dieux, & ſes Nymphes compagnes,
Trainé par les cheuaux, qui d'vn ordre egalé
Coupent les flots d'argent de l'empire ſalé,
Quand ſous le frain moiteux il range leur carriere,
Et quand, bouffy d'orgueil, & d'arrogance fiere,
Il fend de ſon trident le chryſtal azurin:
Tel fut l'arroy pompeux de ce Prince marin.

　　L'autre qui ioint aux arts la bellique vaillance,
Arme ſon bras nerueux du long bois d'vne lance,
Et ſe timbroit le front d'vn menaçant armet,
Dont les flots d'vn pannache offuſquent le ſommet.
Autour de ſa poictrine eſt la peau d'Amalthee,
Que le grand Jupiter maintefois a portee
En forme de cuiraſſe, & qu'elle porte auſſi
Quand la fureur de Mars luy ride le ſourcy.
Du front Gorgonien la ſerpentine treſſe
Heriſſe le bouclier de la ſaincte Deeſſe,
Non moins terrible à voir que nuiſible à toucher,
Qui transforme le corps de l'homme en vn rocher:
Auſſi toſt que ſa face en colere allumee
Contre ſes ennemis ſe rend enuenimee.

N

Sur le port Iönique au lieu plus eminent
Elle trouve Neptun le frere du Tonnant,
L'embraſſe, le careſſe, & la guerriere fille
L'inuite au promenoir d'vne ſi belle ville:
Luy qui veut ſatisfaire à ſa diuinité
Se range à ſon deſir, & fait ſa volonté:
Qui d'vn coſté, qui d'autre ils admirent à l'heure
La beauté de ſon port, & l'air de ſa demeure;
Ils contemplent ſes murs, ſes remparts orgueilleux,
Ses riches baſtimens, ſes temples ſourcilleux,
Le nombre de ſon peuple, & les ſages polices
Qui la font abonder en cent mille delices.
Cependant la Diſcorde au cœur ambitieux,
Comme entre les humains ſe gliſſe entre les Dieux
Et ſeme, querelleuſe, entre l'Eesbranle-terre,
Et la Nymphe guerriere vne immortelle guerre:
» *Maudite Ambition, faut il que les amis*
» *Soüillez de ton venin deuiennent ennemis?*
» *Et qu'vne faim d'honneur, qu'vne ialouſe enuie*
» *Trauerſe le repos, & le bien de leur vie?*
Ia l'humide Neptune, & la docte Pallas
A l'entour de la ville auoient pris leur ſoulas,
Quand vn nouueau deſir tous deux les eſpoinçonne
De la qualifier du nom de leur perſonne.
Si d'vn coſté Nepuun luy veut donner ſon nom,
D'autre coſté Minerue aſpire à ce renom:
L'vn dit qu'elle eſt à ſoy, l'autre dit qu'elle eſt ſienne,
Neptunide vn la nomme, & l'autre Athenienne,

Moy (ce diſoit Neptun) qui Prince de la mer
Fais ſous le frain du vent les vagues eſcumer,
Qui, frere de Iupin, gouuerne l'heritage
Des Royaumes ſaleʒ qui m'eſcheut en partage,
Qui fais trembler de crainte & la terre & les cieux,
Au ſeul bruit eſleué des flots audatieux,
Moy l'effroy des Tritons, l'implacable Neptune,
Cederay-ie au babil d'vne fille importune?
Pluſtoſt l'acier flambant de mon trident moiteux
Soit le triſte ioüet de l'orage impiteux:
Pluſtoſt puiſſe ie voir à l'abbord d'vne roche
En cent mille morceaux eſcarteler mon coche,
Et pluſtoſt mes dauphins, mes roides limonniers
Tombent à la mercy des Orques mariniers.

   Encor ſi Iupiter me diſputoit la place,
Ou Phebus au crin d'or, ou le Prince de Thrace,
Ou le venteux Eole, ou le Cyllenien,
Ou mon frere puiſné l'enfant Saturnien,
Ou ce Demogorgon affreux & redoutable:
Ie trouuerois mon ire, & mon dueil ſupportable:
„ Car plus noſtre aduerſaire eſt comblé de valeur:
„ Et plus en le domptant nous acquerons d'honneur.
Ny ta pique freſniere, & cet armet terrible,
Ny l'oyſeau malheureux dont ton caſque s'horrible,
Ny ceſte Egide encor, ny ce chef Gorgontin,
Son œillade empierrante, & ſon poil ſerpentin,
Ne m'empeſcheront point, fille Tritonienne,
Que, malgré ton effort, la ville ne ſoit mienne.

Ainſi le Dieu parloit, & Minerue ſoudain
Luy replique en la ſorte, auec meſme deſdain:
  C'eſt ton propre, Neptun, que d'ouurir les abyſmes,
De ſubmerger la terre auec tes cataclifmes,
De tempeſter les flots, de fendre les rochers,
De fracaſſer les pins, d'effroyer les nochers,
De crouler ce grand Tout, d'eſmouuoir les orages,
Les bourraſques des vents & les ſombres naufrages:
Mais ce n'eſt pas à toy, comme à nos Deïtez,
De gouuerner le peuple, & nommer les citeZ:
C'eſt à faire à Pallas, qui, ſans mere conceüe,
Eſt du chef de ſon pere en guerroyant yſſuë,
A la braue Pallas, qui dés l'aage enfantin
(Augure belliqueux) meſpriſa le tetin:
Qui terraſa l'orgueil du monſtrueux Pallade,
Qui des grands ſerpens-pieds renuerſa l'eſcalade,
Qui tua la Phorcide, & non contente encor
En cheueux couleuurins changa ſa treſſe d'or,
Qui ſe vengea d'Arachne, & d'Aiax Oïlee
Qui dans ſon temple auoit Caſſandre violee.
  Oſeroit bien Neptune au bruit de tant d'exploits
Brauer mon entrepriſe, & me faire des loix?
Vn corſaire, vn pirate eneruë de pareſſe
Braueroit donc la force, & la meſme ſageſſe?
Et toy, belle cité, permettroient bien les cieux
Que tu priſſes ton nom de ce Dieu vicieux?
  Tantoſt pour deceüoir l'innocente Eolide
Il ſe transforme en veau, tantoſt pour l'Aloïde

Il prend l'habit d'vn fleuue ; or il est recognu,
Dans le sein de Bisalpe auec vn front cornu :
Or pour rauir Meduse, & la blonde Eleusine,
Il emprunte deux fois la forme cheualine ;
Et dans sa maison propre il se desguise, afin
De violer Melanthe, en amoureux dauphin.

    Ce n'est que pour rauir tes beautez virginales,
Que pour adulterer tes couches nuptiales,
Et prophaner de stupre, & d'inceste odieux
Les temples, les autels & les plus dignes lieux,
Qu'il te veut dominer, qu'il t'offre sa tutelle,
Tant ce boüillant desir le presse, & le martelle.

    Quand bien il aduiendroit que les cieux ennemis
(Ce qui n'aduienne pas) l'eussent ainsi permis,
Comment souffrirois-tu qu'vn magasin de vices
Te voulust imposer des loix, & des polices ?
Dequoy te seruiroit vn banny de nos cieux
Que d'vn espouuantail au front prodigieux ?
Luy qui pour l'auarice, & pour le gain seruile
Daigna bastir les murs de la Troyenne ville,
Qui deuenu maçon (miserable mestier)
Estoit soüillé de chaux, & fangeux de mortier,
Et qui, bossu de reins, pour tailler vne pierre
Empoignoit le marteau, le compas, & l'esquierre,
T'enseigneroit le vice en lieu de la vertu ;
C'est le plus beau manteau dont il est reuestu.

    Mais si le ciel permet (comme il est necessaire)
Que ie sois de ton mur la Roine tutelaire,

Ie te iure le fleuue irreuocable aux Dieux,
Que tu resplendiras tousiours de bien en mieux,
Et verras sous mon glaiue, instrument de iustice,
Tomber en desarroy les partisans du vice.
Quel meschef te pourroit abbaisser le sourcy,
Quand la mere des arts a de toy le soucy?
Qui pourroit t'assaillir d'vne guerre cruelle,
Quand la mere des preux t'a Mise en sa tutelle?
Ny les Rois de la terre en bataille assemblez,
Ny tous leurs appareils coup sur coup redoublez,
Ny toutes les fureurs qui forcenent sous terre,
Non pas mesme ce Dieu qui darde le tonnerre,
Ne pourront t'effroyer: Mon bras victorieux
Surmonte l'vniuers, les enfers, & les cieux.

    Que sert donc à Neptun, de qui l'ame est saisie
D'vn si puissant demon, qu'il entre en frenaisie,
D'estre ialoux du bien qui m'est iustement deu?
Change de volonté, ce n'est que temps perdu
(Bel Empereur des eaux) de quereller Minerue,
Le nom de la cité pour elle se reserue.

    A ces propos Neptune embrazé de courroux
(Si le pauois d'acier n'eust rabattu ses coups,
Et si les Dieux auoient du sang dedans les veines,)
Eust du bras de la vierge espuisé les fontaines.

    Comme on voit maintes-fois sur les prez verdissans
Deux taureaux amoureux esgalement puissans
S'acharner au combat, & de corne, & de teste
A fin de triompher du bien de leur conqueste:

Ainſi la Iouienne, & le Saturnien
Diſputoient pour le nom du mur Athenien.

   Tout l'vniuers s'eſtonne, & tremble à ce vacarme,
Dindymene eſt en crainte, Amphitrite en allarme,
Et meſme Iupiter, & tous les autres Dieux,
Pour les remettre en paix eſt accouru des cieux.

   Ce fut lors que Neptune eſleua ſon courage:
Voyons qui de nous deux eſt puiſſant d'auantage,
(Diſoit-il à Minerue) & qu'il ſoit arreſté,
Que le plus fort de nous ſurnomme la cité.

   Cela pleut à Minerue, & Iupin venerable
Monſtra par vn clin d'œil qu'il l'auoit aggreable,
Et tous les habitans du celeſte pourpris
Dirent que le plus fort emporteroit le prix.

   Là Neptune, & Minerue à l'enuy poingts de gloire
Cherchent par tous moyens d'obtenir la victoire,
Comme deux Paladins encouragez d'amour,
Qui parmy les tournois s'eſpreuuent tour à tour,
Et font de leur valeur flamber les eſtincelles
Pour gaigner l'amitié des ieunes damoiſelles:
Ainſi pour baptiſer l'Ionique cité
Font-ils preuue à qui mieux de leur dexterité.

   Neptun qui met en ieu ſes grandeurs ſouueraines,
Tend ſes muſcles, ſes nerfs, ſes arteres, ſes veines,
Vomit de ſa poitrine vn Montgibel ardant,
Auance vne deſmarche, & branſle ſon trident
Fourchu d'vn triple açier, que ſon ire deſcoche
Sur le marbre endurcy d'vne aimantine roche,

Le feu fort de la pierre, ainſi que d'vn fer chaut
Que le marteau de Bronte à menus bonds aſſaut;
Maint caillou qui s'eſclatte en poudre l'enuironne,
La plaine fait vn bruit, le riuage reſonne,
Et du coup merueilleux du marin Empereur
Naiſt vn cheual ſuperbe effroyable d'horreur,
Il eſt tout blanchiſſant d'vne eſcumé ſueuſe,
Il imprime du pied l'arene tortueuſe,
Vne flamme roulante eſchauffe ſes naſeaux;
Son fier banniſſement eſpouuante les eaux,
Il auance, il retire, or' l'vne, or' l'autre oreille,
Les Dieux ſont esbahis de voir telle merueille.
Amphitrite l'admire, & Glauque à demy corps
Accourt pour l'admirer des plus eſtranges bords
Auec mille Tritons, qui ſur les eaux ſalees
Embouchent à qui mieux leurs conques emperlees.
Bien que vieil & chenu, l'Ocean inconſtant
Qui va deux fois le iour flottant, & reflottant
S'en reſioüit encor, & les grandes Baleines
Qui tournoyent ſon char par les humides plaines,
Et le vieillard Prothee au gré de ſes Dauphins
En portent la nouuelle aux barbares confins.
 Vne ſeule Minerue en ſi grande aſſemblee
Regarde le cheual d'vne œillade troublée;
O la belle merueille ! ô le gentil ouurier!
(Diſoit-elle à Neptune) ô le vaillant guerrier!
Luy dois-ie pas ceder les palmes de la guerre,
Puis qu'il la fait ſortir du centre de la terre?
                                        Ha!

Ha!vrayement il merite:vn chef-d'œuure si beau
Ne doit iamais souffrir l'iniure du tombeau.

    Le cheual de Neptune,altiere creature,
Presagit les mal-heurs d'vne guerre future:
L'Oliuier de Minerue au beau fueillage espais
Augure le bon-heur d'vne future paix:
Si donc plus qu'vne guerre vne paix nous agree,
Q'uon prefere au cheual ceste branche sacrée.
Aussi tost la Deesse auec l'acier pointu
De sa pique d'airain nompareille en vertu
Deslache vn coup bruyant sur la campagne enceinte
D'où sort vn Oliuier à la perruque sainte.
C'est icy l'Oliuier (dit-elle aux immortels)
Que ie veux arborer au pied de mes autels,
Le paisible Oliuier,auteur de la concorde,
Qui rameine la paix & chasse la discorde,
De qui les verds rameaux paslement ombrageux
Seruiront de couronne aux Olympiques ieux;
Et qui,malgré Neptun,son orgueil & sa gloire
Me feront maintenant emporter la victoire,
Apres que vous aureZ (ce disoit-elle aux Dieux)
Iustement confessé mon bras victorieux,
Et cogneu les vertus, & les bontez certaines
Qui doiuent prouenir de l'Oliuier d'Athenes:
Arbre sainct & sacré,dont iamais le soleil
Tournoyant ce grand tout n'aduisa le pareil.

    De son nom venerable à la saison future
Doit naistre vn OLIVIER de gentille nature,

Caresſé des neuf Sœurs, & le plus fauory
De mon Nume celeſte au ſiecle de HENRY,
Qui, preferant au ſien le bien de ſa patrie,
La rendra plus auguſte auec ſon induſtrie.

    Soit qu'vne malueillance, où qu'vn aſtre malin
Menacent de peril la veſue, & l'orphelin,
Ou ſoit que l'Innocence, & les Vertus contraintes
Du ſiecle tyrannique eſprouuent les atteintes,
Il ſera l'vn de ceux qui d'vn loüable effort
Eſpouſeront leur droict & vengeront leur tort.
Phœbus ſera touſiours ſa plus chere penſee,
La verité doit eſtre en ſes leures placee,
Mercure en ſon eſprit eſlira ſon autel,
Et mille autres vertus le rendront immortel,

    Or, s'il veut imiter les œuures de nature,
Il charmera nos yeux des traicts de ſa peinture:
Ores fait Geometre, eſmeu de plus grands ſoins,
On luy verra tracer, angles, lignes, & poincts:
Or' d'vn vol plus ſuperbe il ſçaura la pratique
De tous les elemens de la Mathematique.

    Ainſi diſoit Minerue, & les Dieux enchantez
De voir ſur l'Oliuier tant de rares beautez,
Iugent, malgré Neptun, que la victoire eſt ſienne,
Et qu'elle doit nommer la ville Athenienne.
L'autre s'en meſcontente, & d'vn front courroucé
Promet de ſe venger de l'arreſt prononcé,
Prend le Ciel à teſmoin de ceſte oſenſe, & iure
Qu'il ne ſouffrira point vne ſi grande iniure.

Vn defefpoir l'agite, vn creue-cœur amer,
Le iette à la mercy des vagues de la mer:
Le flot bouillonne autour, il va fous l'eau profonde,
Sa cheute fait vn bruit, la cauerne en redonde.
    Or moy de qui la Mufe agite les efprits,
De ce digne Oliuier ie veux chanter le prix,
Tant pour ce que Pallas ma plus chere Deeffe
Oeillada mes labeurs dés leur tendre ieuneffe,
Tant pource que i'honore à bon droiƈt le renom
D'vn fauory des cieux qui le porte en fon nom,
Que pour eftre fortis d'vne mefme lignee,
Dont toufiours la vertu fe treuue accompagnee.
    Il alimente l'homme, il luy donne clarté,
Le nauré le recherche en fon aduerfité,
D'vne mafle vigueur la courageufe Athlete
En oinƈt fon corps robufte aux luittes de Taygette:
Il profite à chacun, mefmes les animaux
Tirent par fa vertu guarifon de leurs maux,
Et qui mefle fa lie auec le plaftre, il chaffe
Des murs de fon logis la vermine, & la craffe.
Quand les dents nous font mal, il chaffe leurs douleurs:
Il guarit de la lepre, il arrefte les fleurs,
Il faiƈt fortir l'enfant du ventre de la mere,
Il amoindrit la goutte en fa rigueur amere,
Retient le flux de fang, diffipe les charbons,
Les vlceres chancreux, les entrax, les bubons,
Guarit la furdité, confolide les playes,
Les puftules des yeux, les mailles, & les tayes:

O ij

Il reſoult l'apoſtume , & tel autre meſchef,
Quand la peau ſe diuiſe il la reioint au chef,
Eſteint le feu volage, excite les vrines,
Et contre le catharre il ſert aux medecines.
Il aime vn air ſalubre, vn ſpacieux endroit,
Vn climat temperé, ny trop chaud, ny trop froid,
Vne campagne à l'erte du Soleil expoſée
Vis à vis d'Occident, il ſe paiſt de roſee.

    Quand il deuient ſterile & ne peut enfanter,
Il luy faut au Soleil ſes racines gratter,
Et pour eſtre fecond & d'vtile nature,
Il faut qu'il ſoit planté d'vne main chaſté & pure.

    Sa fueille eſpaiſſe eſt graſſe en ſa complexion,
Et l'on guette , & pointuë en ſa proportion,
Verte par le deſſus, par deſſous blanchiſſante,
Elle eſt d'vn gouſt amer, ſoüefue, & floriſſante,
Elle eſt au mois du Cancre, & ſa gentille fleur
A celle de la vigne eſt pareille en couleur.

    Son bois incorruptible eſt marqué d'vne veine,
Maſſif & moüelleux, ſa gomme eſt ſoüueraine,
Sa racine eſt amere, & ſes rameaux nombreux:
Tant plus ſon fruit eſt noir, plus il eſt ſauoureux,
Et tant plus il eſt meur, & plus il reconforte,
Et d'huilleuſe liqueur d'auantage il raporte.

    L'Oliuier, & le cheſne, odieux ennemis,
S'entre-donnent la mort, l'vn prés de l'autre mis.
L'vn arbre militaire, & l'autre pacifique,
Different en humeur, comme en hieroglyphique.

Sous le mesme Oliuier aux verdoyans rameaux
Latone mit au iour les Deliens gemeaux:
Les Dieux, & les autels ont l'arbre en telle estime,
Qu'ils ne l'embrasent point au feu de leur victime.

    Mais quoy?ie seme en l'onde & bastis dans les airs
De le vouloir guinder sur l'aile de mes vers;
Si ie voulois atteindre à sa loüange entiere,
Le temps me defaudroit plustost que la matiere.

    Muse, taisons-nous donc, aussi bien les ennuis
Qui m'annoncent la guerre en la peine où ie suis,
Et tiennent sous leur ioug mon ame assubiettie
Auec cest Oliuier n'ont point de sympathie.

    Sur la riue du Tybre, en l'auril de mes ans,
A l'abry de ta plante aux ombrages plaisans
I'accordois, OLIVIER, ta loüange sacrée,
Pour charmer quelque peu la rigueur desastrée
De mon lointain exil: c'est le fruit auorté
Que la muse conceut de ma calamité,
Qui pour feindre & cacher le defaut de son pere
Recherche en ta vertu la grace qu'il espere:
Ouures-luy donc la porte, il se veut heberger,
Ne le refuse point, bien qu'il soit estranger:
Donne luy quelque rang parmy tes antiquailles,
Entre les beaux tableaux & les riches medailles
Qui de ton cabinet honnorent le pourpris:
Fais en pareille estime, il n'est de moindre prix:
Mais plus fort que l'airain, que le marbre, & le cuiure
Apres mille & mille ans il te peut faire viure.

A EDMOND RICHER
GRAND MAISTRE
DV CARDINAL.

***

RICHER qui fers de guide aux Muses de
   Parnaſſe,
  Pardonne à mon audace,
 Entends mon humble archet, qui n'aſpire ſinon
  Qu'à celebrer ton nom.
Quelque heureux Lycophron qu'vn feu plus ſainct enflammę
  Euſt fait ton Anagramme,
Si de ton nom, RICHER, la riche alluſion
  N'oſtoit l'occaſion.
Pourroit-il rencontrer en l'Anagrammatique
  Vn rencontre myſtique
Plus heureux, plus celebre, & plus digne à toucher
  Que le nom de RICHER.
RICHER, riche vrayement, non pas de la richeſſe
  Que l'inſenſé careſſe;
Non pas des freſles biens, dont maints ſont reueſtus,
  Mais riche des vertus.

Riche d'vne conſtance à nulle autre ſeconde,
    En ſageſſe, en faconde:
En clemence, en iuſtice, en prudence, en conſeil
    A nul autre pareil.
Tout brillant du fin or, tout plein des pierreries
    Des Charites cheries:
Tout chargé des lauriers, tout confit aux douceurs
    Des Pimpleïdes ſœurs,
Riche, non d'vn Pactole, ainçois d'vne Amphitrite
    De paroles d'eſlite:
Xenophon Muſe Attique, & le Vate ſans yeux
    Ont-ils ſceu dire mieux?
Que l'orage de Mars, que la fureur de l'onde
    S'eſpande vagabonde;
Que Fortune ſe change, & meſme Iupiter
    Face l'air eſclatter.
RICHER les beaux threſors que tes Muſes poſſedent
    Ceux de la terre excedent,
Ils ne ſont point ſubiects au changement des ans,
    Ny des aſtres nuiſans.
L'eternelle bonté leur donne priuilege
    Sur la mort ſacrilege,
Quand vn effect contraire en leur train ſe verra,
    Le monde perira.
L'vniuers embroüillé changera ſa concorde
    En la vieille diſcorde;
Les bourgeois eſcaillez s'enfuiront de la mer,
    Et doux ſera l'amer.

Ce-pendant que la ville où deſormais nous ſommes
    Sera puiſſante d'hommes,
Et tandis que la Seine ira la mer chercher,
    Tu viuras, ô RICHER.
Ce-pendant la richeſſe, & les monceaux de pierre
    Des Princes de la terre
Iront en decadence, & ſeront tapiſſez
    De chardons heriſſez.
J'ay (quand i'eſtois à Rome) ainſi veu deſolees
    Les maiſons ſignalees,
L'Amphitheatre à bas, & les vieux Colyſez
    Deſmolis, & briſez.
Où voit-on maintenant Epheſe, & les Oracles?
    Où ſont les ſept miracles?
Où ſont les grands palais des Auguſtes Ceſars,
    Les Cirques, & les Arcs?
Les pauillons dorez de ce grand Alexandre
    Ne ſont-ils pas en cendre?
Et les maiſons de Cyre, ouurage de Memnon,
    Ont-elles quelque nom?
Qu'eſt encor deuenu le Cretois Labyrinthe?
    Les vaiſſeaux de Corinthe?
Et l'horrible Coloſſe Jdole Tarentin?
    Et ce mur Biſantin?
Ton Getulide temple, ô Iupin l'ance-foudre,
    Fut-il pas mis en poudre?
Et ceux de ta Iunon ne furent pas exempts
    De la rigueur des ans.

Pourquoy

Pourquoy donc, aueugleᶻ, preneᶻ vous tant de peines
  Pour ces richeſſes vaines?
Aux parfaicts biens de l'ame addonneᶻ vos eſprits,
  Ils ſont de plus grand prix.
Comme Eſons immortels, quand leurs iours s'enuieilliſſent
  Leurs forces raieuniſſent:
Et, pareils à Bacchus, alors qu'ils ſont plus vieux,
  Plus ils ſont precieux.
Ny le traict foudroyant des vengeances diuines,
  Les ondeuſes rauines,
Saturne, Mars, Bellonne, & l'horrible canon
  N'offuſquent point leur nom.
Les ieux du Carthageois, de Plaute, & de Neuie
  Sont encor pleins de vie,
Cleanthe, & qui ſes biens noya dedans les flots,
  Sont encor pleins de los.
Encore eſtimons-nous, & le Meleſigene,
  Et le bon Diogene,
Les biens de leur eſprit ſont à l'eternité,
  Malgré leur pauureté.
Bien-heureuſe richeſſe, ô threſor perdurable,
  Et ſainct, & venerable,
C'eſt par toy qu'Epictete, Ariſtide, & Zenon
  Flamboyent de renom.
Par toy les treſpaſſeᶻ viuent encore au monde,
  Par toy le pauure abonde,
L'infirme eſt rendu ſain, & quand l'homme eſt abſent
  Il eſt apparoiſſant.

        P

De ton plus doux Nectar eſchauffes ma poitrine,
  O richeſſe diuine,
Affranchis mon eſprit d'adorer les autels
  Des petits Dieux mortels;
Que, ſecond Ariſtipe, aux biens ie ne m'amuſe
  Des Roys de Syracuſe;
Combien ce chien Royal a-il, meſme auiourd'huy,
  De flatteurs comme luy.
Pluſtoſt ſois-ie esbranlé du choc d'vne furie,
  Que de ſa flatterie,
Si i'en eſtois ſoüillé, plairois-ie à mon RICHER
  Dont le nom m'eſt ſi cher?
Cruelle, arriere donc, le tourment de Siſyphe
  Eſt plus doux que ta griffe;
Et plus doux mille'fois le funeſte corbeau
  Citoyen du tombeau.
La chair viue te paiſt, luy moins fier de nature
  Des morts faict ſa paſture:
Va, ce n'eſt point icy qu'on obſerue tes loix,
  C'eſt à la Cour des Rois.
Ce-pendant, chaſtes ſœurs, Caſtalienne troupe,
  Quittons la double croupe,
Et courons ſaluer RICHER noſtre fanal
  Dedans ſon Cardinal.

A NICOLAS PARIS

RECTEVR DE L'VNIVERSITE

DE PARIS.

PARIS, qui prends tón nom de la grande cité,
PARIS, digne RECTEVR de l'Vniuersité
De ce mesme Paris, que le Troyen Scamandre
Baptisa du beau nom de Paris Alexandre;
Or' que le blond Soleil renouuelle son cours
Ma lyre en ta faueur anime ce discours.
Puisse-ie au parangon de ce grand œil du monde,
Comme il croist son ardeur croistre aussi ma faconde;
Afin qu'en l'Ocean de ta perfection
Singlé du vent poupier de mon affection,
Et guidé seurement par ta gemelle flamme
En plus digne appareil ie conduise ma rame.
  Ce-pendant que ma force auec l'aage croistra
La blancheur de mon zele en mon vers paroistra:
S'il est vray que les vœux surpassent la victime
Tu feras du vouloir, plus que de l'offre estime;

Ainsi pleurent iadis à Iupiter Ammon
Les chappelets fleuris de Baucé & Philemon :
Ainsi fut d'Hermion la farine esgalee
A la riche Hecatombe à Phebus immolee.

　　Ceux que Fortune aueugle aueugle de son bien
(S'il faut nommer ainsi l'excrement terrien)
Desemprisonneront ces images dorees
Que leur main trop auare au coffre tient serrees :
Moy dont l'ame possede vn or de plus grand pris,
Ie l'offre en holocauste aux plus diuins esprits,
A ce PARIS sans pair, l'ornement de Lutece,
Semblable, & dissemblable à ce Paris de Grece.

　　Le Grec ensorcelé d'vn amour insolent
Fit present à Venus du fruit d'or excellent,
Et du flambeau sombreux des adulteres flammes
Mit en cendre Ilion, & les riches Pergames.

　　Le nostre en son amour plus sagement appris
Prefere la sagesse à la molle Cypris,
Soustient le fondement de nostre Academie,
Et met en desarroy l'ignorance ennemie.

　　Si tost qu'il fut pourpré du manteau Rectoral,
Le Ciel de plus en plus se monstra liberal,
Les sources d'Helicon si long temps infecondes
Verserent à qui mieux le cristal de leurs ondes,
Et nos lauriers flestris par les fascheux hyuers
Reprindrent aussi tost leurs habillemens verds.
Nostre Apollon absent, nos Muses dispersees
Retournerent alors, & dedans nos Lycees

La ieuneſſe accourut, & bien inſtruite apprit
Les bonnes mœurs du corps, & celle de l'eſprit.

A luy, comme à l'auteur de tant de benefices,
Comme au ſage moteur de nos ſaincts exercices,
Les neuf ſœurs, leur montagne, & leurs plus doux ſonneurs
Referent leur ſçauoir, leur gloire, & leurs honneurs,
Voyant l'opinion d'Empedocle aueree,
Puis que par deux Soleils la terre eſt eſclairee.

Tandis que l'vn flamboye en l'Olympe vouté,
L'autre eſclairant ça bas le ſurmonte en clarté:
L'vn diſſipe l'air ſombre, & l'autre purifie
Les troubles de l'eſprit par ſa Philoſophie:
L'vn eſchauffe la terre auec ſon feu groſſier,
L'autre d'vn feu diuin eſt du cœur nourriſſier:
L'vn marche au Zodiaque eſtincelant de luſtre,
Et l'autre dans Paris flambant de pourpre illuſtre:
Ils different entre eux tant ſeulement d'vn poinct:
L'vn cede aux ſombres nuits, l'autre n'y cede point.
Les Dieux ont plus que nous vne eſſence premiere,
Et nous auons plus qu'eux vne plus grand lumiere.

Quelle temerité d'auoiſiner de l'œil,
Comme aigles Iouiens, les rayons du Soleil?
Eſt-ce pas imiter la cheute Icarienne,
Et ſeruir de parrains à l'eau Neptunienne?
Ceſt Apollon fondra nos aiſlerons cirez
Si nous voulons atteindre à ſes rayons dorez,
Nul que luy ne peut mieux entonner ſes merites,
Dans ſes propres eſcrits ſes vertus ſont eſcrites.

P. iij

Muse, fais donc silence, & m'escoutes chanter
L'honneur de tes honneurs, fille de Jupiter,
Diuin enthousiasme, ô saincte Poësie,
Qui d'vn celeste pain repais ma fantasie:
Autour de ma nourrice encor ie folastrois,
Lors que tu me promis l'accointance dès Roys,
Et que vestu de pourpre à la saison future
I'aurois sous ton escorte vne heureuse auanture.
Vn torrent d'eloquence en ta bouche rouloit,
Et petit à petit ce miel qui distiloit
En mon oreille attraitte à si douce harmonie
Me fit suiure ta piste au coupeau d'Aonie,
Où ie beus du Pegase, où sommeillant ie vis
Phebus toucher sa lyre, & les sœurs vis-à-vis
Sauter à menus bonds, où i'appris leur cabale,
Et tous les beaux secrets de leur bande inesgale.

Les tresors d'Helicon me sont à peine ouuerts
Que i'eus en gré la Muse, en estime les vers,
La fureur de la belle en ma veine enflambee
Me rauissoit à soy comme à la desrobee,
Si ie voulois parler en parlant ie rimois,
Et les vers sans trauail distiloient de ma voix.

Celle qui fit Poëte vn pasteur sans estude
Attiroit mon esprit dedans la solitude,
Hors du bruit des citez : là dans vn creux vallon
I'allois solenniser les festes d'Apollon,
Là ce Dieu m'agitoit d'vne saincte manie,
Là ma dextre à l'archet accortement vnie

Faiſoit baller ſur l'herbe, accrochez par les mains,
Les troupeaux cheures-pieds des folaſtres Syluains.
    Là i'auois l'eſprit libre, & mon ame tranquile
Ne s'affligeoit alors du mal-heur de ſa ville:
I'eſtois Roy de moy-meſme, & du miel de mes vers
I'adouciſſois l'aigreur des menſonges diuers;
Ny les proſcriptions, ny le cry des trompettes,
N'ont ſceu rendre iamais mes neuf filles muettes;
Car le cœur Poëtique eſt vn cœur aymantin,
Qui reſiſte à l'effort du plus ſombre deſtin,
Et, targé du bouclier de la Philoſophie,
Les Tyrans, le ſupplice, & la mort il deffic:
Il braue l'infortune, & le ciel deſpité;
La perte de ſes biens ne l'a point tourmenté,
Ny des amis d'vn iour la deſloyale fuite,
Ny des ans mal-heureux l'ennuyeuſe entreſuitte.
Quand le temps eſt proſpere, & qu'il eſt importun,
Il monſtre en l'vn, & l'autre vn viſage tout vn.
Il ne craint les teſmoins, ny leur folle cenſure,
Au milieu des eſcueils ſon courage s'aſſeure,
Par ce qu'il n'a iamais ſon compagnon trahy,
Ny les biens d'vn pupil meſchamment enuahi,
Iamais pour appaiſer la faim qui l'eſpoinçonne
Il n'a pris ſans raiſon les ſueurs de perſonne:
Le pain ſeul le contente, & quelque peu de fruict
Que ſon petit verger tous les ans luy produict.
    Combien qu'il ne fuſt propre à la guerre ciuile,
Toutes-fois par ſa langue il profite à ſa ville,

Il flatte la colere , il procure la paix,
Il escarte des murs les bataillons espais,
Il destourne la foudre , & le desbord des ondes,
Il rend le ciel propice , & les terres fecondes,
Il pousse nostre enfance aux actes genereux,
Il rend son cœur boüillant des vertus amoureux,
Et du bourbier du vice escarte sa pensee,
Contre les passions il sert de Panacee,
Le pauure il reconforte en sa necessité,
Le malade à son chant sent moins d'aduersité.

    D'où par vn si long temps la ieunesse auroit-elle
Puisé les vœux qu'elle offre à l'essence immortelle,
Sinon de l'Hippocrene aux Muses consacré,
Sa fontaine luy plaist, sa riue est à son gré;
Non seulement les Dieux qui d'Olympe ioüissent,
Mais ceux des creux manoirs par les vers s'amolissent.

    Le fils de Calliope à sonner bien appris
Flechit la dureté des Stygiens esprits,
Et fit que les rochers, & les neiges de Thrace
Charmez de ses fredons le suiuoient à la trace:
Les bois courboient leur tresse afin de l'escouter,
L'Aquilon furieux cessoit de tempester,
Le Strymon sans murmure abordoit son riuage,
L'hydre estoit sans venin, les feres sans carnage.

    Le peuple demy-beste errant parmy les bois
Offrit son col traittable aux chaisnons de sa voix,
Et commença de viure au sein des Republiques:
On punit l'adultere, & les feux impudiques,

On refrena l'audace, ou punit l'assassin,
Et la peine equitable estoit iointe au larcin.

D'où le Thebain ouurage a-il pris origine?
Est-ce pas de la Muse excellente, & diuine
Du mignard Amphion? ce Lyrique sonneur
Auec l'agilité de son doigt fredonneur
Escroula Cytheron, & les pierres de taille
Descendirent à val, & firent la muraille.

Qui ne sçait que les vers du chantre Lesbien
Ont appaisé la mer? Trinacre le sçait bien,
La mer Tyrrhenienne, & toute l'Oenotrie
S'esmerueillent encor de sa belle industrie.
La mer se boursoufsloit, & les Orques marins
Iappoient de toutes parts: ia les flots azurins
Offusquoient l'air espais, & menaçoient la terre;
Quand le diuin Poëte armé de sa guitterre
Saute au milieu des eaux: vn Dauphin accourut,
Qui rauy par le chant le chantre secourut.
Il luy preste l'eschine, Arion le cheuauche,
Et le meine à son vueil, or à droit, or à gauche,
Comme vn ieune poulain que l'escuyer monté
Fait tourner sous le frain d'vn & d'autre costé.
Le poisson fend la vague, & le Poëte accorde
Les chaisnes de sa langue aux langues de sa corde;
Le foudre interrompit son plus horrible son,
L'air espuré fit place à l'air de sa chanson,
Neptune hucha les flots, & la mer enragee
Obeït au vouloir du grand Ennosigee.

Q

Diray-ie encor le prix de l'aueugle sonneur,
Qui mit sept lieux en bruit pour son natal honneur,
Et dont le Macedon souhaittoit la trompette
Pour chanter hautement sa louange parfaicte?
   Loüray-ie du Thebain l'inimitable vers,
De qui cest Alexandre effroy de l'vniuers
Honora tellement les ouurages lyriques,
Qu'il garda sa maison des ruines Doriques,
Et dont l'hymne pleut tant à Pan Roy des troupeaux,
Qu'il l'embouchoit luy-mesme au buis de ses pipeaux?
   Bien que Plaute soit pauure, & que sa main durcisse
A l'œuure du moulin, asinaire exercice,
Son vers n'en est pas moindre, il est en gloire encor,
Encor nous iouïssons de l'indigent tresor
De ce pauure opulent, dont la Muse gentille
S'elle eust parlé Romain eust emprunté le stile.
   Cesse donc le Stoïque, & l'impudent Zenon
D'aboyer les honneurs du Poëtique nom;
Et de l'exterminer d'entre les Republiques,
Cest Art qui met en bruit les vertus heroïques,
Cest Art qui des humains a fait des immortels,
A qui l'antiquité fabriqua des autels,
Et victima le bouc ombragé de lierre
En appelle à vengeance, & les cieux, & la terre.
   La vertu qui sans guide a perdu ce flambeau
Languit aupres du vice en vn mesme tombeau,
Le riuage oublieux esgalement inonde
Et les gestes des grands, & ceux du pauure monde,

Et mille Caualiers auant Agamemnon
Furent preux, & vaillans, qui sans gloire, & sans nom
Languissent maintenant aux campagnes d'Elyse,
A faute d'vn autheur qui les immortalise.
Les Indiques thresors, le pourpre Tyrien
D'ont ils s'orgueillissoient, ne leur seruent de rien.
» *La soye perd son teint, l'or se perd en fumee,*
» *Mais la vertu constante est tousiours estimee.*
  Ceux qui chantent les vers, & qui les cheriront
Viuront tant que les glands sur les chesnes seront,
Tant qu'au ciel lumineux brilleront les estoiles,
Tant que les flots auront des rames, & des voiles.
  Toy PARIS qui les aime, à l'esgal puisses tu
Viure immortel par eux, & par ceste vertu
Qui te fait presider au sommet de la gloire:
Puisse-ie sur ma lyre entonner ta memoire,
Et tous nos Escoliers des Muses fauoris
Chanter ïo, Pean, Viue Viue PARIS.

Q ij

SATYRE
CONTRE LE FOVET.
A ANTOINE GOHIER
PARISIEN.

PLEVST à Dieu que la *Muse* or'que
   mon ire flambe
M'inspirast au cerueau le venimeux
   ïambe
   Du Poëte Archilocque, ou le vers furieux
Qui tonnoit sur la voix du Satyrique vieux,
Afin que i'execrasse en ma cholere ardente
Le fouët pernicieux dont vne main Pedante
S'arme cruellement : & qui chargé de nœuds
Asprement herißé d'esguillons bourgeonneux,
Et couuert à grand tort d'vne belle verdure
Fait respandre le sang de la chair la plus dure.
   Quand i'en parle ie tremble, vn si graue meschef
M'esguillonne d'horreur la perruque du chef.

Allez, allez arriere, impieuſes racines,
Qui germez tous les ans ces meurtrieres houſſines,
Qui ne produiſez rien que des ſurgeons nuiſans,
Dont les fruicts ſont mauuais, & les coups ſi cuiſans,
Que le page les craint plus que les eſtriuieres,
Qui faictes empouler ſous vos attaques fieres
Les membres deſchirez, & l'innocente peau,
Qui faictes ſourçoyer vn liquide ruiſſeau
De ſang vermeil & pur durant qu'on les chaſtie,
Qui ne laiſſez la proye à vous aſſujettie,
Que le dos ne rougiſſe & le cul au deſſous
Tout ſanglant, tout enflé, tout chicqueté de coups.

　　Quelle horreur quand le ſang des feſſes rouges raye,
Quand la cuiſſe deſcouure encore mainte playe,
Quand les membres eſcrits d'vn infame bouleau
Ne peuuent diſcerner d'auec le ſang la peau,
Quand les bras ſont meurtris & d'vne telle ſorte
Qu'on les peut eſgaler aux lanieres qu'emporte
A belles dents vn loup, quand il mange le corps
Des moutons innocens entre ſes griffes morts.

　　Appelle qui voudra le cyprés mortuaire,
Que l'eſcorce du ſaule aux autres ſemble amere,
Que l'autre blaſme l'if, quant à moy ie vous dis
Que les fouëts doiuent eſtre encore plus maudits:
L'arbre qui le produict (s'il eſt de ce nom digne)
Eſt plus dur que l'aymant, que la pointe maligne
D'vn acier odieux, plus violent que fer,

Pire que les chardons, pire que n'eſt l'enfer.

Non les griffes d'vn ours ne ſont pas ſi cruelles,
Des ſangliers acharnez les deffenſes bourrelles
Ne ſont pas tant de mal, les ſouffles dragontins,
La baue des crapaux, ny les dards ſerpentins.

Arbre malencontreux, faut-il que l'on s'eſtonne
Si l'enfance te hayt, & ſi chaque perſonne
T'abhorre tellement, veu qu'aux ſouuerains Dieux,
Aux Dieux meſmes du Ciel ton bois eſt odieux.

Le cheſne eſt agreable à ce grand Dieu qui tonne
Le prophete laurier à l'enfant de Latone,
La vigne au bon Denys, à Mars le cornillier,
Au fils d'Amphitrion le robuſte peuplier,
Le Myrthe à fueille double à Cyprine la belle,
L'oliuier à Pallas, & le pin à Cybelle,
Tu ne plais ſeul à nul, tu naſquis du limon
Du gouffre tenebreux, l'infernale Brimon
Te doit aduoüer ſien, tes verges condamnees
Sont dignes de bruſler dedans ſes cheminées,
Car tu ne ſers à rien & d'autres arbres ſont
Du profit tous les ans à ceux là qui les ont.

Les cheſnes de Iupin apportent les glandees,
L'oliuier l'huile gras, les pins des monts Idees
Les pignons ſauoureux, les neffliers hauts & droits
La neſle pierreuſe, & les noyers les noix:
Mais toy plus malheureux que les triſtes machines
Où l'on pend les voleurs, tu ne produis qu'eſpines
Plus cuiſantes cent fois que cent coups d'eſperons.

Haut tonnant Iupiter qui darde aux enuirons
Des Palais etherez le foudre eſpouuentable,
Laiſſé croiſtre le cheſne, il nous eſt profitable,
Et frappe le boulleau qui n'engendre icy bas
Que playes, que ſouſpirs, que larmes, que debats.
Iupiter ſi tu peux lance donc ce tonnerre
Pour le deſraciner du giron de la terre.
Æthne eſlance ta flamme en tourbillons ſouffreux ;
Antres Peloriens ſus vomiſſez vos feux
Contre cet arbriſſeau, qui tranche la chair nuë
Des reins les plus doüillets & la feſſe charnuë
Des pauures eſcholiers, qui ne les entend point,
Qui leur fait mettre bas la robe & le pourpoint,
Dont leur main delicate eſt iuſques à l'os ſaigneuſe,
Qui les picque en derriere, vlcere vergongneuſe,
Et qui de part & d'autre encor fait eſpancher
Le ſanglant vermeillon de leur honteuſe chair.
Miſerable ſurgeon, ſurgeon qui nous attaques
Et qui deurois croupir aux plus ſales cloaques,
Les pleurs n'eſmeuuent point ta fiere cruauté,
Ny d'vn fils gemiſſant le parler attriſté,
Ny les genoux fleſchis auecques les mains ioinɛtes,
Ny les propos flateurs, ny les promeſſes oinɛtes
De miel ny de neɛtar, ny tout ce que produiɛt
Le diſciple qu'vn maiſtre au deſeſpoir reduiɛt.
Encor trois luſtres dans n'auoient borné leur courſe,
A peine auois-ie beü dans la Romaine ſource
Quinze iours à Lyſieux au premier rang d'embas

Sous vn Ægyptien que ie ne diray pas
Que l'on voulut m'apprendre à mon propre dommage
Comment il falloit rendre au Precepteur hommage:
Marillac tu le sçais, qui fus proche du banc
Sur qui l'on vouloit teindre en cramoisy le blanc.

    Sept ans perdus encor en sçauroient bien que dire,
Et celuy qui sixiesme ayant peur de ton ire
Differa le Donat iusqu'à trois fois sept ans,
Et qui fait Satyric regrette ores le temps
Que ta peur luy fit perdre, ô cause miserable
De son retardement, ô foüet inexorable!
Le courageux lyon ne faict rien à celuy
Qui le chef encliné se courbe deuant luy:
Mais toy, barbare foüet, instrument tyrannique,
Qui surmontes l'orgueil d'vn lyon Marmàrique,
Vn pauure adolescent a beau te supplier
D'vne tremblante voix, il a beau se plier
A genoux deuant toy, pancher la teste nuë,
Remplir de pleurs la terre & de souspirs la nuë,
T'œillader en pitié, ietter en haut les yeux,
Pour voir si quelque grace arriuera des Cieux,
Et renouer cent fois l'esguillette noüee,
Cela ne t'esmeut point; vne main aduoüee
Vient aussi tost saisir le deplorable corps:
Il dissout l'esguillette, & faict sortir dehors
A la mercy du vent les enflures iumelles
D'vn cul prodigieux, les marques les moins belles
De la chemise blanche alors couurent les reins.

Ie

Ie vous laiſſe à penſer que de coups inhumains
Il reçoit en apres, & quelle ignominie
Lors qu'il tend ſon derriere en bonne compagnie.
    O Bomoniques fols, Spartains adoleſcens,
Que vous eſtiez peu fins, & peu fournis de ſens
Lors que vous enduriez qu'vne main abrutie
Vous foüettaſt iuſqu'au ſang dans le Temple d'Orthie.
    Innocente ieuneſſe, hé! quel mal faiĉtes-vous?
Ce n'eſt pas vous, mignons, qui meritez ces coups,
Mais ce traiſtre Pedant qui fit courre vne riſque
Parmy l'oſt aduerſaire à l'eſcole Faliſque,
De qui le preux Camille ornement des Romains
Fit dépecer la robe, & garotter les mains,
Et que, depuis ſon camp iuſqu'aux gens aſſiegees,
Les diſciples vengez foüetterent d'eſcourgees.
    Si tu fus aduerſaire à ce Falerien,
Ce n'eſtoit pas ſans cauſe, il le meritoit bien:
Mais pourquoy, traiſtre foüet, pourquoy punir en traiſtre
Celuy qui ne l'eſt pas & qui ne ſçauroit l'eſtre?
    C'eſt peindre ſur les eaux que de penſer gauchir
Tes cruelles rigueurs, on ne te peut flechir
Par vœux ny par ſermens, ny bien que l'on ſe noye
Dans les pleurs redoublez qu'vn œil triſte larmoye,
Ny bien que l'on ſe iette à genoux deuant toy,
Ny bien qu'en ta preſence on pantelle d'effroy.
    Deteſtable ſurgeon, qui pour ton crime eſtrange
Merites de pourrir au milieu de la fange,
Qu'vne hache te puiſſe vn iour mettre au neant,
Que le feu rigoureux du Veſuue beant

R

Te puiſſe deuorer, que la propre ſubſtance
De ton bois criminel te ſerue de potence;
Que ton fueillage ſerue à nicher les ſerpens,
Les Hydres, les aſpics, les chelidres rampans;
Que ta vilaine tyge en morceaux deſpecée,
Soit le breneux anneau d'vne chaire percée.

Qui premier t'inuenta, qui premier dans ſa main
Te mit au lieu de ſceptre eſtoit bien inhumain,
Quelle eſtroite priſon ſuffiſoit à l'enclore?
Quel foüet meritoit-il, & quel ſupplice encore?
Son corps eſtoit de fer & de corne ſes nerfs,
Vn triple mur d'airain de trauers en trauers
Horribloit ſa poiĉtrine, vn tygre fut ſon pere,
Sa nourrice vne laye, vne louue ſa mere:
Il meritoit vraymẽt d'eſtre mis par lambeaux
De ſeruir de paſture aux funeſtes corbeaux,
De repaiſtre les vers de ſa charongne morte,
Et de mourir encor de la pareille ſorte
Que Perille mourut, quand il receut pour luy
Ce qu'il penſoit auoir preparé pour autruy.

Prens ces verges, GOHIER, ame ſainĉte, & gentile,
Non comme fit Denys le tyran de Sicile,
Deſcheu de ſa puiſſance & de ſa Royauté;
Mais, comme les Conſuls de Rome la cité,
Pour ſymbole d'honneur, & pour marque d'Empire;
Lors ie trouueray bon ce que ie trouue pire.

POEME.

LE malheureux Daphnis embrasé de la flame
Des iumelles clartez d'Amarile sa Dame,
Et doucement pipé de ses ieunes appas,
Se resoult d'auancer luy-mesme son trespas,
Puis qu'il est à l'abord d'vn riual infidele,
Aussi prés du tombeau comme il estoit loing d'elle.
Au premier iour de May parauant que les pleurs
De l'Aube matinale eussent baigné les fleurs,
Et deuant que le Coq eut predit l'arriuee
De la claire lumiere encore non leuee,
Ce triste pastoureau si ioyeux autres fois
Sans mouton, ny sans chien s'en alla dans le bois.
Pasmé sous vn vieux chesne à son ombre il se couche,
Ses yeux sont demy clos, sans haleine sa bouche,
Sa face blesme & froide, immobile son corps,
Et quiconque le voit le nombre entre les morts.
Vn peu de temps apres vne fraische rosee
Fit reuenir chez luy son ame diuisee,
Son œil trouble s'entr'ouure, & sa langue à l'instant
Que l'esprit luy reuient, ainsi plaindre s'entend.
Puis que du Ciel iré l'influence importune,
Puis que le Sort ialoux, & l'iniuste Fortune,
Puis qu'vn parent fascheux, puisque mes ennemis
De te voir à mon gré ne m'ont iamais permis:

R ij

Tout confit en mes pleurs, & de ioye sterile
Ie veux, ie veux mourir, ô ma chere Amarile,
Ie veux, ma seconde ame, & mon plus cher soucy,
Mourir au mesme temps qui te fit naistre icy:
Nymphe, s'il te souuient apres mes funerailles
Des sanglots exhalez du fond de nos entrailles
Durant nos passions, s'il te souuient du iour
Que ie te fis sçauoir combien i'auois d'amour,
Que nos ris mutuels, & nos chaudes œillades
Nous firent tout d'vn coup l'vn & l'autre malades,
Et que nos doux baisers rauis secrettement,
Nous faisoient receuoir des biens ègalement;
Fais qu'apres mon trespas ie viue en ta memoire,
Afflubles sur ton corps vne vesture noire,
Deplore mes tourmens, larmoye sur Daphnis,
Des loyaux amoureux le fidele Phenix,
Et passe incontinent la riue Acherontee,
Pour venir retrouuer mon ombre inquietee.

 Voudrois-tu bien suruiure apres ton cher Amy?
Voudrois-tu qu'il ne fust trespassé qu'à demy?
Voudrois-tu que son ame abandonnast le monde
Sans auoir sa parcelle & son ame seconde?
Telle barbare humeur, & telle cruauté
Se peut-elle trouuer en ta grande beauté?
La bonté d'vne pierre auec les yeux s'espreuue,
Sous vne belle face vn cœur benin se treuue.

 Sois cruelle sans plus au fragile Tirsis
Le miserable autheur de nos communs soucis,
Fais que plus il n'enchante, & que plus il ne touche

Ton oreille credule, & ta mignarde bouche,
Et paye de refus le mercenaire amour
Dont l'auare Damon te parle chaſque iour.
　　Bien qu'il face ioüer vis-à-vis de ta porte
Son flageolet ruſtique en mainte & mainte ſorte,
Bien qu'auec ſes preſens & ſes chants empruntez
Il taſche à butiner tes ieunes libertez,
Ne te rends pas à luy, fais l'aueugle & la ſourde,
Autrement tu ferois vne faute bien lourde;
S'il eſt amant affable il ſeroit fier eſpoux,
　» Les plus aſpres venins ſont cachez de miel doux.
　　L'oiſeleur deceptif auec pareille ruſe
Ou la caille peu fine, ou la perdris abuſe;
Ainſi le fin peſcheur auecques l'hameçon
Affriande, appriuoiſe, & rauit le poiſſon.
　　Bien qu'il iuraſt le fleuue aux Dieux ireuocable
D'eſtre en ſon amitié plus qu'vne roche ſtable,
Bien qu'il iuraſt l'Amour & ſa mere Cypris
Qu'vn brandon eſtranger n'induiroit ſes eſprits
A la meſcognoiſſance, & qu'il iuraſt de faire
Selon ta volonté, comme l'humble forçaire
Du patron du vaiſſeau fait le commandement,
C'eſt vn garſon leger, ne le crois nullement.
　　Belle, ie t'en coniure & te ſupplie encore
Par la diuinité de ce Pan que i'adore
Que tu gardes ſans fin ton luſtre virginal,
Et que pour ton eſtoile & pour diuin fanal
Tu prennes les neuf ſœurs & la chaſte Minerue,
Fais qu'en tes beaux diſcours ma gloire ſe conſerue,

R iij

Et que iamais l'esclat de mon nom bien-aymé
Dans le gouffre d'oubly ne se voye abisme.
   Mais c'est arraisonner vne pierre insensible
Que de parler à toy, car c'est chose impossible
Que ta lointaine oreille entende mes propos.
Mais las! pourrois-ie aller au deuant d'Atropos,
Pourrois-ie,ô vieux Charon,entrer en ta nasselle
Sans faire mes adieux à l'absente pucelle?
Que de grands desplaisirs, que d'extremes regrets,
O que de repentirs me gesneroient apres.
   Courez, tristes adieux, courez à grande presse,
Courez au deuant d'elle, & n'ayez point de cesse,
Allez ny plus ny moins que ce fleuue Elien
Chercher vostre Arethuse au champ Sicilien.
   Adieu Nymphe qui tiens mon ame prisonniere,
Adieu cheueux crespus de couleur chastaigniere,
Adieu beau front d'agathe, Adieu sourcils humains,
Adieu paupiere douce, Adieu flambeaux germains,
A dieu nez de mesure, A dieu neige pourprine,
A dieu bouche d'œillets, Adieu voix argentine,
A dieu menton fourchu, A dieu col emperlé,
Adieu gorge doüillette, A dieu sein pommelé,
Adieu bras yuoirins, A dieu mains courtisees,
Que i'ay tant maniez, & que i'ay tant baisees,
A dieu petits souspirs, Adieu petits refus,
Ie cesse maintenant d'estre ce que ie fus;
Le ciel me le defend, le sort me le desnie,
Quelle seuerité, quelle aspre tyrannie!
Les feroces lyons, & les ours rauissans

Ne font point fi cruels aux moutons innocens;
L'efperuier n'eft fi rude à la tendre allöuette,
Le renard cauteleux à la ieune poullette,
Ny les expiateurs des crimes ne font tels
Quand ils bronchent l'offrande au pied de leurs autels.

    Las,pourquoy ne mourus-ie au creux de la matrice?
Pourquoy fus-ie abbreuué du lait de ma nourrice?
Pourquoy les coups derniers qui blefferent mon corps
Ne me firent ils choir en l'abyfme des morts?
Je defire ma fin, ie ne fais à toute heure
Que fonger par laquelle il faudra què ie meure.

    Dois-ie au fang d'vn taureau faire noyer mon cœur?
Beuray-ie l'aconite à la noire liqueur?
Dois-ie ouurir d'vn coufteau ma dolente poictrine?
Ou dois-ie m'eflancer dedans l'onde marine?
Comme Sapphon Gregeoife efclaue ainfi que moy
Deffous les cruautez de l'amourcufe loy?

    Daphnis en telle forte animoit fes vacarmes,
Tout confommé d'amour, & tout noyé de larmes:
Il s'en alloit couper la trame de fes iours,
Quand l'Efperance vint qui luy tint ce difcours;

    C'eft trop verfé de pleurs, & d'angoiffeufes plaintes,
Quitte ce defefpoir, defarme ces attaintes,
Regis tes paffions, reuoque à cefte fois
Et ta mort volontaire, & fon barbare choix;
Va comme auparauant chez ta belle maiftreffe,
Declare luy combien eft grande la detreffe
Que tu fouffres pour elle, approche de fes yeux,
Et ne fay point de cas des brocards enuieux.

Alors tu reprendras ta liberté premiere,
Tes yeux r'allumeront leur esteinte lumiere,
Comme autresfois ta bouche animera des ris,
Et tu rendras plus forts tes sens allangouris.

A peine a dit l'Espoir vne telle parole,
Que le berger Daphnis en elle se console,
Recognoist son erreur & son aueuglement,
Et renoit le bel œil qui le brusle asprement,
Quand dans le ciel obscur la Vierge Latoïde
A ses bœufs accouplez tient plus lasche la bride,
Les Dieux sçauent combien il receut de plaisir,
Et quel ecstase heureux vint son ame saisir.

D'autre part Amarile est doucement blessee,
Le fidele Daphnis renit en sa pensee,
Son riual prend sa fuite, & luy quitte son lieu,
C'est lors qu'il se victime aux pieds du petit Dieu,
Qu'il luy paye tribut, qu'il a ce qu'il desire,
Et qu'il en rend hommage aux loix de son Empire:
Il voudroit comme Argus auoir au front cent yeux
Pour voir cette beauté le chef-d'œuure des cieux,
Auoir autant de voix comme a la renommée
Pour chanter hautement la merueille estimee
De ses rares vertus, & cent bras comme auoit
Briare le geant pour toucher ce qu'il voit.
Il se pasme d'amour au giron de la belle,
Il luy baise les yeux, la bouche & la mammelle
Iusqu'à tant qu'il voit luire Apollon aux crins d'or,
Car sans luy ie sçay bien qu'il baiseroit encor.

LE MISOGYNE.
A MELISE.

S I iamais la Nature & les souuerains Dieux
Firent naistre icy bas quelque monstre odieux,
S'ils formerent iamais du limon de la terre
Quelque estrange sujet, quelque instrument de
    guerre,
Ce fut (ha ! pleust à Dieu que nous fussions menteurs)
Quand du feminin sexe ils furent les moteurs.
  O sexe indigne sexe, autant fier que seruile,
Roseau ioüet du vent, giroüette fragile,
O sexe lunatique, ennemy de raison,
Sexe qui tousiours songe en quelque trahison;
Par toy cet vniuers fourmille de querelles,
De noises, de soupçons, & de guerres bourrelles,
Comme vn Orque enragé tu gesnes les humains:
Heureux cent fois qui peut s'affranchir de tes mains,
Heureux qui ne s'empestre en l'amour vehemente
D'vne criarde espouse & d'vne fole amante,
Et qui peut gouuerner son genre belliqueur
Si prudemment qu'il soit de la femme vainqueur.
  Le forgeron Vulcain en forgea le modelle
Non pas d'or, ce metal est trop digne pour elle;

S

Non pas d'argent, Pluton le Monarque d'enfer
Le conserue pour luy: dequoy doncques, de fer?
Iupin le veut ainsi fasché que Promethee
Du blond Hyperion ait l'ardeur empruntee;
D'vn vase infortuné sa main dextre il arma,
Chacun des autres Dieux prodiguement sema
Dans ce corps martelé sa plus grande largesse,
Cyprine la beauté, Minerue la sagesse,
Apollon sa Musique, aussi par consequent
Mercure luy bailla son langage eloquent.
     De ces riches tresors elle estoit diapree:
Mais las! ny plus ny moins qu'on voit dans vne prée
Le dangereux aspic cheminer sous les fleurs:
Ainsi parmy l'esclat de ces nobles faueurs
L'infortune habitoit; vne funeste chose
Estoit sous vn beau voile iniquement enclose,
C'estoit la boette sombre en qui l'iniuste sort
Enferma cautement les fourriers de la mort.
Elle escheut de fortune aux mains d'Epimethee,
Qui l'ouurant de sa dextre innocemment portee
Fit choir sur les humains & sur les animaux
Auparauant sans mal toutes sortes de maux,
Et n'y reserua rien que la seule Esperance
Qui sit parauanture au bord sa demeurance:
O funeste Pandore, ô funeste present,
Pour vn larcin petit que tu nous fus nuisant!
     Qui ne sçait la malice & la cautelle infame
Que durant chasque siecle a machiné la femme?

Qui ne sçait la fallace & les inuentions
Dont elle a triomphé de maintes nations;
Ne sçait qu'au temps passé la Vierge Tarpeïe
La tour du Capitole a finement trahie,
Et ne sçait que Medee au courage inhumain
Poignarda ses enfans & son frere germain,
Que pour Heleine encor la haute mer Egee
Fut couuerte de pins,& Troye saccagee,
Que Scylle cuidant plaire à son amy charnel
Couppa de son trenchant le cheueu paternel,
Que la fole Biblis ayma Caune son frere,
Que Myrrhe fut coniointe à Cynire son pere,
Semirame à son fils,Pasiphe à son taureau,
Que Phedre s'amoura d'Hyppolite le beau.
Que du Roy Præte aussi l'espouse Stenobee
Du fils Bellerophon est sans honte enflambee,
Qu'vne magicienne en oiseau transforma
Pique Roy des Latins d'autant qu'il ne l'ayma;
Que Cyane horriblant son cœur inexorable
Immola sur l'autel son pere venerable,
Que la vestale Oppie abusa de ses vœux
Et se laissa brusler des impudiques feux
Que l'infauste Canace en amour esgaree
Cogneut charnellement son frere Macaree
Iusqu'à deuenir grosse,& qu'au sein filial
Edon ensanglanta son glaiue desloyal,
Qu'Agrippine & Xantippe horribles & meschantes
Traitterent leurs maris en façon de Bacchantes;

S ij

Qu'Anaxarete mit en deſeſpoir Iphis,
Et qu'Ageaue & Progné deſmembrerent leurs fils.
   Quelle perſonne ignore auiourd'huy l'homicide
Et l'acte iniurieux de l'engeance Belide
Aux flancs de ſes maris deshonorant ſes bras?
Eriphyle trahit le pauure Amphiaras,
Clytemneſtre cauſa le periode triſte
Du Roy Mycenien, de ſoy-meſme & d'Egyſthe,
Egyale marchant par vn ſentier égal
Offenſa Diomede & leur nœud coniugal,
Et la barbare main de la Royne Thomyre
Desfigura la teſte au grand Monarque Cyre.
   Les Preſtreſſes de Bacche au pays Thracien
Lapiderent ſon Preſtre & ſon Muſicien,
Le docte Ciceron ayant perdu la vie
Fut nauré derechef par l'iniuſte Fuluie,
Althee au feu ſiniſtre a contre la raiſon
De ſon fils Meleagre expoſé le tiſon.
Au Royaume Cretois la pucelle Atalante
Paya ſes amoureux d'vne mort violente,
Hippodame les ſiens, & teignit les ruiſſeaux
Du vermeillon coulant de treize iouuenceaux;
Sa belle fille ayma ſon beau frere Thyeſte,
Deux mal-heureux enfans naſquirent de l'inceſte,
Que tranchez par morceaux au pere l'on donna,
Sa fille Pelopee à luy s'abandonna.
Turne le mal-heureux mourut pour Lauinie,
Aux Senateurs Romains l'indigne Calphurnie

Defcouurit fon derriere, & les yeux Bythiens
Enuoyent le trefpas aux peuples Scythiens.
Le Prince Agamemnon & le fils de Pelee
Des philtres feminins eurent l'ame affolee,
L'vn pour fa Polyxene & pour fa Brifeïs,
Et l'autre en pareil cas pour vne Chryfeïs.
Cleopatre caufa la ruine totale
D'Antoine deferteur de fa foy maritale,
Brunechilde infecta le Roy Theodoric,
Fredegonde fit mettre à mort fon Chilperic,
Arbant fut fubmergé par fa femme lubrique,
Et Roland deuint fol à caufe d'Angelique.
 D'Herminge & d'Alboüin le fceptre infortuné
Par Rofimonde fut iadis exterminé,
Valafque deferta fa Prouince de mâles,
Tullie en oubliant fes pitieℤ filiales
Commanda qu'on roulaft fur le corps paternel
Tué par fon efpoux fon chariot ifnel,
Demonice trahit la ville Ephefienne
Et deliura les clefs entre les mains de Brenne,
La Royne Stratonice yure perfuadoit
Aux batailles d'amour celuy qui la gardoit,
Comete s'entacha de la coulpe charnelle,
Et foüilla de Phebé la maifon folemnelle,
Pentafile tua par vn trait meurtriffeur,
Feignant de courre vn dain, fa deplorable fœur,
Creteïs ne fut pas à fon mary loyale,
Fauftine fe mocqua de la foy nuptiale,

Auec le seul Hercul les Thestiades sœurs
En nombre de cinquante allentent leurs ardeurs;
Thalestre s'en alla par deuers Alexandre
Afin qu'à son desir il daignast condescendre,
Les Nymphes de l'Ascagne en leurs humides lacs
Pour iouÿr de son corps firent noyer Hylas,
Et Coronis bruslant d'vne femme estrangere
Abusa le Soleil qui la tenoit si chere.

Lysippe, Iphianasse & l'orgueilleuse Inon
En leur felicité mescogneurent Iunon,
Et Niobe & Chione allarmerent Diane,
Aglaure mesprisa la voix Palladienne,
L'audacieuse Arachne à l'honneur ancien
De l'artiste Minerue accompara le sien,
Denys fut contemné par les trois Mineïdes,
Et le chœur virginal des Muses Pierides
Aux champs de Macedon par vn autre accident
Supporterent l'assaut d'vne enuieuse dent.

Ie n'oubliray iamais le naturel inchaste
De Metre, de Nais, de Lene & de Lycaste,
Ny les tours que faisoient Messaline, Thäis,
L'Amante Lesbienne, Aspasie & Laïs,
A leurs fols amoureux, ny ceux-là de Lycore,
De la paillarde Capre, & de Lamie encore.

De l'Empire des morts reuint Philinnion
Pour esteindre sa flamme, ores Stagonion,
Or Anthis sa compagne inuentoient la maniere
De mettre en leurs appas vne ame prisonniere:

L'ambitieuſe Flore abandonna ſon corps,
Et pour s'eterniſer employa ſes threſors:
Rhodope fit baſtir vne grand' Pyramide
Du gain luxurieux du meſtier Cytheride:
Saperdion & Phryne à l'enuy s'esbatoient
A piper finement ceux qui les frequentoient:
Iulie en ſa luxure eſtoit ſale & vilaine,
Veſtie impatiente & laſciue Philene.
La maquerelle Dipſe inhabile à tout bien
Endoctrina ſa fille au ieu Venerien,
Spatale, Cariclee, & Faucule Clunie,
Contenterent leurs ſens de telle vilainie:
Que les Incubes noirs qui reſident là-bas
Venoient s'entre-meſler à leurs ſales esbats.

  Les ſortileges noirs qu'inuentoit Cornelie
Ne ſeront teus encor, ny ceux de Seruilie,
Ny ce que pratiquoient la fille d'Hegemon,
Sagane & Canidie auecque leur Demon,
Ny les impietez de Thrace, de Pamphile,
D'Alcine, d'Erication, de Priſque & Maximile.

  Durant les ſiecles vieux les ventres Sibyllins
Se laiſſerent dompter par les eſprits malins,
Et par les deux canaux des honteuſes parties
Rendoient ambigu'ment des chanſons deſmenties.

  O combien loin s'eſtend ce monſtre feminin!
Le ciel comme la terre eſt ord de ſon venin,
Celle qui de Iupin eſt la ſœur & l'eſpouſe,
Ceſte Iunon cruelle importune, & ialouſe

Et *Pallas* adherante à ſa rebellion,
Machinerent la perte & le ſac d'*Ilion*:
Diane rauagea la prouince *Etolique*
Par l'eſtrange moyen d'vn porc *Diabolique*,
Ce fut elle qui fit qu'aux bois *Gargaphiens*
Le veneur *Acteon* fut mangé de ſes chiens,
Et que mille vaiſſeaux furent tenus en bride
(Pour vne beſte occiſe) en la greue d'*Aulide*:
L'adultere *Venus* deſdaignant ſon mary
Mars, *Adonis*, *Anchiſe*, & *Bacchus* a chery:
Prothyre la pronube *Ilithyje* inhumaine
L'eſpace de ſept iours fit trauailler *Alcmene*:
Et pour raſſaſier ſes tyrans appetits
En belette à grand tort fit changer *Galanthis*.
Amphitrite eſt muable, & *Fortune* traiſtreſſe.
    Helas! combien de fois l'idolatre ſimpleſſe
A-elle victimé ſur les rouges autels
De ces *Deeſſes*-là de coulpables mortels?
La fille *Thaumantide* à la plante legere
De quelque mal eſtrange eſt touſiours meſſagere,
La ſongearde *Vacune* extermine tous ceux
Qui cheriſſent la peine, & les rend pareſſeux.
La guerriere *Bellonne* eſleue les batailles,
Foudroye les citez, renuerſe les murailles,
Et fait que les ſoldats au milieu des eſtours
Cicatricent leurs corps & finiſſent leurs iours:
Até range les Dieux en ſon obeiſſance,
Sa compagne *Anangé* ſeconde ſa puiſſance.

                                        Les

Les Syrenes de mer par leurs traiſtres chanſons
Jettent les mattelots au goſier des poiſſons,
Et contre les eſcueils fracaſſent les nauires,
Peut-on imaginer des infortunes pires?
La Nayade Pſamathe habile à ſe vanger
Par vn loup famelique enuoya fourrager
Les Peleans troupeaux, & ne fut ſatisfaite
Que par les vœux d'Acaſte habitant de Magnette.
Scylle au fond de la mer les batteaux engloutit,
Et les reiette apres; autour d'elle glatit
Maint prodige difforme : & plus gourmande qu'elle
Charybde auale tout dans ſa gorge cruelle.
Deſcendray-ie là bas comme l'Anchiſien?
Quitteray-ie l'aſpeĉt du Ciel Pariſien
Pour cognoiſtre les mœurs des femmes infernales?
Ie ne le feray pas, deux choſes principales
M'empeſchent d'accomplir ce voyage admiré,
Ie n'ay point de Sibylle & de rameau doré,
I'en croiray ſeulement ce que l'erreur antique
A faiĉt apprehender au cerueau Poëtique:
Là forcene touſiours Tyſiphone, Aleĉton,
Megere, Lacheſis, Atropos & Cloton;
Là touſiours ſe reſpand la peſtifere haleine
Des Sphynges, d'Ocypete, & d'Ele & de Celene;
Et là s'horrible encor la ſanglante Enyon,
Euriale, Meduſe, auecques Sthenion:
Diſcorde y fait du bruit, Brimon à triple teſte
Hurle de tous coſtez, frappe, aboye, tempeſte,
La famine s'y deult, la Vieilleſſe à tous coups
D'vn baſton ſouſtenuë y courbe les genoux,

T

La fieure, la terreur, la crainte & la Penie
Defertent de repos cefte place embrunie.

Qui pourra donc nier que ce foible animal
Ne foit vn hydre, vn gouffre, vn abyfme de mal?
Nul vray'ment, s'il ne veut d'vne voix temeraire
Chanter vn paradoxe efloigné du vulgaire.

Les profanes cayers ne font pas feulement
Couuerts de leurs mal-faits, l'ancien Teftament
Nous en fournit d'ailleurs, & les fainctes hiftoires
En donnent tefmoignage & des preuues notoires.
Vne Eue tranfgreffant du Seigneur les Edits
Du paradis terreftre a les fiens interdits;
Elle nous afferuit au ioug des maladies,
Des peines, des langueurs, & des morts refroidies.
Et fit que les brutaux auparauant fi doux
Contre elle & fa moitié fe reuolterent tous.
Le ferpent cauteleux qui luy donna la pomme,
Et qui la fufcita d'en prefenter à l'homme,
En face feminine apparut à fes yeux,
Pour monftrer qu'il n'eft rien de fi malicieux;
Ainfi par leurs efcrits les autheurs nous l'enfeignent,
Ainfi par leurs tableaux les Peintres nous le peignent.
Thamar auec fon pere vn incefte commit,
Et les filles de Lot quand le vin le permit,
Ou le fort infaillible, en firent tout de mefme:
Leur mere impatiente oyant le ftratageme
De Sodome & Gomorre eut la temerité
D'enfraindre les arrefts de la diuinité.
Dina caufa la mort du peuple Sichemnite,
Athalie vfurpa la terre Ifraëlite

Par la mort de son fils, & fit de rang en rang
Massacrer sans raison tous les Princes du sang:
La Royne Iezabel conspira les deffaittes
Du Iudean Naboth & des sages Prophetes,
Et seruit de pasture à ses propres mastins:
Dalile pour complaire aux traistres Philistins
Coupa la cheuelure à Sanson le robuste:
Dauid & Salomon son heritier auguste
Par l'amour feminine amoindrirent leur pris,
Et Iob fut par la sienne iniustement repris.
Iean qui du Verbe sainct annonçoit l'ambassade,
Baptiste fut occis au grè d'Herodiade,
Et Chrysostome encor de son trosne exilé
Par vne Imperatrice au cœur enfiellé.

I'entends (ce m'est aduis) gronder vn Philogyne,
De la femme (dit-il) nous prenons origine:
Pauuret qui ne sçait pas que les fleurons du lis
Naissent d'vne racine aux rameaux auilis,
Et que la rose vient parmy la ronce dure:
Ainsi que d'vn esgout tout venin, toute ordure
Descend de la femelle en la fleur de ses mois:
Euripide eut raison de blasmer autresfois
Tant de meschancetez qu'au monde elle fait naistre,
Et ses allechemens & sa nature traistre.
C'est à bon droict encore, ô saincts Religieux,
Que vous la repoussez de vos cloistres pieux,
Non sans raison Dicé permet quelle ne plaide,
Et que son tesmoignage à ceux des hommes cede:
Non sans raison l'Eglise empesche absolu'ment
Qu'elle n'aye de Christ le digne mani'ment,

T ij

Et que par les chaîsnons d'vn commun Hymenee
Elle soit pour espouse à nul Prestre donnee.
Le ciel n'a tant de feux, la mer tant de poissons,
L'automne tant de fruicts, l'hyuer tant de glaçons,
Qu'elle a de tromperie & de fraude cachee
Sous le voile pipeur de son ame tachee:
Le crocodile traitre a moins de trahison,
La cautcleuse Hyene a sans comparaison
Moins de finesse qu'elle, ores qu'il soit muable
Vn cameleon semble estre auprés d'elle stable:
Malheureux donc qui cede à sa fragilité,
Malheureux qui la croit, & fait sa volonté.

　　Quelle femme a-on veuë abandonner le monde,
Aller voir des enfers la cauerne profonde,
Et puis en reuenir, comme Hercule, Thesé,
Le Thracien Poete encore tant prisé
De ses imitateurs, & le pieux Enee?
Nulle certainement n'en est point retournee,
I'en atteste Eurydice & Proserpine aussi
Qui demeurent encor en ce val obscurcy.

　　Puis que l'experience auere ma parole,
O vous qui bastissez de la femme vne idole,
Qui languissez pour elle, & qui dans ses appas,
Trouuez la peine douce & plaisant le trespas,
Fuyez de là, fuyez, r'amassez vostre force,
Et ne la suyuez pas quand elle vous amorce:
Comme le vent Cecie à longs traits souspirant
Semble esloigner de soy le nuage apparent,
Et neantmoins l'attire: ainsi la femme semble
Congedier l'amour quand plus elle en assemble,

Elle resiste à l'vn, à l'autre elle se rend,
Feint de ne vouloir pas ce qu'en fin elle prend,
Tousiours elle desire apparoistre domptee,
Bien que d'vn feu plus chaud elle soit agitee:
Si la belle se mire elle s'en orgueillit,
Sinon elle se farde alors qu'elle vieillit,
Tire ses cheueux blancs, empoudre ses crinieres,
Se pare d'affiquets en diuerses manieres,
Affete son discours, emmielle ses ris,
Ses yeux sont gais vne heure, & l'autre heure marris.
   Si doncques les nochers haïssent les tourmentes,
Si les humbles aigneaux les feres escumantes,
Si les timides cerfs les panneaux ennemis,
Haïssez donc la femme en ce poinct, mes amis;
Et tenez pour certain qu'en ce temps où nous sommes
Autant que les cheuaux elles trompent les hommes.
   M E L I S E que les Dieux ont doüé largement
D'vne force robuste, & d'vn beau iugement
Prends les iambes faicts, afin de satisfaire,
A ce commandement qu'il t'a pleu de me faire;
Ie suis de ton aduis, ô M E L I S E, ie sçay
Que c'est vn grand malheur que de faire l'essay
D'vne meschante femme auare & bordeliere;
Mais quand l'on en trouue vne accorte & familiere,
Et que par mariage elle est nostre moitié,
Ie suis d'aduis contraire & sans inimitié,
Puisses-tu, si mes vœux ont au ciel quelque place,
En trouuer vne vn iour qui feconde ta race
D'enfans imitateurs de ta perfection,
Sinon, crois moy, demeure en ta condition.

                                        T iij

A IEAN GALLAND PRINCIPAL
DE BONCOVRT.

Ebonnaire GALLAND *, i'auois déia fait bruire*
Des Princes malheureux le Tragique martyre,
I'auoy pindarisé,i'auoy conduit aux champs
Auecques les pasteurs mes pipeaux allechans,
Lors que la Pauureté dolentement coiffee
Me vint espouuanter,à l'heure que Morphee
Galope dans les nuicts,& qu'il monstre à nos yeux
De ses masques diuers le front malicieux:
De haillons pleins de trous elle estoit reuestuë,
Sa tresse estoit sans ordre à ses pieds abbatuë,
Son visage estoit maigre, & son œil endormy
De ses larmes noyé,ne luisoit qu'à demy,
D'os aigus sa peau mince estoit outre percee,
La gemelle rougeur de sa bouche eclypsee,
Son teint pasle & deffaict,ses deux mains tremblotoient,
Ses ventres affamez contre elle disputoient,
Son pouls s'enfuyoit presque;vne faim homicide
Campoit ses escadrons dans son estomach vuide,
Et sa taille si grosse & si legere estoit
Que ie ne sçay comment le vent ne l'emportoit
Comme vne plume en l'air;il l'eust faict si l'image
Ne m'eust comme elle fit proferé ce langage.
      Quitte ce vain mestier(ce me dit elle donc)

Quitte le, mon enfant, tu ne vis iamais onc
Faire bonne fortune auec des Poësies,
C'est la contagion des ieunes fantaisies,
Change d'humeur & d'art, le temps sombre & felon
Te deffend les neuf sœurs & leur frere Apollon:
Vn Roy Charles n'est plus, ny sa Valoise race,
C'est en vain maintenant que l'on va sur Parnasse.

Auant qu'estre plus vieil, tandis qu'vn noble sang,
Qu'vn sang gaillard & beau te reschauffe le flanc,
Va te mettre à l'estude, & faict docte par elle
Au milieu d'vn Parquet espouse la querelle
Des gens litigieux, vends leur bien cherement
Tes escrits, ta parole & ton entendement.

Si le barreau te fasche auec ses plaideries,
Tousiours vn bel esprit hait les chicaneries,
Suis le riche Hippocrate & son art excellent,
Tu peux en peu de iours deuenir opulent
Par sa chere entremise, ou si ton ame est nee
Pour tenter les combats, vas où ta destinee
Par force te conduit, reçois de part en part
Vne playe honorable, ou dessus vn rampart
Au siege d'vne ville, ou dans vne bataille.

Si tu crois mon conseil, mon amy, ne te chaille
De chommer de moyens, car vn Prince a le soin
D'en bailler au soldat qui l'ayde en son besoin:
Alors tu maudiras les antres solitaires
De ce bel Apollon, ses festes, ses mysteres,
Ses ardentes fureurs, ses carolles, ses luths,
Tes yeux cesseront d'estre en leurs charmes pollus,

Tu mettras à mespris ces filles montaignardes,
Ces Muses-là qui font les personnes caignardes,
Et tant d'allechemens, tant d'appas rauisseurs
Dont tu fus enchanté par ces gemelles sœurs.

Icy la Pauureté limita son langage:
De mon œil esblouy disparut son image,
Comme vn songe qui passe, ou comme vn vent leger,
Ie m'esueille en sursaut, ie ne fais que songer
A ce qu'elle m'a dit, ie tenois ja ma lyre
Pour la ietter au feu, quand Phebus me va dire,

Enfant mal conseillé, ressouuiens-toy du væu
Que tu me fis iadis, & preserue du feu
Ce gentil instrument, dont les doctes oreilles
Prennent tant de plaisir d'entendre les merueilles:
Penses-tu que cet or, ce limon terrien
Que l'autre prise tant soit le souuerain bien?
Nenny, c'est vne erreur, la richesse estimee
C'est (non pas ce metal) la bonne renommee.
Poursuis, vn iour viendra que ton nom fleurissant
Ira des plus fameux la gloire ternissant.

Ainsi disoit Phebus, & son ombre cognuë
Reuola dans le ciel dont elle estoit venuë,
I'ay creu sa douce voix, i'ay d'entre les charbons
Sauué ma lyre encline aux louanges des bons,
Pour te la dedier; accepte donc mon offre,
C'est le plus beau ioyau que i'aye dans mon coffre:
Il n'est pas de refus, vn tesmoignage tel
Peut te rendre, GALLAND, à iamais immortel.

LA SENTINELLE DE ROVIGVES.

A CHARLES GAVLTIER PARI SIEN.

E n'eſt point le peril des batailles rangees,
Ce n'eſt point le brazier des villes ſaccagees,
Ny le bruit des canōs, ny les plus grands hazards
Qui ſe puiſſent trouuer en la ſuitte de Mars;
Ny meſmes la frayeur des riues de Candie
Qui me faiſt deſirer que l'on me congedie,
Ia ne ſoit le plaiſir de la diuinité
Que ic ſois conuaincu de cette laſcheté;
Mais vn vœu ſolemnel faiſt à la Vierge mere
Durant que i'endurois vne douleur amere,
Vn vœu ſainſt & deuot qui d'vn bon zele part
M'oblige & me contrainſt à faire mon depart.

Toy qui ſerts à mes vers de ſainſt Hermè & d'Helice,
Qui des champs Rouigois ordonnes la milice,
Entends moy diſcourir & tu ſçauras comment
Ie ne dois point fauſſer vn ſi digne ſerment.
Deſia mon pere auoit en l'an ſexagenaire
A nature payé le tribut ordinaire,
Deſia l'adoleſcence & les ans libertins
Auoient tiré mon cœur des esbats enfantins,
Quand le deſir de voir les villes Italiques,
Me fit abandonner les campagnes Galliques,
Mes parens, mes amys, mes Penates encor

V

Et de mes liures chers le precieux tresor;
Ie quittay donc Paris Paris Lutetienne
De mes predecesseurs la demeure ancienne,
Ce pendant que mon Roy vuidoit ses magazins
Pour aller foudroyer les chasteaux Limozins:
I'allay droit à Lyon par la commune voye,
Ie fus en Dauphiné, ie passay la Sauoye,
Et de là ie paruins à la cime du mont
Qui sert de bouleuert aux Terres de Piedmont.
Bref ie fus à Milan, & de Milan à Cresme
Où la dure Anangé m'osta hors de moy mesme,
Et me fit enroller au nombre des soldarts
Qui des Venitiens suiuent les estendarts.

   C'estoit au mois de May (s'il m'en souuient encore)
Les prez s'embellissoient des peintures de Flore,
Le Zephyre ventoit, & la mignarde voix
Du Rossignol gentil gazoüilloit par les bois.
En si belle saison mon esprit variable
Quitta des vers sacrez le mestier agreable,
Pithon, Phebus, Minerue, & le neufuain troupeau,
Pour suyure à la campagne vn bizarre drapeau,
Ie le suiuy par eau, ie le suiuy par terre,
Iusqu'à Lignague, où Mars le demon de la guerre
Faisoit apparciller au long d'vn Arsenal
Mainte & mainte harquebuze instrument infernal.

      Que maudite sois-tu, malheureuse harquebuze,
Maudite soit la meche, & la poudre qu'on vse
A te farcir le ventre, & maudit le boulet
Que l'on fait denaler en ton vuide goulet;

Depuis que ie t'eus prinſe, & qu'on euſt faict la monſtre,
Il ne m'eſt arriué que toute malencontre,
Padoüe en eſt teſmoin , où ce pendant trois mois
La fieure m'a conduict iuſqu' aux derniers abbois:
Ny le Roy d'Epidaure auec ſes medecines,
Auec ſes potions , auecques ſes racines,
Ses dozes, ſes criſis, & ſes longs recipez,
N'a peu guerir mes flancs fieureuſement frappez,
Ny la ſaignee en l'eau, ny boire par meſure,
Ny l'eſpargne du ſel dedans ma nourriture.
Au milieu de l'Eſté dans mon lict ie glaçois,
Affligé nuict & iour de Tantaliques ſoifs,
Deſgouſté , palliſſant, & ſi maigre en la face
Que chacun m'eſtimoit pour eſtre vne carcaſſe
Ou quelque ombreux fantoſme yſſu nouuellement
Par le vouloir diuin de quelque monument.
    Las! ce qui rengregeoit mon douloureux martyre,
Et ce que ie trouuois plus que ma fieure pire,
Eſtoit que les amys que i'auois en ſanté
Ne me daignerent voir en mon aduerſité:
Bien qu'ils m'euſſent iuré par la diuine eſſence
Qu'ils me conſoleroient de toute leur puiſſance
Si toſt qu'il eſcherroit la moindre occaſion,
Ils me reiettoient plus que la contagion.
    Parmy tant de malheurs, parmy tant de trauerſes,
Tant & tant de tourmens, & d'angoiſſes diuerſes
Que pouuois-ie eſperer de mon funeſte ſort
Sinon l'aduenement d'vne prochaine mort?
Il me ſembloit deſia que ie voyois la Parque

V ij

Guider mon ombre froide en la mortelle barque,
Il me sembloit desja que l'auare Charon
M'auoit fait traietter le fleuue d'Acheron,
Et que du vieux Minos la bouche droituriere
Auoit ja prononcé ma sentence derniere.
    Adonc l'affliction qui pressuroit mon cœur
En faisoit distiler vne amere liqueur,
Ainsi que d'vne esponge estroictement serree
Degoutent coup sur coup les humeurs de Neree
Les pleurs qui sur mon sein rouloient comme des flots
Attiroient à leur suitte vn torrent de sanglots,
Dont le choq redoublé faisoit telle escarmouche
En mon foible estomac qu'il me fermoit la bouche,
Et m'ostoit le moyen de plaindre les ennuis
Qui bourrelloient ma vie & les iours & les nuicts:
En fin quand le silence eust finy leur querelle,
Ainsi ie deploray ma fortune cruelle.
    O Parques sans pitié qui deuidez mon sort
Et qui me conduisez aux portes de la Mort,
Pourquoy filastes-vous la toile de ma vie,
Puis qu'auant le Printemps vous me l'auez rauie?
Pourquoy fut-elle ourdie au tour de vos fuzeaux,
Puis qu'elle sent desja vos sinistres cizeaux?
Encor ie passerois en ma verte icunesse
Le passage mortel auec moins de tristesse,
Si vous eussiez permis que le bandeau fatal
Eust aueuglé mes yeux en mon païs natal;
Mais auancer ma fin en estrange contree

C'est trop sentir du ciel la rigueur desastrée:
Que tout s'oppose à moy, que la fierté du sort,
Qu'Olympe courroucé, que l'impiteuse mort,
Que tous les elemens & tout le monde ensemble
Disposent de ma vie ainsi que bon leur semble,
Me voila resolu de supporter leurs coups,
Ie n'ay plus crainte d'eux, ie les despite tous.

   Adieu, Soleil flambant, dont les blondes lumieres
Ont tant de fois quitté les ondes marinieres
Pour dessiller mon œil du sommeil aueuglé,
Adieu, Lune d'argent, dont le bransle reiglé
Marque de pas en pas le chemin de Saturne
Et chasse d'icy bas l'obscurité nocturne,
Esteignez vos rayons quand bon vous semblera,
Car aussi bien mon œil iamais ne les verra.

   Et vous, astres luisans, vous estoiles dorees,
Qui dancez par mesure aux salles etherees,
Et coulez vos effects sur nos infirmes corps,
Cessez vostre carole, aussi bien sur les morts
Vos aspects, vos degrez, vos tours, vos influences
Distilent vainement leurs celestes puissances,
Vos reuolutions sur moy n'ont plus de lieu
Mon destin immuable est en la main de Dieu:
C'est luy, grand Medecin, qui tient le Panacee
Qui peut reconforter ma poitrine blessee,
Nul que luy ne me peut apporter guerison,
Et chasser de mon sein la fieureuse poison.

   Toy, Vierge immaculee, Emperiere diuine,
Qui le portas neuf mois en ta chaste poitrine,

V iiij

Palais du sainct Esprit, Royne de Paradis,
Dont les flancs virginaux l'allaitterent iadis,
Vierge ie te supplie & resupplie encore
Par la Croix salutaire où le Chrestien l'adore,
Par le sang precieux qu'il a pour moy versé,
Par l'homicide fer dont son cœur fut percé,
Par les foüets meurtrisseurs dont sa chair fut batiüe,
Et par ceste couronne espineuse & pointuë
Qui luy naura le chef, & par la douce voix,
Que sa bouche exhala sur l'arbre de la Croix,
Que la digne vertu de ta saincte priere
Reiette les accez de ma fieure en arriere,
Et face tellement enuers sa Dëité
Que ie recoure en brief ma premiere santé.

      Soudain la Vierge fut à ma voix ententiue,
Et me fit receuoir ma santé primitiue,
La coaleur me reuint, & petit à petit
La force corporelle auecques l'appetit.

      Deslors ie m'obligeay pour le grand benefice
Que i'en auois receu de luy faire seruice,
Et iuray par le nom de son fils immortel
Que i'irois à Lorette aux pieds de son autel
Quand i'aurois secoüé la bride Martiale
Et sondé plus auant les campagnes d'Itale:
Mais le cruel destin, le destin enuieux,
Qui m'a tousiours suiuy par ces terrestres lieux
Me fit sentir sa rage auec plus de puissance,
Deux iours apres celuy de ma conualescence,
Parce que de Padoüe où i'auois seureté

D'abreger ma langueur, & ma captiuité,
L'on fit acheminer noſtre enſeigne à Rouigues,
Où ſix mois i'ay receu mille & mille fatigues,
Iuſques à ceſte heure cy, iour & nuiƈt tourmenté
De tout ce qui chemine auec la pa uureté,
  O peuple Rouigois ne penſe plus que i'aille,
Faire la ſentinelle autour de ta muraille,
Que ie garde ta porte, & ſes foibles ramparts,
Que ie face la ronde en tes cantons eſpars,
Ny dans tes carrefours, ny dedans tes guarites,
Car tu n'as point encor recognu les merites
De celuy qui te ſert, & qui pour te garder
A voulu ſon repos & ſa vie hazarder,
Aſſez & trop long temps dedans tes corps de garde
I'ay porté l'harquebuze auec la hallebarde,
  Mal nourry, mal couché, mal veſtu, mal en poinƈt,
Il me ſemble que Dieu ne m'aſſiſtera point
Iuſqu'à tant que i'auray d'vne ſainƈte maniere
Accomply le ſainƈt vœu que i'ay fait à ſa mere.
  Ce grand Dieu tout puiſſant qui des ſiens a ſoucy
Me vueille faire eſcorte en ceſte affaire cy,
Et me faſſe tenir vne ſi bonne voye
Qu'affranchy de tes murs, Rouigues, ie me voye
Sans que tes Cappellets veſtus en Pantalons
Ny tes birres facheux courent à mes talons,
Pour me faire trancher à rames eſgalees
Du vagueux Occan les campagnes ſalees,
Pluſtoſt ſois- ie eſtouffé de la main d'Atropos
Qu'vn meſtier ſi facheux trauerſe mon repos,

Et plustost le canon m'escrase la ceruelle
Que l'on porte à Paris vne telle nouuelle.

Toutesfous si le Ciel fasché de mes forfaicts
Me faisoit supporter vn si penible faix,
Il faudroit endurer, & prendre patience,
Mil & mil à present en font l'experience,
Et mil & mil encor ont ramé sur la mer
Qui pour leurs grand's vertus se sont faits estimer.

Hercule à qui la Grece a dressé maint trophee
Zethés & Galaïs, Castor, Pollux, Orphee,
Canthus, Lynce, Phinee, & l'amoureux Iason
Ramerent sur la mer pour auoir la toison,
Encor pour garder que leur gloire ne meure
Leur superbe Nauire au firmament demeure.

Vienne donc qui pourra, ie ne lairray pourtant
De trauerser l'Adice, & l'Eridan flottant,
I'iray droict iusqu'à Rome, & de Rome à Lorette,
Et de là ie veux faire en France ma retraitte,
DIEV m'en donne la grace, & garde les François
Qui d'vn feruent souhait desirent que i'y sois.

Ainsi chantoit le BLANC, quand la fieure bourrelle
Se campoit en ses os durant la sentinelle,
GAVTIER son cher amy, GAVTIER qu'il ayme mieux
Que son cœur, son esprit, sa memoire & ses yeux.
Prens ce champignon tendre, ô CHARLES ne refuses
Le nocturne auorton de ses guerrieres Muses.

DISCOVRS,

De l'excelence des Poetes,

Sur la naiſſance de Madame.

DEDIE' A LA ROYNE

En Eſtrenes, par I. LE BLANC, Pariſien.

ADAME, quand les rays
de la pucelle Aſtrée
Deſcouuroient leur aſpect ſur
la face illuſtrée
De Saturne, les champs, ſans
eſtre labourez,
Produiſoient les raiſins, & les
eſpics dorez,
Les arbriſſeaux, les fleurs, les
verdoyantes herbes,
Et des pins odorants les perruques ſuperbes.
On voyoit ſur les monts les plus audacieux,
Voire qui voiſinoient de leur cyme les cieux,
Peſle-meſle rougir les fraiſes, & les cormes,
Et tous fruicts colorez en differentes formes.
Du grand Dodonean les arbres eſtendus
Monſtroient les glands diuers ſur la terre eſpandus,
Et les Zephyres doux, ennemis de Borée,
Pareillement ornoient ceſte ſaiſon dorée.

A ij

Sillonnant à longs plis les riuieres de laict,
Et les fleuues comblez d'vn nectar doucelet,
Qui, auecques le miel se distilant des chesnes
Deffendoient les humains des mal-heureuses gesnes
Que la faim fait souffrir aux hommes affligez,
Dedans quelque cité longuement assiegez.

Le temps où l'on voyoit ces richesses reluire,
Où l'on voyoit tousiours toute chose produite,
Où chacun iouyssoit de ce riche tresor,
Estoit communément appellé l'aage d'or:
Mais qui d'oresnauant sa force renouuelle
A la natiuité de ceste alme PVCELLE,
Qui (ayant veu le iour à Fontainebell'eau)
Nous fait voir, comme à vous, vn gaillard re-nouueau,
Et forçant de l'yuer la nature orgueilleuse,
Luy, raze en vn clin d'œil sa perruque frilleuse.

Ie voy desia les prez se couronner de fleurs,
S'esmailler de verdure, & de maintes couleurs,
Produire le iosmin, l'amaranthe, la rose,
L'œillet, la marguerite, & la paruanche esclose.

Les vergers sont aussi, de citrons embellis,
Les grenades y sont, les oranges de pris,
Tous arbres desormais se peuplent de fruictages;
Mesmes de nos forests les fertiles partages
S'esgayent aux chansons des Nymphes, qui chez eux
Chassent pour tertacer les animaux noiseux.

Le Pasteur desormais se leue auec l'Aurore,
Ses troupeaux vont triant par les plaines de Flore,
Le poliot, la treffle, & luy qui de son cor
Fait esbahir Echon, & ses grottes encor,
Semond ses compaignons à venir pres sa troupe
Deuiser, ce-pendant que l'herbage elle coupe.

Que l'on a de plaisir de voir en ce temps cy,
(Durant que le Croissant n'est d'ombrage espaissi)
Caroler aux vallons les sœurs escheuelees
Princesses des forests, des villes reculees!
Quel grand contentement auons-nous pres des eaux,
Quand les Faunes cornus, les petits Satyreaux,
Les Ægypans suyuis de leurs ieunes Dryades,
Et les Dieux cheures-pieds, & les Hamadryades
Sautent par-cy, par-là, sur les gazons herbeux?
Et quel plaisir de voir au milieu de ses bœufs
Le Rustique faisant au milieu des fougeres,
Au son du flageolet tremousser les bergeres,
Non d'vn graue artifice ainsi qu'en nos citez,
Mais de simple cadence, & à pas non contez!
Nos argentins ruisseaux promeinent à cestè heure
Lentement les miroirs de leur blanche demeure,
Et francs de tout orage en serpentant leur cours
Gazoüillent pour donner du plaisir aux amours,
Qui portans à leur col de Cupidon la trousse,
Descouurent les poissons recelez soubs la mousse,
Compaigne des estangs, afin que les beaux traicts
Soient en l'interieur de leur conque pourtraicts.
La tresse de Cerez heureusement blondoye,
Et du beau cuisse-né la bien-vueillance ondoye
Sur les costaux pamprez; si bien que tous les champs
Sont remplis de soulas, & de biens allechans,
De liesse, de ioye, & de resiouyssance
Pour celebrer les biens qu'apporte la naissance
De vostre vnique fille, en qui les cieux amis
Ont prodigalement toutes leurs graces mis,
Comme à celle qui vient dorer nostre contree,
Et qui est des François l'inuiolable Astree.

DIEV vueille qu'elle prise, & qu'elle honnore auſſi
Tous ceux qui d'Helicon reuerent le ſourcy,
Qui ont en ſoin les vers,& qui aiment les Muſes,
Et leurs belles chanſons diuinement infuſes:
Car ce ſont les outils qui font viure les Rois
Apres que le treſpas,& les triſtes eſſrois
Leur ont ſillé des yeux l'vne, & l'autre paupiere,
Et qu'ils ont pour demeure vne relante biere;
Non point ſes baſtimens qu'vn tonnerre eſlancé
Briſe, lors que le ciel de colere eſt pouſſé,
Qu'il eſt plein de fureur,& qu'il creue les bondes
Pour deſgorger ſur nous les greſles,& les ondes.
Ajax ne fut ſi fier, ny ſi prudent Neſtor,
Achille ſi hardy, ny ſi vaillant Hector,
Agamemnon ſi grand, ny ſi pieux Ænée,
Comme le Smyrnean a leur gloire ſonnee;
Et mille caualiers ont eſté deuant eux
Qui pour n'auoir eu ſoin des Poetes ſouffreteux
(Bien que tels vrais amans des Pierides belles,)
Sont ores au milieu des riuieres mortelles
De l'Orque inexorable,auec la larme à l'œil,
Menans funebrement vn pitoyable dueil.
Il me ſemble entr'ouyr ſes paroles dolentes
Sortir peniblement de leurs voix languiſſantes.
Hai que nous fuſmes fols, que nous fuſmes troublez,
Que nos eſprits eſtoient de pareſſe accablez,
Que miſerable fut noſtre majeſté grande,
De n'auoir recherché des Poetes la bande,
Durant que belliqueux,que remplis de threſors,
Que meurs d'entendement, que vigoureux de corps,
Nous auions ſur la terre & ſur la mer puiſſance:
Quand le ciel contemploit noſtre magnificence,

Nos Royaux appareils,& nos chars ennoblis,
Il faiſoit retarder les cheuaux embellis
Du flambeau porte-iour, pour nous donner eſpace
De monſtrer nos grandeurs par ceſte ronde maſſe.

Au lieu d'eſtre ſacrez à la poſterité,
Au lieu de faire teſte aux chaleurs de l'eſté,
Aux glaces de l'yuer, aux peſtes de l'autonne,
Nous ſommes le ioüet de la courſe gloutonne
De ce torrent eſpais, & de ſes flots roulez,
Et mis au liure noir des Manes deſolez,
Qui ont faict, comme nous, des-honneur à leur vie,
N'ayant de la vertu la trace pourſuyuie.

Monarques terriens, Empereurs triomphans,
Roys qui de Iupiter vous dictes les enfans,
Princes cheualeureux, indomptez capitaines,
Ne faites comme nous.   Que vos ſalles ſoient pleines
Du nectar doucereux qui coule de la voix
Des Poëtes, qui ſont des Seigneurs le pauois.
Pauois qui les deffend de la bourbe enuieuſe,
Et des flots redoublez de l'onde obliuieuſe;
S'il aduient que leurs mains leur donnent au beſoin
Les moyens de chaſſer les pauuretez au loin.

Grands Dieux, qui, ſur Olimpe auallez l'ambroſie,
Les Attiques douceurs, & la manne choiſie,
Qui beuüez le nectar agreablement doux,
Que vous eſtes heureux de regarder chez-vous
Cet Archer tire-traicts, cet Hyperionide,
Qui diſpoſe des ſœurs du mont Heliconide,
Puis que ſes vers diuins enſorcellent vos ſens,
Vos eſprits ſouuerains, & vos bras tout-puiſſans.

Pourquoy donnaſtes-vous à noſtre corps figure?
Pourquoy l'ornaſtes vous d'vne ame ſaincte & pure?

A iii

Pourquoy le iour par vous nous fuſt-il deſcouuert,
Pour nous loger apres en ce fleuue deſert
De ſoulas, non de cris, afin que la vaillance
De nos actes paſſez fut miſe en oubliance?
C'eſt eſtre, à bien parler, ſeueres & cruels
De nous liurer ainſi aux maux continuels.

   Mais que nous ſert d'eſpandre à neant tant de larmes?
Que nous ſert d'augmenter en pleurant nos vacarmes?
Que nous ſert de plomber nos poictrines de coups?
Et tirer nos cheueux de rage, & de courroux,
Puis que les iugemens des vieilles deſtinees
Nous ont ja condamnez à paſſer mille annees,
Et mille & mille encor, ſans auoir nul eſpoir
Que noſtre gloire, loin de ce paſſe manoir,
Puiſſe vn iour deſloger, pour aller vainquereſſe
Par le rond de la terre en carriere maiſtreſſe?

   MADAME, c'eſt ainſi que ces eſprits ombreux
Se plaignent chaſque iour en ce val tenebreux,
C'eſt ainſi que leur dueil à toute heure s'augmente,
Et les eſpoinçonnans auec eux ſe lamente.

   Cheriſſez donc ma voix, mes chants melodieux,
Qui vous prepareront vn ſiege entre les Dieux,
Où franche de l'oubly, genereuſe, & hardie,
Vous foulerez aux pieds l'humaine tragedie.

   Si Auguſte n'eut pris pour ſa guide les vers,
S'il n'euſt chery de Pinde, & les bocages verds,
Et l'onde Aganippide, & celle d'Hipocrene,
Virgile, fauory de ſon riche Mecœne,
Ne l'eut tant celebré par ſes vers, comme il fit,
Auſſi ſa Muſe docte en receut du profit.

   De grace, faictes donc que la mienne reſente
Les benignes faueurs de voſtre main puiſſante,

Et toufiours renforçant mon aage & mes efcrits
Ie vous feray prefent de leur vol bien appris
Qui n'aura pour foustien autre vent que vos graces;
Car l'ayant il pourra quitter les chofes baffes;
Et volant dans le ciel il vous preparera
Vn renom qui le temps, & la mort deffi'ra.

To°les pompeux trefors qu'acquierét les grás Princes,
(Fuffent ils poffeffeurs des loingtaines prouinces
De Corinthe, de Tyr, & de celles qui font
Enclofes dans les champs que les Arabes ont)
Sont de nulle valeur, aupris de la conquefte
Que l'on fait dignement d'vn illuftre Poëte,
Cygne melodieux, & chantre inimité
De l'alme Renommee, & de l'Æternité;
Bref, le Preftre facré qui droictement conferue
Les honneurs d'Apollon, & ceux-là de Minerue.

Vous ne fçauriez, MADAME, en meilleure faifon
Qu'en cefte-cy brifer leur chetiue prifon,
Puis qu'on voit maintenant voftre noble lignee
Donner à nos efprits vne paix fortunee.

Il me femble, déja, que ie voy, chaftement,
Les Princes eftrangers combattre feurement,
Faire des grands exploicts à la prinfe des villes,
Pour auoir le plaifir, & l'heur d'eftre feruiles
De voftre fille vnique, à laquelle ie veux
Addreffer humblement mes volontaires vœux.

Le defir que i'en ay déja me fortifie,
Mon cœur pour la benir ores fe purifie,
Mon efprit fe groffit en diuerfes façons,
Mes fens veulent pour l'heure eftre les nourriffons
De la fage Pithon, & mes veines accortes
Naiffent pour ceft effect plus fublimes, & fortes

Que par le temps paſſé: bref, la ſaincte fureur
Qui me va poſſedant, engendre vne terreur
A l'oubly malheureux, & aux troupes iazardes
Qui nichent en l'obſcur de ſes riues fetardes.
　O Pere de la lyre, ô Dieu porte-carquois,
Qui du Parnaſſe aigu tiens les riuages cois,
Prophete Smynthien, donne-vers, donne-augure,
Tire-loin, bien-diſant, vnique en ta figure!
De ton ſainct temple tire vne fleche en mes os;
Afin que mon eſprit plus allegre, & diſpos,
Produiſe viuement, en faueur de la France,
Des vers, qui targueront leur nombreuſe cadence
Du nom de ſa Princeſſe. Or, MADAME, il eſt temps
De mettre à bord ma nef, iuſqu'à ce qu'vn printemps
De faueurs, enfanté par voſtre ſaincte grace,
Me face librement aborder le Parnaſſe;
Malgré les gouffres creux qui paroiſſent au bas,
Malgré des vents mutins les colerez debats,
Malgré ces enuieux, & ces petits Cheriles
Qui de proſe rimee ont peuplé maintes villes.
Semant deça, dela dans les foibles eſprits
Vne cohtagion, race de leurs eſcrits,
Dont l'abus (que Ronſard, & la ſaincte Pleïade
Bannirent, ſous l'effort d'vne viue eſtocade)
Doit bien toſt, ce me ſemble, en la meſme façon
Mettre la voile au vent, abbattu par le ſon
De quelque braue Lyre, entonnant par la France
Les Princes, & les Roys tirez de l'oubliance.

www.ingramcontent.com/pod-product-compliance
Lightning Source LLC
Chambersburg PA
CBHW050205030726
47505CB00005B/1521